KB112737

신곡 - 연옥

신곡 – 연옥

단테 알리기에리 지음 | 이시연 옮김

더클래식

일러두기

단테의 신곡은 1300년대 피렌체의 고어이기에 이해와 번역을 위해 주해본을 사용하였다.
역주 또한 다음 자료들을 참조하였다.

S. A. Barbi, *La divina commedia*, Firenze, G.C Saoni, 1965.
Anna Maria Chiavacci Leonardi, *La divina commedia*, Milano, Oscar Mondadori, 2005.
Giuseppi Giacalone, *La divina commedia*, Roma, Angelo Signorelli, 1972.
Natalino Sapegno, *La divina commedia*, Firenze, La nuova Italia, 2004.

그 외의 참조 자료
www.divinacommedia.weebly.com
www.parafrasidivinacommedia.jimbo.com
www.orlandofuorioso.com

인명이나 지명 등의 고유명사는 가능한 한 현지 발음대로 표기하였다.

| 차례 |

연옥 여행 시간

☙ 셋째 날 (1300년 4월 10일 일요일 또는 3월 27일)

제 1 곡
동트기 전 단테와 베르길리우스는 연옥의 해변에 도착하고 카토를 만난다.

제 2 곡
동틀 무렵 뱃사공 천사가 도착하고 카셀라를 만난다.

제 3 곡
아침 7시경 연옥 이전 지역(정죄 이전의 지역)에 있는 스베비아 사람 만프레디를 만난다.

제 4 곡
아침 9시 반에서 정오 사이 첫 번째 산마루에 오르고 벨라콰를 만난다.

제 5 곡
정오경 두 번째 산마루에서 비참하게 죽은 영혼들을 만난다.

제 6, 7 곡
정오에서 오후 3시 사이 소르델로를 만난다.

제 7 곡
오후 4시에서 6시 사이 태만한 영혼들의 계곡 입구에 있다.

제 8 곡

오후 6시경 니노 비스콘티와 코라도 말라스피나를 만난다.

제 9 곡

저녁 7시에서 저녁 9시 사이 단테는 계곡에서 잠이 들고 꿈을 꾼다.

❧ 넷째 날 (1300년 4월 11일 월요일 또는 3월 28일)

제 9 곡

일요일 밤과 월요일 단테는 잠을 자고 하늘에서 그를 운반하는 독수리 꿈을 꾼다.

아침 8시에서 9시 사이 단테는 연옥 문 앞 근처에서 깨어나고 문지기 천사를 만난다.

제 10 곡

아침 10시에서 11시 사이 단테와 베르길리우스는 오만한 자들의 둘레 입구에 있다.

제 11 곡

아침 11시에서 정오 사이 구비오 출신 오데리시를 만난다.

제 12 곡

정오 교만의 벌의 예들을 보고 시기한 자들의 두 번째 둘레 입구에 도착을 한다.

제 13, 14 곡

이른 오후 시간 시에나 사람 사피아와 귀도를 만난다.

제 15, 16 곡

오후 3시에서 해 질 무렵 사이 분노하는 자들의 세 번째 둘레 입구에 도착하고 마르코 롬바르도를 만난다.

제 17 곡

해 질 때 나태한 자들의 네 번째 둘레 입구에 도착한다.

제 18 곡

저녁에서 자정 사이 나태한 자들을 만나고 성 제노의 수도원장을 만난다.
단테가 졸음에 빠진다.

⚓ 다섯째 날 (1300년 4월 12일 화요일 또는 3월 29일)

제 19 곡

월요일 밤에서 화요일 사이 단테는 세이렌의 꿈을 꾼다.

제 19, 20 곡

이른 아침 시간 단테는 잠에서 깨어나 베르길리우스와 함께 탐욕의 다섯 번째 둘레에 도달하고 교황 하드리아누스 5세와 위그 카페를 만난다.

제 21, 22 곡

10시에서 11시 사이 다섯 번째 둘레에서 스타티우스를 만난다.

제 23, 24 곡

이른 오후 탐식의 여섯 번째 둘레 입구에 도착하고 포레세 도나티와 보나준타를 만난다.

제 25, 26 곡

오후 2시에서 해 질 무렵 음욕의 일곱 번째 둘레 입구에 도달하고 귀니첼리와 아르노를 만난다.

제 27 곡

해 질 무렵과 이른 밤 사이 불꽃의 벽을 세 명의 시인이 통과한다.
단테는 낙원으로 인도하는 계단에서 잠이 든다.

✿ 여섯째 날 (1300년 4월 13일 수요일 또는 3월 30일)

제 27, 28 곡

화요일 밤에서 수요일 사이 단테는 잠이 들고 레아를 꿈꾼다.
동 틀 무렵 단테는 잠에서 깨어나고 낙원의 입구로 가다가 마텔다를 만난다.

제 29, 30 곡

이른 아침 시간 단테는 상징적인 행렬에 참석하고 베아트리체를 만난다.

제 31, 32 곡

늦은 아침 시간 베아트리체의 질책 후 단테는 새로운 상징적인 행렬에 참석
한다.

제 33 곡

정오 레테 강과 에우노에 강에서 침례를 받은 후에 단테는 깨끗해지고 별로
오를 준비가 된다.

제1곡¹

보다 좋은 물을 가로질러 가기 위해
내 재능의 작은 배는 이미 돛을 올리고
그 잔인한 바다를 뒤로 하고 떠난다.²   3

인간의 영혼이 정화되고
천국에 올라갈 만한 가치 있는 영혼으로 변하는
두 번째 왕국에 대해 나는 노래할 것이다.   6

오, 성스러운 뮤즈들이여, 내가 당신들에게 속한 이래로
여기 내 죽음의 시가 다시 부활하여 새로이 오를 수 있게 하소서.
그리고 이곳에서 칼리오페³의 힘을 잠시 회복시켜   9

저 비참한 까치들⁴이 용서를 구할 수 있는
희망을 잃어버릴 만큼 죄를 느끼게 하는 아름다운 소리에
나의 노래를 동반하게 하소서.   12

저 멀리의 수평선까지 청명한 하늘에
깨끗한 공기가 모여
아름다운 동쪽의 사파이어와 같은 색은,   15

내 눈과 마음을 슬픔으로 가득 채웠던
죽음의 공기에서 나오자마자,
내 눈을 기쁨으로 새로이 해 주었다.   18

사랑을 이끄는 아름다운 샛별[5]은
그를 안내한 물고기자리의 빛을 어둡게 하고
동쪽을 온통 웃음 짓게 했다.[6]   21

나는 오른쪽으로 몸을 돌렸고 남쪽의 하늘을
유심히 바라보았다. 그리고 최초의 인간[7] 외에
어느 누구도 보지 못한 네 개의 별[8]을 보았다.   24

하늘은 그들의 빛을 즐기는 듯했다.
아, 북극이여, 너는 정말 황량하여 저 별들을
감탄할 수 없구나![9]   27

그들에게서 나의 시선을 잠시 거두어
다른 극으로 조금 돌리니
그곳에 있던 큰곰자리[10]는 이미 사라졌고   30

내 옆에 홀로 있던 노인[11]이 보였다.
그를 바라보니, 아들이 아버지를 존경하는 것
이상으로 무한한 존경심을 가지게 할 만한 모습이었다.   33

길고 희끗희끗한 수염에
엇비슷하게 자란 머리카락은 양 갈래로 길게 따서
가슴까지 내려와 있었다.   36

나는 마치 태양 앞에 있는 것같이 그를 바라보았고
거룩한 네 개의 별빛이
그의 얼굴을 비추고 있었다.   39

"지하의 강을 거슬러 오르면서
영원한 지옥에서 도망치는 너희는 누구인가?"
그 품위 있는 수염을 움직이며 그는 우리에게 말했다.   42

"누가 너희를 안내했으며,
영원한 지옥의 계곡을 항상 어둡게 만드는 깊은 밤에서
밖으로 나올 때 너희에게 길을 밝혀 준 것은 무엇인가?   45

심해의 법[12]들이 깨진 것인가? 아니면
너희 죄인들이 나의 굴로 올 수 있다는
새로운 법이 하늘에서 공포된 것인가?"   48

그러자 나의 선생님은 나를 붙잡고
말과 손, 그리고 표정으로 그의 앞에
나를 무릎 꿇게 하고 공손한 자세로 머리를 숙이게 했다.　　51

그리고 그에게 대답했다. "나의 주도로
내가 여기에 온 것이 아닙니다. 하늘에서 한 여인[13]이 내려와
내게 이자를 도와주라고 청을 하기에 여기에 온 것입니다.　　54

그러나 우리의 상황을 최대한 자세히
당신에게 설명하기를 원하신다면
나로서는 거부할 수가 없습니다.　　57

이자는 아직 그의 마지막 밤을 본 것은 아니지만
그의 어리석음으로 그것에 가까이 이르게 되었으니
조금만 늦었더라면 죽었을지도 모릅니다.　　60

내가 당신에게 말한 것처럼 이자를 구원하라는
부름을 받은 것입니다. 그리고 내가 걸었던
이 길밖에 다른 길은 없었습니다.　　63

그에게 모든 죄인을 보여 주었고 지금은
당신의 보호 아래 정화되는 영혼들을
그에게 보여 주기를 원합니다.　　66

내가 그를 여기까지 인도한 것을 설명하자면 길지만,
높은 곳에서 내려와 나를 도우시는 덕성이
당신을 보고 듣게 하기 위해 여기에 그를 인도하도록 하셨습니다. 69

이제 이자의 도착을 기쁘게 맞이해 주시기를 청합니다.
자유를 위해 삶을 포기한 당신이 잘 알고 있는 것처럼
그는 그렇게 값진 자유를 찾아서 가고 있습니다. 72

거룩한 날에 밝게 빛날 육신을 남겼던 곳,
우티카에서 자유를 위해 죽음을 맞이한
당신은 그것을 잘 알고 있습니다. 75

영원한 하느님의 법은 우리에 의해서 깨진 것이 아닙니다.
이자는 살아 있고 미노스는 나를 묶지 못했으며
당신의 마르치아[14]의 순결한 눈이 있는 78

림보에서 내가 왔으니, 오, 거룩한 마음이여,
아직도 당신의 아내로 생각해 달라고 부탁하는
마르치아의 사랑을 보아서라도 우리의 청을 허락해 주십시오. 81

당신이 보호하는 일곱 왕국을 지나가게 해 주십시오.
만일 저 아래에서 당신에 대해 언급되는 것을 허락한다면
나는 그녀 앞에서 당신에 대한 감사함을 말하겠습니다.” 84

그러자 그는 말했다. "내가 살아 있는 동안
마르치아는 내 눈을 아주 많이 즐겁게 해 주었다.
그리고 나는 그녀가 원하는 모든 것을 허락해 주었지.   87

그러나 지금은 저 사악한 강 건너편에 머물러 있으니
내가 이곳으로 나올 때 받아들여야 했던 하느님의 법으로 인해
그녀는 더 이상 나를 감동시킬 수 없구나.[15]   90

그러나 네가 말한 것처럼 만일 하늘의 여인이
너의 발걸음을 움직인다면 나를 치켜세울 필요 없이
그녀의 이름으로 허락을 청하여도 충분하다.   93

그러니 가거라, 매끄러운 갈대로 이자의 허리에
끈을 매어 주고 얼굴을 씻어 주어라.
모든 불결한 것을 그에게서 없애 버려라.   96

안개로 가려진 눈으로
천국의 첫 번째 사자[16] 앞에
갈 수 없으니 말이다.   99

이 자은 섬 주변에 파도가 부딪히는
가장 낮은 곳에서 부드러운 흙 위에
자라고 있는 갈대를 찾을 수 있을 것이다.   102

생명이 있는 다른 수목은 없다.
잎사귀를 피우거나 단단해지면
파도에 부딪혀도 굽혀지지 않아 부러지기 때문이다. [17]   105

그러고 나서 너희는 이곳으로 돌아오지 마라.
이미 떠오른 태양은 산 위로 오르는
쉬운 길을 너희에게 보여 줄 것이다."   108

이렇게 그는 사라졌다. 나는 어떠한 말도 없이 일어나서
나의 길잡이를 향해
시선을 돌려서 가까이 갔다.   111

"아들아, 내 뒤를 따라와라.
뒤로 돌아가자, 여기 이곳의 바닥이
가장 낮은 곳으로 향해 기울어져 있구나."   114

여명은 그 앞에서 벌써 도망가는
밤의 마지막 시간을 압도하고 있었다.
이렇게 멀리서 바다의 표면이 일렁이는 것이 보였다.   117

헛된 발걸음이라고 믿은 사람들이
잃어버린 길을 다시 찾는 것처럼
우리는 그 긴 외로운 평야를 걸었다.   120

그늘진 곳에 있어
태양과 싸워도 이슬이
별로 스러지지 않는 곳에 이르자 123

선생님은 손바닥을 편 두 손을
부드러운 풀밭 위에 살포시 놓았다.
그분의 의도를 깨달은 나는 126

아직도 눈물로 더러워진
나의 볼을 그를 향해 돌렸고
그는 지옥의 안개가 어둡게 한 내 얼굴의 색을 드러내 주었다. 129

우리는 아무도 없는 해안에 도착했다.
그곳은 항해한 적도 없고 물에 갔다가
되돌아올 수 있는 자도 없었다.[18] 132

거기서 그분[19]이 원하는 것같이
선생님은 갈대로 내게 띠를 매어 주었다. 얼마나 놀라운가!
선생님이 선택된 겸손한 식물을 꺾자 135

바루 같은 자리에서 다시 자라났다.[20] 136

18

《 제2곡 》

태양은 이미 수평선에 이르렀고
자오선은 예루살렘의
가장 높은 곳으로 솟아오르고 있었다.   3

그 태양과 반대로 도는 밤은
갠지스 강에서 저울을 가지고 밖으로 나와
낮의 길이를 초월할 때 손에서 저울을 떨어뜨린다. [1]   6

내가 있었던 그곳에서 아름다운 여명의
빨갛고 하얀 뺨은 시간이 지나감에 따라
주황빛으로 변해 가고 있었다.   9

마음으로 그 길을 가고 있지만
몸은 여전히 제자리에 있는 사람처럼
우리는 아직도 해안에 있었다.   12

갑자기 아침의 빛이 이르렀을 때
화성이 짙은 안개 사이로 그의 붉은빛을
바다의 수평선 서쪽으로 나타내는 것처럼   15

다시 보고픈 빛이 내 앞에 나타났다.
바다에서 오는 빛은 아주 빨랐다.
이와 같이 빠르게 움직이는 어떠한 새도 없을 정도였다.   18

나의 길잡이를 바라보고 묻기 위해
시선을 그 빛으로부터 거두려 했으나
다시 빛을 볼수록 점점 더 빛나고 더 커 보였다.   21

그 빛의 모든 면에서 알 수 없는
하얀 무언가가 보였고 밑에서
조금씩 또 다른 하얀 것이 나타났다.   24

나의 선생님은 날개를 가진 첫 번째 하얀 것이 나타날 때까지
여전히 말이 없으셨다.
뱃사공이란 것을 알았을 때 나에게 소리쳤다.   27

"자, 자, 무릎을 꿇어라. 하느님의 천사시다.
손을 모아라. 이제부터
이 같은 하느님의 사자들을 볼 것이다.   30

보아라, 인간의 어떠한 수단도 거부하는 것같이
어떠한 노나 어떠한 돛도 사용하지 않고
이 두 해안 사이를 오로지 날개만으로도 충분하구나.   33

보아라, 하늘을 향해 바로 날개를 세우는 것처럼
죽은 깃털처럼 떨어지지 않고
영원한 깃털로 공기를 가르는구나."   36

그리고 성스러운 새는 우리를 향해
올수록 더 빛을 내며 나타났다. 그리고
가까이 왔을 때 나의 눈을 뜰 수가 없어서   39

시선을 아래로 떨구었다. 그리고 천사는
물에는 잠기지 않을 만큼의
날렵하고 빠른 배를 가지고 해변으로 오고 있었다.   42

하느님의 사공은 뱃머리에 있었고
그를 설명하자면 축복을 부여받은 듯 보였다.
그리고 배 안에는 수백의 영혼들이 앉아 있었다.   45

모두 함께 "이집트에서 이스라엘이 나올 때"의
〈시편〉을 그다음 구절까지
한목소리로 찬송하고 있었다.   48

천사가 그들에게 성호를 그었고
그들 모두는 해안에 뛰어내렸다.
그러자 천사는 올 때처럼 빠르게 돌아갔다.　　　　　51

그곳에 남은 영혼 무리는
그 장소가 낯선 듯 새로운 것을 실험하는 사람처럼
주변을 바라보았다.　　　　　54

태양은 틀림없는 화살로
산양자리를 하늘의 중앙으로부터 몰아내고
태양의 빛줄기를 모든 곳으로 쏘고 있었다.[2]　　　　　57

새로이 도착한 자들이 우리를 향해 몸을 돌리고
말했다. "당신들이 혹시 안다면
산에 이르는 길을 우리에게 보여 주시오."　　　　　60

베르길리우스는 대답했다. "아마도 당신들은
우리가 이곳을 잘 안다고 생각하겠지만
우리도 당신들과 같이 순례자들이지요.　　　　　63

당신들보다 조금 먼저 다른 길을 통해서
우리는 여기에 도착했지요. 어렵고 험한 그 길과 비교하면
지금부터 오르는 길은 우리에게 장난 같군요."　　　　　66

숨 쉬는 나를 보면서 내가 살아 있는 것을
알아차린 영혼들은
깜짝 놀라 하얗게 질려 있었다.   69

평화의 소식을 듣기 위해서 올리브를 들고 있는
전령의 주변을 둘러싸고 있는 사람들이
서로 밟히는 것을 아랑곳하지 않는 것처럼   72

정화하러 간다는 것을 거의 잊은 채,
그 모든 행운의 영혼들은
내 얼굴을 뚫어지게 쳐다보며 둘러싸고 있었다.   75

그들 중 하나가 커다란 애정을 가지고
나를 부둥켜안기 위해서 앞으로 나오는 것이 보였다.
나도 그렇게 하려고 몸을 움직였다.   78

오, 외관을 제외하고는 실체가 없이 텅 빈 영혼들이여![3]
세 번이나 손으로 그를 안으려 했으나
매번 똑같이 손은 내 가슴으로 되돌아왔다.   81

나는 몹시 깜짝 놀란 표정을 지었던 것 같다.
그러자 영혼은 미소 지었고 조금 뒤로 물러섰다.
나는 그를 따르기 위해서 앞으로 몸을 내밀었다.   84

그는 부드럽게 내게 멈춰 달라고 말했다.
그때 나는 그가 누구인지 알았으므로 잠시라도 머물러
나와 이야기하자고 간청했다.   87

그가 대답했다. "육신의 몸이었을 때
당신을 사랑한 것같이 영혼이 된 지금도 당신을 사랑합니다.
이런 이유로 잠시 머물러 있겠지만 당신은 왜 여기 있나요?"   90

나는 말했다. "나의 카셀라[4]여, 내가 있는 곳으로
새롭게 돌아가기 위해서 이 여행을 하고 있소.
그런데 어찌하여 많은 시간을 빼앗긴 것이오?"[5]   93

그는 대답했다. "잘못된 것은 아무것도 없었어요.
언제나, 누구든지 원하면 선택하는 천사께서
나를 이곳으로 데려오는 것을 여러 번 거부하셨지요.   96

사실 그의 바람은 하느님의 뜻을 따르는 것이니까요.
어쨌든 천사는 석 달 동안[6] 이 배에 오르고 싶어 하는
모든 자들을 환대해 주었어요.   99

그래서 테베레의 강물이 있는 곳에 소금기가 들어오는
바다를 바라보며 기다리고 있던 나도
천사가 자비롭게 맞이해 주었지요.   102

24

그분이 저 하구에서 날개를 세우고 있으면
아케론 강으로 내려가지 않는 모든 영혼은
그곳으로 항상 모여듭니다."   105

"만일 새로운 율법이 나의 근심을 진정시켜 주었던
사랑스러운 노래의 기억이나
습관을 빼앗지 않았다면   108

육신의 몸으로 이곳으로 오면서
지쳐 버린 나의 영혼을
조금이나마 위로해 주길 청하오!"   111

그러자 그는 "내 마음에서 속삭이는 사랑"[7]을
부드럽게 노래하기 시작했다.
그 노래의 달콤함은 내 안에서 아직도 울리는 듯하다.   114

나의 선생님과 나, 그리고 그와 함께 있었던
다른 영혼들은 마치 어떠한 다른 생각이
우리의 마음을 방해할 수 없는 것같이 매우 만족한 듯했다.   117

우리는 모두 그의 노래에 빠져들어 있었다.
그때 위엄 있는 노인[8]이 나타나더니 소리쳤다.
"무슨 일이 일어나고 있느냐, 게으른 영혼들아!   120

어찌 태만하여 이리 지체하고 있는 것이냐?
어서 하느님께서 너희에게 나타나시는 것을 가로막는
허물을 벗어 버릴 산으로 뛰어가거라.”   123

마치 곡물이나 껍질을 쪼아 먹으려고
함께 있었던 비둘기들이
평상시의 거만을 보이지 않고 침착하게 있다가도   126

무서운 무언가가 나타나자마자
위험으로부터 살아야겠다는 생각에
모이를 포기하는 것처럼   129

막 도착한 새로 온 무리는
듣고 있던 노래를 포기하고
어디로 가는지 모르는 사람처럼 산으로 향해 달렸다.   132

우리도 그들 못지않게 빨리 그곳에서 멀어졌다.   133

제3곡

모든 영혼은 갑작스럽게 도망치며 하느님의 정의가

올바른 벌로 우리를 정화시키는 산을 향해

벌판으로 흩어져 버렸지만   3

나는 신뢰하는 내 동반자에게 더 가까이 다가갔다.

그 없이 어떻게 뛰어갈 수 있겠는가?

누가 날 산 위로 오르게 인도하겠는가?   6

그는 양심에 가책을 받은 듯 보였다.

오, 위엄 있고 깨끗한 양심이여,

하찮은 허물도 당신에게는 견디기 어려운 후회로군요!   9

모든 행동에서 위엄을 깎아내리는

성급함이 그의 발걸음에서 떠났을 때

오로지 한 생각만으로 좁아졌던 내 정신은   12

새로운 것을 알고 싶다는 열망으로 넓혀졌고
나는 시선을 다른 어떤 것보다 더 높게
바다에서 하늘로 솟은 산을 향해 돌렸다.   15

내 뒤로 붉게 빛나는 태양은
그 광선을 방해하는 내 몸으로 인해
내 앞에서 부서져 버렸다.   18

바닥에 검은 그림자가
오직 내 앞에 있는 것을 보았을 때
난 버려진 것이 아닌가 하는 두려움으로 옆을 돌아보았다.   21

나의 위안이신 분이 돌아보며 내게 말했다.
"왜 아직도 믿지 않느냐? 내가
널 인도하려고 너와 함께 여기 있는 것을 믿지 않는 것이냐?   24

내가 만든 그림자의 육신이 묻힌
저곳은 이미 저녁이 되어 간다. [1]
전에 브린디시에 있었던 나의 육신은 지금 나폴리에 묻혔다. [2]   27

지금 내 앞에 그림자가 없다고
너무 놀라지 말아라. 어떠한 하늘도 빛줄기의 통로를
여기저기 방해하지 않는다.   30

하느님의 권능은 우리의 몸이
뜨겁거나 차가운 것에 의해 고통을 느끼게 하셨다.
그리고 어떻게 그것을 했는가에 대해 우리에게 드러내지 않으신다. 33

하나의 존재에 세 위격(位格)³을 내포하고 있는
무한한 길을 우리의 이성이 통과할 수 있기를
바라는 자는 미친 것이다. 36

인간들이여, 너희에게 보이는 그대로 만족하여라!⁴
만일 모든 것을 볼 수 있었다면
마리아는 아이를 낳지 않았을 것이다. 39

그리고 아는 것에 만족할 수 있는 사람들이
헛되게 열망하는 것을 너희는 보았을 것이니,
그 열망들은 영원한 벌로 바뀔 것이다.⁵ 42

아리스토텔레스, 플라톤, 그리고 다른 많은 사람에 대해
내가 하는 말이다." 이렇게 말한 후 선생님은 고개를 숙이고
더 이상 말을 하지 않고 혼란스러운 듯했다. 45

그러면서도 우리는 산 밑에 도착하였다.
그 산을 오르려고 열심이었던 다리가 쓸모가 없을 정도로
가파른 암벽이었다. 48

가장 황량하고 가장 경사가 심하다고 하는
레리치와 투르비아 사이의 경사도 이것에 비하면
오르기 쉬운 암벽과 널찍한 계단 같았다.   51

나의 선생님은 발걸음을 멈추며 말했다.
"날개 없는 자가 오르기에
어느 벽이 덜 가파른지 누가 알겠는가?"   54

선생님이 고개를 숙이고
갈 길을 헤아리는 동안
나는 암벽 주위의 높은 곳을 바라보았다.   57

우리를 항해 걸어오는
영혼들의 무리가 나의 왼쪽에서 나타났는데
움직이지도 않는 것처럼 아주 천천히 다가왔다.   60

나는 말했다. "선생님, 눈을 들어 보세요.
선생님 혼자서 찾을 수 없는 길을
우리에게 가르쳐 줄 자가 오고 있습니다."   63

선생님은 영혼들의 무리를 보았고 걱정에서
해방된 표정을 지으며 대답했다. "우리를 향해 천천히 오고 있으니,
저쪽으로 가자. 사랑하는 아들아, 희망을 굳게 다지려무나."   66

우리가 천 발자국을 간 후에도
그들은 돌팔매질을 잘하는 자가 돌을 던져
겨우 맞출 만큼의 거리에 여전히 멀리 있었다.   69

그들이 가파른 경사의 단단한 바위 주변에
몰려 있는 것을 보았는데 그들은 꿈쩍도 않고 가까이 붙어 있었다.
두려워하며 가는 자가 주위를 보며 멈춰 있는 것 같았다.   72

베르길리우스가 말했다. "오, 하느님의 은총으로
이제는 선택된 영혼인 죽은 영혼들이여,
당신들 모두를 기다리는 평화의 이름으로   75

우리가 오를 수 있는 산의 완만한 곳이
어디인지 말해 주시오. 아는 것이 더 많은 자일수록
시간 낭비를 덜하지 않겠습니까."   78

한 번에 한 마리, 두 마리, 세 마리씩
작은 양 우리에서 나오는 양들같이
나머지는 멈춰 두려움에 떨며 코와 눈은 땅에 박고 있다가   81

앞선 양에게 바싹 붙어 앞선 양이 하는 것을 따라 하며
멈추면 단순하고 온화한 양들까지
그 행동을 하는 이유도 알지 못하고 멈추는 듯했다.   84

정숙한 얼굴과 고귀한 움직임으로
행복한 영혼의 무리의 선두가
우리를 향해 오는 것이 보였다.   87

선두의 영혼들이 바다에 태양의 빛이
부서져 내 오른쪽으로
나의 몸에서부터 암벽까지 걸치는 그림자가 형성된 것을 보더니   90

그들은 멈춰 섰고 뒤로 주춤거리며 약간 물러났다.
그리고 그들 뒤로 오던 나머지 모든 무리도
왜 그렇게 하는지 알지 못한 채 똑같이 주춤거리며 약간 물러났다. 93

"내게 질문할 것 없이 당신들에게 바로 말하겠소.
당신들이 보는 이 육신은 살아 있는 것이오.
태양의 빛이 땅에 부서지는 것이오.   96

그러니 놀라지 마시오. 하늘에서 오는
덕성의 도움 없이 이 절벽을 넘으려는 것이
아니라는 것을 믿으시오."   99

나의 선생님은 이렇게 말했고 훌륭한 영혼들이
"뒤로 돌아가시오."라고
손등으로 신호하며 말했다.   102

그들 중 한 명이 말했다. "당신이 누구인지 간에,
계속해서 걸으며 나를 향해 돌아보시오.
그리고 저 세상에서 나를 본 적이 없는지 말해 주시오."　　105

그를 향해 나는 몸을 돌려 자세히 바라보았다.
그는 금발이고 잘생겼으며 귀족적인 모습이었으나
눈썹 중 하나가 상처에 의해 갈라져 있었다.　　108

내가 그를 본 적이 없다고 공손하게
말했을 때 그는 다시 말했다. "그렇다면 보시오."
그리고 내게 가슴의 윗부분에 난 상처를 보여 주었다.　　111

그러면서 미소 지으며 말했다. "나는 만프레디,[6]
코스탄차 황후[7]의 손자요. 그러니 당신에게 부탁하오.
당신이 저 세상으로 돌아가면　　114

시칠리아와 아라곤의 명예의 모친,
아름다운 내 딸[8]에게 가서
나에 대해 다른 이야기를 하거든, 그녀에게 진실을 말해 주시오.[9] 117

내 몸이 이 치명적인 두 상처를 입은 후
흔쾌히 용서하시는 그분께
나는 눈물로 내 영혼을 바쳤소.　　120

살아 있을 때의 내 죄들은 끔찍했으나
넓고 큰 팔을 가지신 그분의 한없는 선함은
그분께 돌아오려는 누구든지 거두신다오.   123

내 죽음 후 나의 육신을 찾기 위해서
교황 클레멘스가 보낸 코센차의 목자[10]가
만일 하느님의 이 모습을 잘 이해했더라면   126

내 육신의 뼈는 아직도
베네벤토 근처 다리의 어귀에
무거운 돌무더기의 보호를 받고 있을 것이오.[11]   129

내 육신이 촛불이 꺼진 상태로 옮겨져
지금은 베르데 강 근처에서
비에 젖고 내 왕국 밖에서 불어오는 바람에 흩날리고 있소.[12]   132

희망이 한 가닥 푸름을 지니고 있다면[13]
파문의 저주에도 영원한 사랑은
돌아올 수 없지는 않을 것이오.   135

성스러운 교회에서 파문당해 죽은 자는
죽을 때 회개한다 하더라도
살아 있을 때 오만한 고집을 부린 시간의   138

34

삼십 배를 이 절벽의 밖에서 있어야 하오.
성스러운 기도의 덕으로 이 규정이
시간을 단축시킨다면 모르겠소만. 141

아직도 올라가는 것이 금지된 내 처지를
당신이 본 대로 나의 선한 코스탄차에게 알려 주어
당신이 날 기쁘게 할 수 있는지 생각해 보시오. 144

여기서는 세상 사람의 기도를 통해 많은 것을 얻는다오."[14] 145

제4곡

우리의 감각이 자신의 기쁨과 고통에
붙들리면 우리의 영혼은
이런 감각에 완전히 집중되어서   3

다른 기능에는 더 이상 전념할 수 없는 듯하다.
우리 안에 한 영혼이 다른 영혼 위에 놓여
발화(發火)된다고 믿는 오류에 반대되는 것이다. [1]   6

그래서 영혼을 강하게 매료하는
어떤 것을 듣거나 보았을 때
사람들이 알아차리지 못한 채 시간은 흐른다.   9

시간의 흐름을 인식하는 힘과
영혼을 온통 지배하는 것은 서로 다르기 때문에
전자는 영혼에서 자유롭고 후자는 영혼에 매여 있다.   12

그 영혼[2]의 말들을 듣고 놀라워하면서
이 현상에 대해 나는 직접적인 경험을 하고 있었다.
하늘에 태양이 오십 도로 떠오른 것[3]도　　　　　　　　　15

알지 못한 채 나는
한 영혼이 우리에게 외치는 곳에 이르렀다.
"이곳이 당신들이 물어보았던 장소요."　　　　　　　18

포도가 익어 가기 시작할 때에
농부가 작은 쇠스랑으로 긁어모은 가시들로
여러 번 막은 울타리의 빈틈이　　　　　　　　　　21

영혼의 무리가 떠나자마자 홀로 남은
나의 길잡이와 그 뒤를 따랐던 내가
올라가야 했던 좁은 길보다 더 넓었을 것이다.　　　24

산레오[4]로 가거나 놀리[5]로 내려가고
비스만토바[6]와 산꼭대기 카쿠메[7]에 오를 때
오직 두 발로도 충분하나 여기서는 날아야 한다.　27

내게 희망을 주고 또 빛이 되어 주는
그 인도자 뒤를 따라서 날렵한 날개와
커다란 열망의 깃털로 날아가야 하는 것을 말한다.　30

부서진 바위들 사이에 뚫린 좁은 길 안으로
올라갔다. 양쪽의 벼랑들이 우리를 죄었고
바다은 손과 발을 필요로 하였다.   33

탁 트인 빈터가 있는
벼랑의 제일 높은 곳에 도착했을 때
나는 말했다. "나의 선생님, 이제 어떤 길로 가야 하지요?"   36

그는 내게 말했다. "한 걸음도 아래로 내려가지 마라.
이 여정의 경험을 가진 안내자가 우리에게 나타날 때까지
내 뒤를 따라 높은 곳을 향해 올라가자."   39

산꼭대기는 눈에 보이지 않을 정도로 높았고
벼랑은 경사가 너무 심하게 솟아 있었는데
원의 4분의 1에서 가운데에 이르는 선보다 많이 높았다.[8]   42

말을 꺼냈을 때 나는 이미 지쳐 있었다.
"자상하신 선생님, 돌아서서 나를 좀 보아 주세요. 당신이 한순간도
쉬지 않고 가신다면 전 여기에 홀로 남겨질 것입니다."   45

그러자 그는 말했다. "나의 아들아, 여기까지만 올라오도록 해라."
산의 모든 비탈을 두르고 있는
조금 더 높은 평평한 곳을 가리키셨다.   48

그의 말은 내게 격려가 되었고
나는 전력을 다해서 그의 뒤를 따르며 손과 발을 움직여
그 평평한 곳을 발아래에 둘 때까지 기어 올라갔다.   51

동쪽으로 몸을 돌려 그곳에 둘 다 주저앉아서
우리가 올라왔던 곳을 바라보았다.
평상시 되돌아보는 것은 사람을 기분 좋게 만든다.   54

해안을 향해 아래로 내려다보았던 처음 시선을 돌려
태양을 향해 올려다보았는데 빛줄기가 왼쪽에서부터 우리를
비춘다는 것이 놀라웠다. [9]   57

우리와 북쪽 사이를 통과하는 빛의 수레를
놀라워하며 바라보는 나를
시인은 잘 이해하는 듯했다.   60

그리고 말했다. "카스토르와 폴리데우케스[10]가
빛을 위아래로 비추는 거울을
동반하고 있다면,   63

태양과 같이 홍옥색의 황도대가
평소에 다니던 길에서 벗어나지 않는다면,
아직도 곰자리에 가까이 돌고 있는 것을 볼 것이다. [11]   66

어떻게 이런 것이 가능한지 알고 싶다면
마음을 집중하여 상상해 보아라.
시온 산[12]과 이 산[13]이 지구 위에서   69

서로 다른 반구에 있으면서
양쪽 다 오직 하나의 수평선을 가지고 있다고 말이다.
파에톤은 전차를 몰 수 있는 능력이 없어 벗어났겠지만   72

만일 네가 확실하게 이해한다면 태양의 길은
이곳에서는 이쪽으로 저곳에서는 저쪽으로
가야 하는 것을 볼 수 있을 것이다."[14]   75

나는 말했다. "나의 선생님, 당연하지요.
저의 재능이 부족한 것을
지금처럼 이렇게 확실하게 본 적이 없습니다.   78

천문학자들이 적도라고 부르는
하늘의 움직임에서 원 중심은
항상 태양과 겨울 사이에 머무릅니다.   81

선생님께서 설명하신 그 이유로
여기서는 태양이 북쪽으로 멀리 있는 만큼
히브리 사람들은 따뜻한 쪽으로 태양이 보이는 것이겠지요.[15] 84

그런데 선생님께서 괜찮으시다면
아직도 얼마나 더 가야 하는지 알고 싶습니다.
왜냐하면 산은 제 눈으로 볼 수 없는 곳까지 솟아 있기 때문입니다." 87

그는 내게 말했다. "이 산은
처음에 오를 때가 가장 힘들고
위로 올라갈수록 덜 험난하단다. 90

배가 강의 흐름에 따라 떠내려가는 것처럼
오르는 것이 쉬워져
네가 기분이 좋아질 때 93

이 여정의 끝에 있을 것이다.
거기서 너는 휴식을 기대할 수 있을 것이다.
더 말하지 않겠다. 난 이것이 사실이란 것을 안다." 96

그가 말을 끝마치자마자
가까운 곳에서 목소리가 들려왔다.
"아마도 도착하기 전에 주저앉고 싶어질 거야!" 99

목소리가 들리는 곳으로 우리 둘 다 몸을 돌렸고
우리의 왼쪽으로 우리 둘 중 누구 하나 먼저
알아차리지 못한 커다란 바위가 보였다. 102

우리는 그곳으로 다가갔고
게으름을 피우는 전형적인 태도로
바위 뒤 그늘 속에 드러누운 영혼들이 보였다. 105

그들 중 하나는 피곤한지 주저앉아서
무릎을 두 팔로 감싸 안고서
머리는 땅을 향해 다리 사이에 파묻고 있었다. 108

나는 말했다. "오, 자비로운 나의 선생님이여,
게으름이 그의 누이라 할 만큼
태만한 자 같은 저 영혼을 보십시오." 111

그러자 그 영혼은 시선을 돌려 우리를 주의 깊게 바라보며
그의 시선을 허벅지 높이 정도로 올리고 말했다.
"네가 잘한다면 너도 올라가 보아라!" 114

나는 그가 누구인지 알아보았고
지쳐서 숨은 가쁘게 쉬고 있었지만
그에게 다가가는 것을 멈추지 않았다. 117

그러자 그는 머리를 약간 올리더니
내게 말했다. "너는 태양이 어떻게
왼쪽으로 그의 수레를 타고 가는지 잘 보았겠지?" 120

그의 게으른 행동과 짧은 말은
내 입술을 조금 움직여 웃게 만들었다.
그리고 말했다. "벨라콰,[16] 이제는 당신을 위해　　　123

더 이상 걱정하지 않소. 자, 말해 보시오.
왜 여기에 앉아 있는 것이오? 길잡이를 기다리는 것이오,
아니면 옛 습관처럼 쉬고 있는 것이오?"　　　126

"형제여, 올라가는 것이 무슨 소용인가?
문 앞에 앉아 있는 하느님의 천사가
참회하려고 들어가는 나를 막을 거야.　　　129

마지막까지 선한 한숨[17]을 늦추었기 때문에
살아왔던 만큼 하늘이 내 주위를 돌 때까지
문밖에서 있어야 해.　　　132

이 시간을 단축할 수 있는, 하느님의 은총이 가득한
마음에서 우러나오는 선한 기도가 날 도와주어야 하네.
다른 것은 필요가 없어. 하늘에서 들어주려고 하지도 않지."　　　135

벌써 시인은 내 앞에서 오르면서 말했다.
"이제 이리 오너라,
태양이 자오선에 이르렀으니 밤은 이미　　　138

모로코의 해안에 발이 닿는구나."[18]

제5곡

나는 게으른 영혼들에서 이미 멀어졌고
나의 길잡이의 발자국을 따르고 있었다.
그때 내 뒤에 있는 영혼이 손가락으로 가리키며 소리쳤다.   3

"저걸 좀 보아라, 저 뒤따르는 자의
왼쪽에 태양의 빛이 들지 않는 거 같아.
마치 살아 있는 사람처럼 움직이는 거 같아!"   6

이 말을 듣고 시선을 돌리자
나를, 분명히 나를, 부서지는 태양의 빛을
놀라워하는 눈으로 바라보는 그 영혼들이 보였다.   9

선생님은 내게 말했다. "걸음을 늦출 정도로
정신을 왜 **빼앗기느냐**? 여기서 재잘거리는 것이
네게 그렇게 중요한 것이냐?   12

나를 따라오너라. 그리고 저들은 떠들도록 내버려 두어라.
불어오는 바람에도 꼭대기가 움직이지 않는
탑처럼 있어라.   15

사실 사람은 생각에 생각을 겹치면
원래의 목적에서 멀어지며 끝난다.
새로운 생각의 힘이 이전의 생각을 약하게 만들기 때문이다."   18

내가 무슨 말을 할 수 있었을까. "당신을 따라가겠습니다." 이 외에.
나는 그렇게 말하고 용서를 구하는
사람처럼 얼굴이 빨갛게 달아올라 있었다.   21

그때 산의 비탈을 돌아서
우리를 향해 조금 멀리서 다가오는 영혼들이 보였다.
"우리를 불쌍히 여기소서."[1]를 구절마다 노래하고 있었다.   24

그들은 내 몸이 태양의 빛을 통과시키지 않는 것을
알아차렸을 때 노래를 "오!" 하는 긴 놀라움의
목소리로 바꾸었다.   27

선택된 사자처럼 그들 중 둘은
우리를 향해 앞으로 나서더니 물었다.
"당신들이 어떤 상태에 처했는지를 알게 해 주시오."   30

나의 선생님은 대답했다. "당신들을 우리에게
보낸 자에게 이자의 몸은 살아 있는 살이라고
돌아가서 전하시오.   33

만일 내가 말한 것처럼 그의 그림자를 보기 위해
이렇게 멈춰 서 있는 것이라면 나는 충분히 답을 하였소.
그를 존경으로 대하는 것이 유익할 것이오."   36

태양이 지는 이른 저녁 맑은 하늘을 가르며
8월의 구름들 사이를 찢는 불타는 수증기[2]도
이렇게 빠르지는 않았을 것이다.   39

그 두 영혼은 그렇게 급히 그들의 무리에게
돌아가더니, 다른 모든 영혼과 함께 우리에게로
되돌아왔는데 마치 해방되어 뛰는 무리 같았다.   42

시인은 말했다. "우리 주변으로 다가오는
사람들이 너무 많구나. 네게 기도를 부탁하기 위해 오는 것이니
들으면서 계속 걸어 올라가라."   45

그들은 오면서 소리쳤다. "태어날 때의 그 육신을
그대로 가지고 축복을 향해 올라가는 영혼이여,
걸음을 잠시만 멈추시오.   48

우리 중 아는 자가 있어 저 살아 있는 세상에
소식을 전해 줄 수 있는지 보시오.
아, 왜 계속해서 걸어가는 것이오? 아, 왜 멈추지 않는 것이오?　51

우리 모두 잔인하게 죽임을 당했고
마지막 시간까지 죄인으로 있었소.
그러나 하늘의 빛이 우리의 죄를 깨닫게 하여　54

스스로 회개하고 용서하면서
하느님과 함께 평화 속에서 삶을 떠났소.
하느님을 보고 싶은 마음에 지금도 가슴 아프오."　57

나는 대답했다. "당신들의 얼굴을 자세히 보아도
아는 사람이 아무도 없소. 그러나 당신들은 축복받은
영혼이니 내가 할 수 있는 것이 무엇인지 말해 주면　60

내가 그렇게 할 것이오. 이 길잡이를 따라
저승의 세계를 넘어 찾아다니는
평화의 이름으로 그렇게 하겠소."　63

한 영혼[3]이 말했다. "불가능성이 당신의
의지를 꺾지 않는다면 맹세도 필요 없이
우리 모두는 당신의 약속을 믿을 것이오.　66

그래서 다른 이들보다 먼저 혼자 나서서 이렇게 말하면서
당신에게 청하오. 만일 로마냐와 카를로[4] 사이에 있는
지방[5]을 가려고 한다면   69

당신의 친절을 파노에 베풀어
하느님의 은총을 받은 사람들이 나를 위해 기도하여
내 죄가 씻기도록 해 주시오.   72

나는 파노 출신이나, 내 영혼이 있었던
피가 흘러나온 그 깊은 상처는
안테노르의 땅[6]에서 입었소.   75

내가 안전하다고 믿었던 땅이었소.
정당함을 훨씬 더 넘어선 분노를
에스테의 그자[7]가 내게 품었소.   78

내가 오리아고에 이르렀을 때
미라[8]로 도망을 갔더라면
아직도 거기서 숨을 쉬고 있을 것을.   81

대신 나는 늪을 향해 도망갔소.
갈대와 진흙이 내가 넘어질 때까지 나를 곤경에 빠뜨렸지.
거기서 땅에 호수를 이루는 내 피를 보았소."   84

또 다른 영혼[9]이 말했다. "아, 저 높은 산으로
올라가는 소망이 실현된다면,
그 선한 자비로 나의 소원을 이루도록 도와주시오!   87

나는 몬테펠트로 사람이오, 이름은 본콘테라고 하지요.
조반나도 다른 사람들[10]도 나를 돌보지 않았소.
그래서 나는 이 영혼들과 함께 머리를 숙이고 걷고 있소."   90

그에게 나는 물었다. "그 어떤 힘, 그 어떤 운명이
당신을 캄팔디노[11]에서 멀리 밖으로 끌어내어
당신의 시신을 찾을 수 없게 하였나요?"   93

그는 대답했다. "오! 아펜니노 산맥에서
에르모보다 위에서 나오는 아르키아노라고 불리는 강은
카센티노의 아래로 흐르고 있지요.   96

거기를 지나며 그의 이름을 잃어버리고[12]
그곳에서 나는 목에 구멍이 난 채
바닥을 피로 적시며 맨발로 도망쳤소.   99

거기서 난 눈을 잃었고 말을 잃었소
마리아의 이름을 부르며 죽었지요.
그리고 넘어져 오직 육신만 남았소.   102

이제 당신에게 진실을 말하니 살아 있는 사람들에게 전하시오.
하느님의 천사는 나를 잡았는데 지옥의 악마가 소리쳤지요.
'아, 하늘에서 온 자여, 왜 너는 내게 귀속된 것을 빼앗아 가느냐?   105

그의 눈물 한 방울 때문에 그의 영원한 부분을
내게서 빼앗아 가져가는가! 그렇다면 나는
그의 다른 부분인 육신을 가져가지!'   108

당신은 습한 증기가 공기 중에 모이고
더 차가운 곳으로 올라가면
다시 물이 되는 것을 잘 알 것이오.   111

그 악마는 오로지 그의 사악한 의지와 결합하였으니
오직 머리로는 나쁜 것을 꾸미고 그에게 주어진 천성의 힘으로
연기와 바람을 움직였소.   114

그리고 태양이 지자마자 프라토마뇨에서
길게 이어지는 산까지의 모든 계곡을
안개로 덮어 버렸소. 하늘을 짙은 수증기로 덮어 버렸지.   117

포화된 수증기는 물로 바뀌어,
비가 떨어져 내렸고, 땅이 흡수할 수 없을 정도가 되자
계류로 흘러내렸소.   120

물의 흐름이 합쳐질 때
왕의 강[13]으로 빠르게 흘러서
아무도 멈추게 할 수 없었소.   123

격렬한 아르키아노는 하구에서
얼어 차갑게 식어 가는 내 육신을 찾았고
아르노 강으로 밀었소. 고통이 나를 덮쳤을 때   126

팔을 가지고 내 가슴에 만든 십자가를 풀었소.[14]
물살은 나를 강둑으로 강바닥으로 굴리면서
그의 전리품[15]과 함께 나를 에워싸고 덮었소."   129

이때 둘째 영혼을 이어서 셋째 영혼[16]이 말했다.
"오, 세상으로 당신이 다시 돌아가서
이 긴 여정 때문에 쉬고 있을 때   132

나를 기억해 주세요. 나는 피아라고 해요.
시에나가 나를 낳았고 마렘마가 나를 죽인 것은
내게 결혼을 청하며 결혼반지를 끼워 준   135

그자가 잘 알고 있어요."   136

제6곡

차라의 도박[1]이 끝날 때 잃어버린 자는
고통스러워하며 홀로 남아서
주사위 던지는 것을 반복하며 쓸쓸하게 배우고자 하지만   3

모든 사람들은 다른 자[2]를 따라간다.
그보다 앞서서 가는 자, 그 뒤에서 그를 덮치는 자
그리고 그의 양 옆에서 그의 눈길을 끌려고 하는 자들이 있다.   6

그 자는 돈을 손에 쥐고 한두 푼씩 주면서
모든 사람의 말을 들어 주고 멈추지 않는다.
이렇게 하는 것이 무리로부터 방어하는 것이다.   9

내가 영혼들의 무리 사이에서 이렇게 하고 있었다.
이리저리 그들에게 얼굴을 돌리며 약속하면서
그 무리로부터 떨어졌다.   12

거기에 기노 디 타코의 잔인한 손에
죽임을 당한 아레초 사람,[3]
쫓기다 물에 빠져 죽은 사람[4]이 있었다.   15

악수하듯 손을 잡고 간청하는 페데리코 노벨로,[5]
선한 아버지 마르추코[6]를 강하게 보이게 했던
피사의 사람[7]이 있었다.   18

저기에 백작 오르소[8]가 보였다.
저지른 죄 때문이 아니라 증오와 질투 때문에
그의 육체에서 영혼이 분리되었다고 말하는 사람,   21

피에르 데 라 브로세[9]도 보였다. 여기를 보니,
브라반테의 여자여, 저 나쁜 무리와 함께하지 않으려면
살아 있을 동안 영혼을 잘 돌보며 회개하여라.[10]   24

그들의 정화가 더 빨리 되기 위해서
다른 사람들이 그들을 위해 기도하도록
애원하던 그 모든 영혼으로부터 해방되자마자   27

나는 말하기 시작했다. "오, 나의 빛이신 선생님이여,
당신이 썼던 어떤 글[11]에서 하늘의 율법을 꺾을 수 있는
기도는 없다고 하셨던 것 같습니다.   30

그럼에도 이 영혼들은 바로 이것 때문에 계속해서 간청합니다.
그들의 희망은 헛된 것일까요? 아니면
제가 선생님의 말을 잘못 이해한 것일까요?"   33

내게 대답하기를, "내가 그렇게 말한 것이 확실하다.
건전한 정신으로 잘 생각해 보면
이 영혼들은 헛되이 희망을 갖는 것이 아니다.   36

여기에 머물고 있는 영혼들이 갚아야 할 것을
사랑의 불이 순간적으로 완성시켜 준다 해도
하느님의 심판의 높이가 낮아지는 게 아니다.[12]   39

그 단문에서 내가 그 점을 확언했는데
죄는 기도로 없어지는 것이 아니다.
기도가 하느님께 닿지 않기 때문이다.[13]   42

지성과 진실 사이의 빛이신 여인께서
네게 말하기 전에 그렇게 깊은 의심이 있어도
의심 속에 머물지 말아라.   45

네가 이해했는지는 모르겠지만
베아트리체에 대해 말하는 것이다.
그분이 산 정상에 이르러 축복을 주며 웃는 것을 볼 것이다." 48

"선생님, 더 빨리 가시지요. 더 이상 전처럼
피곤하지 않습니다. 저기 산을 보세요.
이제 산이 그림자를 드리웁니다."   51

그는 대답했다. "날의 빛이 저물기 전까지
우리가 할 수 있는 만큼 올라가자.
그러나 일은 네가 생각하는 것처럼 돌아가지는 않을 것이다.   54

태양은 산 뒤로 숨어 버려 네 몸의 그림자를 만들지 않지만
네가 저 위에 도착하기 전에
다시 떠오르는 것을 보게 될 것이다.   57

그러나 저기 아래에 혼자 슬프게
우리를 바라보고 앉아 있는 영혼을 보아라.
저자가 우리에게 지름길을 알려 줄 영혼일 것이다."   60

우리는 그 영혼에게 다가갔다. 오, 롬바르디아의 영혼이여,
당신은 얼마나 거만하고 냉담하며
그 눈은 얼마나 천천히 고상하게 움직이는지!   63

그는 우리에게 아무 말도 하지 않았다.
앉아서 쉬고 있는 사자처럼 눈으로만 쳐다보면서
우리가 가까이 가도록 내버려 두었다.   66

베르길리우스는 그 영혼에게 가까이 가서
오르기에 가장 좋은 길을 가르쳐 달라고 청했음에도 불구하고
그는 질문에 어떠한 대꾸도 하지 않았다.　　　　　　　　69

대신 우리가 어디서 태어났고 어떻게 살았는지
물었다. 친절한 길잡이가 "만토바……."라고 대답하기 시작하자
자기 혼자만 있던 그 영혼은　　　　　　　　72

그 자리에서 벌떡 일어나며 말했다.
"오, 만토바 사람이여, 나는 소르델로요.[14]
당신과 같은 고향 출신이오!" 그리고 서로 부둥켜안았다.　　　75

아, 속박된 이탈리아여, 고통의 피난처여,
폭풍이 휘몰아치는 바다에 사공 없는 배여,
나라의 주인이 없는 시끄러운 곳이여![15]　　　　　　　　78

고상한 저 영혼은 오직 그의 고향이란
달콤한 소리에 동향인이라며
축제를 벌일 듯이 환영하지 않는가.　　　　　　　　81

지금 네 안에서 살고 있는 자들은
전쟁하는 것을 멈추지 않고 또한
성벽과 해자에 둘러싸인 자들끼리 서로 물어뜯는구나.　　　84

오, 불행한 자들이여, 네 해안 주변을 찾아보아라.

안의 중심을 들여다보아라.

평화를 즐길 수 있는 작은 한구석이라도 찾을 수 있는지.　　　87

안장이 비었다면 유스티니아누스가

고삐를 고친다 한들 무슨 소용이 있겠느냐?[16]

그 고삐가 없었더라면 네 부끄러움이 덜했을 텐데.　　　90

오, 신앙심이 깊었어야 했던 사람들[17]이여,

하느님께서 네게 알려 주신 것[18]을 잘 이해했다면

카이사르가 안장에 앉는 것을 내버려 두었어야 했다.　　　93

말의 고삐를 손에 쥐는 순간부터

박차를 가하여도 바르게 가질 않을 정도로

이 야수[19]가 얼마나 거칠게 되었는지 보아라.　　　96

오, 독일 사람 알브레히트[20]여, 그의 안장에

앉아 있어야 했는데

너는 걷잡을 수 없고 사나운 이 짐승을 버려두었구나.　　　99

정당한 심판은 별들로부터

너와 네 가문에 떨어지고[21] 네 후손[22]이 두려움에 떨 정도로

심판은 새롭고 명료한 것이리라!　　　102

너와 네 아버지는 탐욕으로 인해
강하게 연결된 쪽[23]에만 관심을 쏟아서
황제의 정원은 황폐해졌다[24].   105

몬테키와 카펠레티,[25] 모날디와 필리페스키[26]를
보러 오너라. 매정한 사람이여,
이미 그들과 함께 슬퍼하며 불안해하고 있지 않은가!   108

오, 잔인한 자여, 당신의 신하들이
어떻게 고통받고 있는지 보고 그들의 고통을 치료해 주어라.
그러면 산타피오라[27]가 얼마나 어두운지 볼 것이다.   111

울고 있는 너의 로마를 보러 오라.
과부가 되어 홀로 남아 낮과 밤으로 부르짖는다.
"나의 카이사르여,[28] 왜 나를 버렸는가?"   114

사람들이 서로 얼마나 사랑하는지를 보러 오라!
만일 네가 우리를 가엾게 여기지 않는다면
네 명성을 스스로 부끄럽게 여기게 될 것이다.   117

오, 제게 허락된다면 당신께 물어보겠습니다.
세상의 우리를 위해 십자가에 못 박힌 숭고하신 제우스[29]여,
당신의 정의로운 눈을 혹시 다른 곳으로 돌리셨나이까?   120

아니면 우리가 이해할 수 없는 선을

행하시기 위해 당신의 지혜의 심해 속에서

준비하고 있으십니까?   123

이탈리아의 모든 도시는 이미 폭군으로

가득 차 있습니다. 분파의 대장이 된 천박한 사람 모두가

마르켈루스[30]처럼 행동하고 있습니다.   126

나의 피렌체여, 바른 판단을 하는 너희 시민들 덕분에

너희를 건드리지 않고 빗나간 것에

정말로 만족할 수 있구나!   129

마음속에 정의를 품은 많은 이는

활에 대한 충고 없이는 시위 당기기를 늦추지만

너희 시민들은 항상 정의에 대해 입으로 말만 하는구나.   132

많은 이들은 공공의 짐을 맡게 되는 것을 거부하지만

너희 시민들은 불리지 않았어도 소리 지르며

재촉하며 대답한다. "내가 맡겠소!"   135

이제 즐거워하라, 너는 그럴 만한 이유를 가지고 있다.

부자인 너, 평화가 함께하는 너, 현명한 너! 진실을 말하자면

사실들은 나를 속일 수 없다는 것이다.   138

고대의 법을 만들었고 그렇게 정중했던
아테네와 라케다이몬[31]도 너와 비교하면
정의로운 생활에 조그만 기여를 했을 뿐이니   141

그런 네가 얇은 규칙[32]을 많이 만들어서
10월에 규칙들을 발표해도
11월 중순을 넘기지 못한다.   144

인간의 기억에 따르면 너는 몇 번이나
법, 화폐와 공직, 그리고 관습을 변경하였고
시민들을 교체하였는가!   147

네가 잘 기억하고 확실하게 본다면
깃털 이불 위에서도 휴식을 찾을 수 없으나
고통을 덜기 위해 계속해서 몸을 몇 번이고 뒤척이는   150

병든 여인과 너는 비슷하다는 것을 알게 될 것이다.   151

❧ 제7곡 ❧

두 사람은 들뜨고 기쁜 인사를
세 번 네 번 반복했다. 소르델로는
뒤로 물러서며 말했다. "당신들은 누구입니까?"   3

"하느님께 올라갈 자격이 있는 영혼들이
이 산으로 향하게 되기 전의 일인데
내 뼈는 옥타비아누스의 명령에 의해 묻혔소.   6

나는 베르길리우스고 내가 천국에 오르지 못한 것은
다른 죄는 없으나 신앙을 갖지 못한 것 때문이오."
이렇게 내 길잡이는 그에게 대답을 했다.   9

믿기 어려운 무언가가 갑자기 자신 앞에 나타난 것을
본 사람이 그의 눈을 믿다가 의심하다가 하며
"그것인가, 아닌가!" 자신에게 말하는 것처럼   12

소르델로가 그러는 듯 보였다. 그리고 시선을 아래로 떨구고
선생님을 향해 겸손하게 돌아서서 아랫사람이 윗사람을 존경하여
붙잡는 곳을 부둥켜안았다.[1]   15

그리고 말했다. "오, 라틴의 영광이여,
당신은 우리 언어[2]의 힘과 내가 태어난 곳의
영원한 가치를 보여 주신 분입니다.   18

어떠한 공적과 은혜로 내게 나타나셨는지요?
만일 내가 당신의 말을 들을 수 있는 자격이 있다면
지옥의 어떤 고리에서 오시는지 말씀해 주십시오."   21

그에게 대답했다. "고통스러운 왕국의 모든 고리를
거쳐서 여기까지 이르렀소. 하늘의 힘이
나를 움직이셨고 그 도움으로 여기까지 왔소.   24

한 것이 아니라 하지 않은 것 때문에
당신이 바라는 높은 태양을 볼 수 있는 자격을 잃어버렸소.
난 그것을 너무 늦게 깨달았소.   27

저 아래에는 고통이 아닌 오직 어두움으로 인해
슬픔이 있는 곳이 있소. 그곳의 비탄은
고통의 탄식이 아닌 한숨 소리로 들립니다.   30

나는 태어나면서 생긴 원죄가 씻기기도 전에
죽음의 이빨에 물려 버린 순수한 아이들의 영혼들과
함께 있는 그곳에 머물고 있소.   33

그리고 세 가지 신성한 덕³을 입지 않았지만
다른 악한 것을 알지 못하고 덕의 다른 모든 것을
따르던 사람들과 함께 그곳에 머물고 있소.   36

이제 당신이 알고 있다면, 그리고 우리에게 말할 수 있다면
연옥이 시작되는 곳에 가능한 한 더 빨리
도착할 수 있는 있는 길을 말해 주시오."   39

우리에게 대답했다. "우리가 머물 수 있는
일정한 곳이 없습니다. 그러나 나는 사방 여기저기를
다닐 수 있으니 나갈 수 있는 곳까지 당신을 안내하겠습니다.   42

그러나 보시다시피 이미 태양이 지고 있습니다.
밤에는 오를 수 없기에 우리는
좋은 은신처를 생각해야 합니다."   45

우리의 오른쪽에는 다른 영혼들과 분리된 영혼들이 있습니다.
당신이 허락하신다면 그들에게 인도하겠습니다.
당신께 그들을 소개하지요. 틀림없이 만족할 것입니다."   48

선생님은 대답했다. "그것이 무슨 말이오?
밤에 오른다면 누군가 막는단 말이오
아니면 단지 오를 수 없단 말이오?"   51

착한 소르델로는 바닥에 손가락으로 선을 긋고
말했다. "보이세요? 해가 저문 후에는
이 선조차도 넘을 수 없을 것입니다.   54

밤의 어두움을 제외하고
당신을 막는 어떤 것이 있어서가 아닙니다.
어두움은 불가능을 낳고 당신의 의지를 막아 버리지요.   57

반면 아주 어두운 밤에도 우리는 아래로 내려갈 수 있고
태양이 수평선 뒤에 있는 동안
이 산의 모든 곳을 돌아다닐 수 있습니다."   60

그러자 나의 선생님은 놀라면서 말했다.
"그러면 즐겁게 머물 수 있다고
당신이 말한 그곳으로 우리를 데려다 주시오."   63

우리는 그곳에서 조금 떨어진 데로 갔는데
마치 협곡들이 지상의 산들에 홈을 판 것처럼
산이 움푹 파인 것을 알아차렸다.   66

"저기." 그 영혼이 말했다.
"움푹 파인 산비탈이 있는 곳으로 갑시다.
거기서 새로운 날을 기다립시다."   69

평지와 산의 벽 사이에 그 높이의 반보다 더 낮은
함몰된 곳의 가장자리까지 이어진
기울어진 좁은 길이 꾸불꾸불하게 있었다.   72

금과 순은, 양홍색(洋紅色)과 백연(白鉛),
푸른색과 빛나는 붉은 나무색,
깨졌을 때처럼 생기 있는 에메랄드 조각들의 색은   75

작은 골짜기 안에 있는 풀과 꽃에서
나오는 이 모든 색을 이기지 못하였다.
마치 작은 것이 큰 것을 이기듯이   78

자연은 그곳을 색색으로 채색했을 뿐 아니라
그들 사이에 수많은 향기로운 향기를 섞어 내며
표현할 수 없는 것으로 만들고 있었다.   81

"살베, 레지나"4를 부르며
꽃과 풀밭에 앉아 있는 영혼들이 보였다.
밖에서는 산의 움푹 팬 곳 때문에 그들이 보이지 않았다.   84

그곳으로 우리를 인도한 만토바 사람은 말했다.
"태양이 조금 남았고 산 뒤로 진다고 해도
저 영혼들에게 아래로 내려가자고 하지 마십시오.   87

저기 아래로 내려가 그들과 섞여 있는 것보다
여기 가장자리에서 그들의 얼굴과 손짓을
보는 것이 나을 듯합니다.   90

가장 높은 곳에 앉아 있으면서도 그가 해야 할 것을
소홀히 하는 듯이 보이며 다른 이들이
부르는 노래에 입을 움직이지 않고 있는 자는   93

황제 루돌프 1세군요. 상처 입은 이탈리아를
치료할 수 있었으나 죽음에 이르게 만들더니
지금 다른 이를 통해 다시 살리려는 시도는 너무 늦었지요.[5] 96

그를 위로하는 듯해 보이는 다른 자는
블타바에서 엘베로, 엘베에서 바다까지 흐르는
강물이 흘러나오는 땅을 통치했던   99

오토카르[6]입니다. 그는 포대에 있을 때부터
사치스럽고 게으르며 수염 난
자기 아들 벤체슬라우스[7]보다 훨씬 나았습니다.   102

인정 많아 보이는 자[8]와
가까이에 앉아 이야기하는 듯한 작은 코를 가진 저 사람[9]은
도망가다가 죽었고 백합을 지게 만들었습니다. [10]   105

저기, 가슴을 치고 있는 모양을 좀 보십시오! 그리고
자기 손바닥에 얼굴을 받치고
한숨을 내쉬고 있는 다른 자[11]도 보십시오.   108

이들은 프랑스의 악[12]의 아버지와 장인입니다.
악습과 부패로 가득한 자기의 삶을 알고 있기 때문에
가슴이 찢어지는 고통을 느끼는 것이지요.   111

강하고 다부진 코를 가진 자[13] 옆에서
합창하고 있는 건장한 모습을 보이는 저 사람[14]은
모든 종류의 덕으로 삶을 꾸몄고   114

그의 뒤에 앉은 젊은이[15]가 그 뒤를 이어
후계자로 남았더라면
그 덕은 아버지에게서 아들에게로 잘 이어졌을 텐데   117

다른 후계자들에 대해 이렇게 말할 수가 없습니다.
자코모와 페데리코[16]가 그의 나라들을 통치했지만
둘 중 어느 누구도 그보다 나은 유산을 갖진 못했지요.   120

인간의 덕성이 가지에서 다시 솟는 것은
아주 드문 일입니다. 그렇게 해 주시는
하느님께서 그렇게 되기를 원하시기 때문입니다.[17]   123

이런 내 말은 그와 노래 부르고 있는 피에르[18]만이 아니라
큰 코를 가진 자[19]도 돌아보게 합니다.
이것 때문에 풀리아와 프로엔차는 이미 슬퍼했던 것입니다.   126

나무는 그의 씨앗보다 못합니다. 이러한 이유로
코스탄차는 베아트리체와 마르게리타보다 더
그의 남편을 자랑스럽게 여깁니다.[20]   129

저쪽에 혼자 앉아 있는
단순한 삶을 살았던 영국의 헨리[21]를 보십시오.
그는 그 가지에서 자기보다 더 나은 열매를 맺었습니다.[22]   132

제일 낮은 곳에 앉아서 다른 사람들을
올려다보고 있는 사람은 굴리엘모 후작입니다.
그 사람으로 인해 알렉산드리아와 그의 전쟁은   135

몬페라토와 카나베세를 울게 만들었지요."[23]   136

제8곡

그때는 이미 뱃사람들이 고향에 대한 갈망이 밀려오고
마음에는 사랑하는 사람들과 작별을 고하고
떠난 날을 생각하며 향수를 불러일으키는 시간이었고   3

저물어 가는 하루를 슬퍼하는 듯한
종소리가 멀리서 들려올 때 처음으로 여행길에 오른 순례자는
사랑에 가슴 아파할 시간이었다.   6

내가 더 이상 주의하여 듣지 않기 시작했을 때
서 있던 한 영혼을 나는 바라보았다.
그는 자기 말을 들어 달라고 청하는 손짓을 했다.   9

그 영혼은 두 손바닥을 모으고 하늘 위로 올리더니
시선을 동쪽으로 고정하며 '다른 어떤 것도 숭요하시 않습니다.'
하고 하느님께 말하는 듯했다.   12

아주 경건하고 아름다운 음색으로
그의 입에서 찬송 "테 루치스 안테"[1]가 흘러나왔다.
나의 정신은 무아지경에 빠지는 듯했다.   15

다른 영혼들도 시선을 하늘에 고정한 채
찬송 전부를 부를 동안 경건하고 부드럽게
그를 따라 불렀다.   18

오, 독자여, 진실에 눈을 집중하라!
이제부터 다시 덮인 너울은 아주 얇아서
안을 들여다보기 쉬울 것이다.[2]   21

두려워서 창백해지고 겸손하게 무언가를 기다리는 것처럼
조용하게 하늘을 향해 시선을 고정한
고귀한 영혼들의 무리가 보였다.   24

불에 달구어진 두 칼을 든
두 천사가 하늘에서 아래로 내려오는 것이 보였는데
그 칼은 짧게 잘리고 끝은 뭉툭했다.[3]   27

그들은 푸르른 옷을 입고 있었는데
마치 이제 갓 나온 잎사귀 같았다.
뒤에는 푸르른[4] 날개를 움직여 바람이 일어나고 있었다.   30

한 천사는 우리의 바로 위에 있었고
다른 천사는 저편 언덕에 내려앉았다.
영혼의 무리가 그들 가운데 있게 되었다.   33

그들의 금발은 쉽게 눈에 띄었으나
너무 강한 무언가에 압도되어 모든 감각을 잃어버리듯이
그들의 얼굴에서 나는 생생한 광채는 내 시각을 잃어버리게 했다. 36

소르델로는 말했다. "두 천사는
이제 곧 올 뱀 때문에 이 계곡을 지키기 위해
마리아의 품에서 왔습니다."   39

그러나 이 뱀이 어느 방향에서 오는지 알 수 없었던 나는
두려움에 떨며 주변을 지켜보았고 두려움에 얼어붙어
나의 믿음직스러운 길잡이의 등 뒤에 바싹 다가가 있었다.   42

소르델로는 계속 말을 이어 갔다. "지금 계곡에 있는
저 고귀한 영혼들 사이로 가서 그들과 이야기합시다.
당신들을 보는 것이 그들에게 큰 기쁨일 것입니다."   45

겨우 세 발자국 내려왔다고 생각했을 때
이미 아래에 있었다. 마치 나를 알아보려고 하는 듯
지속적으로 나를 쳐다보는 한 영혼이 보였다.   48

하늘이 어두워지는 시각에 벌써 이르렀으나
전에 숨겨 왔던 것[5]이
그의 눈과 내 눈 사이에 보이지 않을 정도는 아니었다.   51

그는 나를 향해 오고 있었고 나는 그에게 다가갔다.
오, 친절한 판사 니노[6]여, 죄인들 사이에 그가 없는 것을
보게 되어 얼마나 기뻤는지!   54

우리는 아주 상냥한 인사를 나누었다.
그가 물었다. "머나먼 물을 건너서
이 산에 도착한 지 얼마나 되었소?"   57

나는 대답했다. "오! 슬픈 지역을 지나서
오늘 아침에 도착했소. 나는 아직도 첫 번째 삶을 살고 있고
이 여행을 하면서 다른 영원한 삶을 얻으려 하고 있소."   60

내 대답을 듣고 난 후 바로
소르델로와 그는 마치 갑자기 놀라서
혼란스러워하는 사람처럼 약간 뒤로 물러났다.   63

하나는 베르길리우스에게, 다른 하나는 가까이 앉아 있는
영혼에게 시선을 돌리고 그를 향해 외쳤다. "일어나, 코라도!
하느님의 은총으로 원하셨던 것을 와서 보아라."   66

그러고 나서 내게 몸을 돌려 말했다. "태초의 목적을
우리에게 잘 감추시고 우리가 알게 되는 것을 허락하지 않은 그분께
당신에게 주신 특별한 은총의 이름으로 부탁하오.   69

당신이 거대한 물결을 건너게 될 때
나의 조반나[7]에게 날 위해 기도해 달라고 말해 주시오.
저곳은 순수한 사람들의 기도를 들어주니까 말이오.   72

그 애의 어머니[8]가 애도의 하얀 베일을 바꾸었을 때부터
더 이상 날 사랑하지 않은 것 같소.
불쌍한 사람! 또다시 그 베일을 쓰게 될 것이오.   75

눈과 손으로 자주 불을 붙여 주지 않을 때
여자에게 사랑의 불이 얼마나 지속되는지를
그녀를 보면 쉽게 알 수 있을 거요.   78

밀라노 사람들을 전쟁 아래에 놓이게 한 독사는
갈루라의 수탉이 했던 것처럼
그녀의 무덤을 아름답게 하지는 못할 것이오."[9]   81

가슴에서 절제되어 타오르는
분노의 표정을 얼굴에 드러내면서
이렇게 말했다.   84

내 호기심 어린 눈은 계속해서
별들이 더 천천히 움직이는 하늘을 향해 있었다.
마치 바퀴의 부품들이 축에 더 가까이 하려는 것 같았다.　　　87

내 길잡이는 말했다. "아들아, 무엇을 보려고 위를 보고 있느냐?"
난 대답했다. "저 세 별은
남극의 모든 하늘을 환하게 비추고 있습니다."　　　90

그러자 내게 대답했다. "오늘 아침에 네가 보았던
반짝이는 네 개의 별은 산 뒤로 지고
그들 자리에 이 별들이 떠올랐구나."[10]　　　93

선생님이 말할 때 소르델로가 자기 쪽으로 끌어당기며 말했다.
"저기 우리의 적을 보십시오." 그리고
우리가 볼 곳을 가리키기 위해 손가락을 들어 올렸다.　　　96

숨을 수 있는 곳 없이 열린 곳에
작은 계곡이 있었다. 그곳에 뱀이 있었는데 아마도
금지의 열매를 이브에게 준 그 뱀일 것이다.　　　99

악의 뱀은 풀과 꽃 사이를
가죽과 털을 매끈하게 다듬을 때 짐승들이 하는 것처럼
때때로 머리를 뒤로 돌리고 배를 핥으면서 기어갔다.　　　102

거룩한 새들이 어떻게 움직였는지를
나는 보지 못해 설명할 수 없지만
두 마리가 함께 움직이는 것을 본 것이 확실하다.　　　　105

공기를 가르는 소리를 내며 푸른 날개를 펼치자
뱀은 도망쳤고 천사들은 그들의 자리로
날아 돌아갔다.　　　　108

니노가 불러서 그의 곁 가까이에 있던 영혼은
이 모든 싸움이 있는 동안 나를 계속해서
멈추지 않고 쳐다보았다.　　　　111

그리고 말했다. "높은 곳까지 당신을 인도하는 횃불이
빛나는 산꼭대기에 당신을 데려다 줄 만큼의 많은 초를
당신의 의지 안에서 찾기를 바랍니다.　　　　114

만일 마그라 계곡이나 혹은 그 주변 지역의
새로운 소식이 있다면 내게 말해 주시오.
나는 그곳에서 힘 있는 사람이었다오.　　　　117

나는 쿠라도 말라스피나[11]요. 옛사람이 아니고
그의 후손이며, 나의 가족을 진정으로 사랑했기에
여기서 나의 사랑을 깨끗이 정화하고 있소."　　　　120

나는 대답했다. "오! 나는 당신이 살던 지역에
가 본 적이 없소. 그러나 모든 유럽에 사는 사람이라면
그곳이 어디인지 다 알지 않을까요?   123

당신 가족의 영광스러운 명성은
영주들과 대중으로부터 찬양되니
그곳에 가 본 적이 없는 사람이라도 잘 알고 있을 것이오.   126

그리고 당신들에게 맹세컨대, 내가 저 위에 올라가면
훌륭한 당신의 사람들은 재물과 칼의 명예를 결코
더럽히지 않을 것이오.   129

당신 가문의 기사적인 관습과 덕은
악의 머리가 세상을 흔들어도
악의 모든 길을 물리치고 홀로 바로 걸어갈 것이오."   132

코라도가 내게 말했다. "이제 가시오.
하느님의 정의의 길이 멈추지 않는다면, 산양자리가
그의 네 발을 펴고 누워 있는 침상에   135

태양이 일곱 번 이상 돌아오기 전에[12]
당신의 친절한 의견은
다른 사람들의 말보다 더 강한   138

못으로 당신의 머릿속에 깊이 박히게 될 것이오." 139

제9곡

늙은 티토노스의 아내[1]는 벌써
그녀의 사랑스러운 남편의 품에서 나와
동쪽 발코니에서 얼굴을 내밀었다.   3

꼬리로 사람을 치는
냉혈동물의 형상을 한
보석들이 그녀의 앞쪽에서 빛나고 있었다.[2]   6

밤은 우리가 있는 곳에서
두 걸음[3]이 올라 있고 이미
세 번째 걸음이 그 날개를 아래로 접고 있었다.   9

아담에게서 받은 육신을 가진 나는
잠을 이기지 못하고 우리 다섯 모두가
이미 앉아 있던 풀밭에 몸을 맡겼다.[4]   12

먼동이 떠오를 무렵 제비가
아마도 과거의 고통을 기억하듯이
슬프게 울기 시작했을 때[5]   15

우리의 정신이 육체에서 자유로워지고
생각들에 덜 사로잡혀서 꿈의 환상이
거의 예언이 될 때[6]   18

금색의 깃털을 가진 독수리[7]가
쫙 펼친 날개로 하늘을 선회하며
하강하려고 준비하는 것을 꿈에서 본 것 같았다.   21

가니메데스[8]가 신들의 최고의 회합에
납치되는 바람에 그의 동료들을 포기했던 그곳에
내가 있는 듯했다.   24

나는 속으로 생각했다. '아마도 이 독수리는
여기에서만 습관적으로 사냥하나 보다. 아마도
다른 곳에서 전리품을 낚아채 가져올 생각을 하지 않는가 보다.'   27

독수리는 잠시 선회한 후에
번갯불이 내려치듯 무섭게 내려와
나를 불타는 하늘의 높은 곳으로 낚아채어 올라간 것 같았다.   30

그곳에서 독수리와 함께 불에 타는 듯하였다.
꿈속에서의 불의 열기가 실제처럼 너무 뜨거워
내가 잠에서 깨어날 정도였다.   33

엄마 품에서 잠이 든 채
케이론에서 스키로스로 도망친 아킬레우스가
후에 그리스인들이 그를 데려갔던 그곳에서[9]   36

잠에서 덜 깬 눈으로 주위를 둘러보며
자기가 있는 곳이 어디인지 몰라
놀라서 잠이 확 달아나는 것과 다를 게 없었다.[10]   39

이렇게 나는 잠에서 깨어났고
내 얼굴에서 잠이 달아나자마자
마치 놀라서 얼어 버린 사람처럼 창백하게 되었다.   42

내 옆에는 오직 나의 위안자만 있었고
태양은 이미 두 시간보다 더 높이 솟아 있었다.
그리고 나의 시선은 바다를 향해 있었다.   45

나의 선생님은 말했다. "두려워 말아라,
좋은 지점에 우리가 있으니 안심하여라.
두려움으로 네 영혼을 움츠리지 말고 온 힘을 다해 박차를 가해라. 48

이제 너는 연옥에 도착했다. 저기 연옥의 모든 주위를 둘러싼
절벽이 보이느냐?
그 절벽의 갈라진 듯한 곳에 입구가 보이느냐?   51

조금 전에 날이 밝아 오며 동이 틀 때에
네 영혼이 네 육체에서 깊이 잠들었을 때
저 계곡 아래에 형형색색으로 꾸며진 꽃들 사이에   54

한 여인이 와서 '나는 루치아,[11]
자고 있는 이 사람을 내가 데려가게 해 주오.
그의 여행을 수월하게 내가 도와주겠소.'라고 말했다.   57

소르델로와 고귀한 다른 영혼들은 그곳에 남았고
날이 밝자마자 루치아는 너를 껴안아 들고
위로 올랐고 나는 그녀 뒤를 따랐다.   60

널 여기에 놓아두고 그 아름다운 눈으로
저 열린 입구를 내게 보여 주었지. 그리고
그녀가 떠나면서 네 잠도 떠났구나."   63

진실이 확실하게 드러난 후에
의심이 확신으로, 두려움이 위로로
바뀌는 사람처럼   66

나도 그렇게 바뀌었다. 내 길잡이는
모든 걱정으로부터 자유로워진 나를 보자마자
절벽을 향해 올랐고 나는 높은 곳으로 그를 따라갔다.　　　69

독자여, 내가 내 시의 소재를 어떻게 고양시키는지
잘 볼 수 있을 것이다. 그러니 더 화려한 기술로
소재를 다룬다 해도 놀라지 마시길.　　　72

우리는 가까이 다가갔고
전에 마치 벽이 갈라진 틈처럼
깨진 절벽같이 보였던 곳에 도착했다.　　　75

문 하나가 보였고 그곳에 다다르기 위해서
밑으로 이어지는 색깔이 각각 다른 세 계단이
보였다. 문 앞에는 말없이 서 있는 문지기 천사가 있었다.　　　78

그쪽으로 눈을 더욱 크게 뜨고 바라보기 시작하자
제일 높은 계단 위에 앉아 있는 그가 보였다.
그의 얼굴은 감당할 수 없을 정도로 눈이 부셨다.　　　81

그의 손에는 칼을 뽑아 들고 있었는데
우리 위로 태양의 빛이 반사되었고
얼굴을 여러 번 들어 보려고 했지만 그럴 수가 없었다.　　　84

그는 말하기 시작했다. "그곳에서 말해라. 무엇을 원하느냐?
너희를 이곳으로 인도한 힘은 어디 있는가? 여기까지 올라오는 데
해를 입지 않게 조심하여라."   87

내 선생님은 그에게 대답했다. "이 일들에 대해
잘 알고 계시는 하늘에서 보내신 여인께서 조금 전에
'저쪽으로 가라, 문이 있을 것이다.' 하고 말씀하셨소."   90

친절한 문지기는 대답했다. "그녀가 너희
길을 잘 인도할 수 있기를! 그러니
우리 계단을 향해 앞으로 오너라."   93

그곳까지 우리는 나아갔다. 첫 번째 계단은
새하얀 대리석이었다. 안이 비칠 정도로
깨끗하고 반들반들 광이 나 있었다.   96

두 번째 계단은 거의 검은색일 정도로 어두웠고
꺼칠꺼칠하고 불에 탄 돌들은
길고 넓게 금이 가 있었다.   99

세 번째 계단은 제일 위에 있었는데
정맥에서 분출하는 피만큼
벌겋게 달구어진 반암 같았다. [12]   102

하느님의 천사는 이 계단 위에
두 발을 지지하고 다이아몬드처럼 보이는
문턱에 앉아 있었다.　　　　　　　　　　　　　　105

내 길잡이는 내 선한 의지를 끌어내면서
나를 세 개의 계단 위로 동반하며 말했다.
"자물쇠를 열어 달라고 겸손하게 말하여라."　　108

천사의 거룩한 발 앞에 나는 경건하게 엎드렸다.
그에게 자비를 구하며 열어 달라고 간청했다.
그러나 먼저 나는 내 가슴을 세 번 두드렸다. 13　　111

천사는 칼끝으로 내 이마 위에 일곱 개의 P자14를
새긴 다음 말했다. "네가 저 안에 들어가거든
이 상처를 씻어라."　　　　　　　　　　　　　114

그의 옷은 재나 막 파낸 마른 흙의 색과 같았다.
그 옷 아래에서 두 개의 열쇠를
밖으로 꺼냈다.　　　　　　　　　　　　　　117

하나는 금이었고 다른 하나는 은이었다.
처음에는 하얀 은을, 그리고 노란 금을, 문을
열기 위해 사용했으며 나는 흡족하였다.　　　120

그는 우리에게 말했다. "이 두 열쇠 중 하나가
자물쇠의 구멍 안으로 바로 들어가지 않으면
그 길은 열리지 않는다.   123

하나가 더 귀중하지만 문을 열기 위해서
다른 하나는 많은 기술과 지혜를 요구하니
그것이 매듭을 풀어 주는 것이기 때문이다.   126

나는 이것들은 성 베드로에게서 받았다. 그는 내 발 앞에
엎드려 회개하는 사람들에게는 실수로 열어 줄지언정
너무 엄격하게 잠가 두지는 말라고 말씀하셨다."   129

성스러운 문의 문짝들을 밀면서 말했다.
"들어가시오, 그러나 당신들에게 경고하겠소.
뒤를 돌아보는 자는 밖으로 돌아올 것이오." [15]   132

그 성스러운 문의 모서리가
그 돌쩌귀를 돌면서
강한 금속성의 소리를 내었다.   135

선한 메텔루스가 제거되고 그의 보석들을
잃게 되었을 때의 타르페이아도
그보다 더 크게 소리를 내지 않았을 것이다. [16]   138

나는 처음의 천둥소리에 귀를 기울였는데
감미로운 여러 목소리가 섞여서 부르는
찬송가 "테 데움 라우다무스"[17]가 들리는 것 같았다.   141

내가 들었던 소리는 같은 인상을 주었는데
오르간 연주에 맞춰 노래를 부를 때
항상 그러하듯이   144

노랫말이 들렸다 들리지 않았다 했다.   145

제10곡

잘못된 사랑 때문에 죄의 비뚤어진 길이
바른 길인 양 하는 영혼들에게
우리가 통과한 문은 폐물이 된다.   3

우리가 그 문을 지났을 때 문이 닫히는 소리가 들렸다.
만일 내가 그것을 보려고 몸을 뒤로 돌렸다면
내 잘못에 어떤 변명을 해야 적당할까?   6

마치 멀리 도망갔다가 다가오는 파도처럼
한쪽에서 다른 쪽으로 구불구불하게 이어져 있고
바위에 구멍이 난 그 좁고 긴 길을 우리는 올라갔다.   9

나의 길잡이는 말했다. "여기서 우리는 재주를
조금 부려야겠구나. 이쪽이나 저쪽으로
벽에 틈이 난 곳에 가까이 붙어 가자."   12

이 지그재그의 움직임은 우리의 걸음을 느리게 하였는데
달이 이미 이지러져 잠자리에 이르러
다시 누우려고 하기 전에[1]   15

우리는 그 바늘구멍 같은 좁은 길에서 밖으로 빠져나왔다.
그러나 산이 뒤로 물러나 만들어진 넓은 공간에서
우리가 자유로워졌을 때   18

나는 피곤했다. 둘 다 우리가 걸어야 하는 길에 대해
확신이 없었다. 사막을 지나는 길보다 더 외로이
그 평평한 곳 위에 우리는 멈춰 있었다.   21

허공이 있는 그 평평한 가장자리로부터
위로 높이 솟은 절벽의 발치까지는
사람의 키에 세 배가 되는 정도의 길이였다.   24

내 눈길이 갈 수 있는 곳까지
오른쪽, 왼쪽으로 둘러보며 재어 보았는데
그 가장자리 둘레의 넓이는 같았다.   27

그 위에 도착해서 한 발자국 내딛기도 전에
나는 알아차렸다.
바로 올라갈 길이 없는 절벽 모든 주변은   30

하얀 대리석으로 되어 있는 데다가
폴리클레이토스[2]뿐 아니라 자연마저 무색할 정도의
조각들이 우아하게 장식되어 있었다.　　　　　　33

끝없는 눈물로 오랜 세월 동안 호소해 오던
평화에 대한 하느님의 뜻을 가지고 이 땅에 온 천사[3]는
오랫동안 닫혀 있었던 하늘을 열고　　　　　　36

대리석에 새겨진 아름다운 모습의 조각들이
침묵의 이미지가 아니라
정말 살아 있듯이, 정말 진짜인 듯이 우리 앞에 나타났다.　　39

그는 "아베!"라고 말하며 맹세한 것 같은데
하느님의 지고하신 사랑을 열기 위한 열쇠를 돌리는
여인의 모습[4] 또한 새겨져 있었기 때문이다.　　　　42

그의 모습에는 "주의 종입니다."[5]라는 말이
새겨져 있었는데 마치 밀랍에 새겨진 모습처럼
정말 진실인 듯했다.　　　　　　45

"한 곳만 보지 말아라." 인간이 갖고 있는
심장이 있는 쪽에 서 있는 내게
온화한 선생님은 말했다.　　　　　　48

그래서 나는 시선을 주위로 돌렸고
마리아의 형상 뒤로,
나를 움직이게 한 그분이 있던 곳이 보였다.　　　　　51

그곳에는 다른 이야기의 조각들이 새겨져 있었다.
그래서 나는 베르길리우스를 지나서 내 눈으로
더 자세히 보려고 가까이 다가갔다.　　　　　54

위임되지 않은 임무를 두려워하라는 듯
그곳에 있는 대리석에는
하느님의 성궤를 끌고 가는 수레와 황소들이 새겨져 있었다.[6]　　57

그 앞에는 사람들이 있었는데 모두 일곱 합창대로 나뉘어 있었고
나의 두 감각 중 하나가 "아니야."라고 말하면
다른 하나는 "맞아, 노래하고 있어."라고 말했다.[7]　　　　　60

같은 방법으로 그곳에 있었던
향의 연기에 대해서 내 눈과 코는
"아니야."와 "맞아."를 번갈아 하며 혼란스러워하고 있었다.　　63

〈시편〉을 쓴 겸손한 작가[8]에 의해서 축복의 성궤는 앞서 갔으며
이자가 옷을 벗으며 춤을 추는 모습은
왕 같기도 하고 왕 같지 않게도 보였다.　　　　　66

그 앞에 커다란 궁전의 창문에서 얼굴을 내밀고 있던
미갈[9]은 업신여기며 화가 난 여인같이
바라보는 모습으로 새겨져 있었다.   69

미갈의 뒤로 희끄무레하게 비치는
다른 이야기를 가까이 보기 위해서
내가 있던 곳에서 몸을 돌렸다.   72

거기에는 로마 황제의 위대한 영광의 이야기가 새겨져 있었다.
황제의 고귀한 덕으로 그레고리우스는
위대한 승리를 이끌었다. [10]   75

황제 트라야누스[11]를 말하는 것인데
그의 말에 물린 재갈 가까이에는 비탄하며
눈물을 흘리는 과부[12] 하나가 새겨져 있었다.   78

말 주변에는 기사들이 가득 있었고
그 위에 금색의 바탕에 독수리들이 새겨진
황제의 깃발들이 바람에 움직이고 있었다.   81

이들 사이에서 불쌍한 여인은
"폐하! 죽임을 당한 내 아들의 복수를 하여 주십시오.
그 죽음으로 나는 고통스럽습니다."라고 말하는 것 같았다.   84

황제는 "내가 돌아올 때까지 기다려라." 하고
대답하는 듯했다. 여자는 "폐하, 만일 당신이 돌아오지 못한다면요?"
하고 고통스럽게 재촉하며 말하고   87

그는 "내 자리를 잇는 자가 네 청을 들어줄 것이다." 말했다.
그러자 그녀가 "만일 폐하께서 의무를 잊어버린다면
남이 이룬 선이 폐하께 무슨 소용이 있겠습니까?" 하자   90

그는 "자, 이제 진정하여라. 내가 떠나기 전에
내 의무를 해야겠구나. 정의가 그것을 원하고
연민이 나를 여기에 머물게 하는구나." 하고 대답하는 듯했다. 93

어떤 것도 새로운 것이 없으신 그분[13]은
눈으로 보이는 이야기를 창조하셨으니
땅에는 존재하지 않는 것이기에 우리에게는 정말로 신기하였다. 96

내가 그것을 만든 예술가 덕분에 값지고
겸손한 예들의 많은 모습을 보며 감탄하고
기뻐하는 동안 시인은 내게 중얼거렸다.   99

"여기에 많은 영혼이 오는구나. 그런데
느린 걸음으로 걷고 있다. 이들은 우리를
다른 둘레로 이끌어 줄 것이다."   102

내 눈은 열망하던 새로운 것을 보는 데서
기쁨을 느끼고 있었으나 선생님을 향해
시선을 돌리는 데에도 느리지 않았다.　　　　　　105

그러나 독자여, 하느님께서 원하시는 죗값을
치르는 방법에 대해 내게서 듣는 것 때문에
선한 의도를 버리지 않기를 바란다.　　　　　　108

어떤 형벌을 받을지 주의를 기울이지 말고
형벌 다음에 오는 것을 생각하라. 최악의 형벌이라 하더라도
최후의 심판을 넘어설 수 없는 것이다.　　　　　　111

나는 말했다. "선생님, 우리를 향해 움직이는 것이
보입니다. 그들은 인간의 영혼처럼 보이지 않습니다.
눈으로 보아도 저들이 무엇인지 알 수가 없습니다."　　　114

그는 내게 말했다. "그들의 형벌이 무거워서
저기 바닥에 몸을 웅크리고 있구나.
나도 처음 보았을 때는 무엇인지 잘 몰랐다.　　　　117

그리고 저기를 주의해서 보아라, 저 바위의 무게에 눌려
있는 사람의 모습이 눈으로 보이느냐? 그들 모두가
가슴을 치는 것을 볼 수 있느냐?"　　　　　　120

오, 교만한 그리스도인들이여, 불쌍한 자들이여,
정신의 눈은 병이 들었고
뒤로 가는 걸음에 믿음[14]을 가지고 있구나.   123

하느님의 정의를 향해 어떠한 방해 없이
날아갈 천사 같은 나비의 형상을 갖기 위해 태어난
우리 모두는 유충인 것을 너희는 아직도 깨닫지 못하는가?   126

완벽하게 발달되지 않은
불완전한 벌레와 같은 너희가
무슨 이유로 그토록 높이 올라가려고 하는가?   129

때로는 가슴에 무릎을 가져가 의지하는
인간 형상의 꾐목[15]이 천장과 지붕을 지탱하는
것을 본다.   132

그것은 사실이 아니지만 그것을 보는 사람에게는
실제인 것 같은 고통을 불러일으킨다.
내가 자세히 그들을 보았을 때 그 영혼들의 모습이 이러했다.   135

정확하게 말하자면 그들의 등에 진 바위의 무게에 따라서
더 구부리는 자가 있고 덜 구부리는 자가 있었는데
그들 중 가장 인내심이 있어 보이는 자도   138

"더 이상 할 수 없다." 하고 울면서 말하고 있는 듯했다. 139

《 제11곡 》

"오, 하늘에 계신 아버지여,
그곳을 다시 닫지 않을 만큼
첫 창조물들에 대한 사랑보다 더 깊은 사랑을 주시기에   3

사랑으로 가득 찬 당신의 영에 감사하는 것이 옳은 것같이
모든 창조물로부터
당신의 이름과 당신의 권능을 찬송 받으리이다.   6

당신 왕국의 평화가 우리에게 임하니
우리에게 그 평화가 임하지 않으면 우리의 모든 재능을 다하여도
우리 스스로 그곳에 오를 수 없기 때문입니다.   9

당신의 천사들이 당신을 위해 호산나를 노래하면서
그들의 의지를 제물로 바치는 것처럼
그런 의지를 가지고 인간들도 그렇게 하게 하소서.   12

오늘날 우리에게 일용한 양식을 주옵시고
이 양식 없이는 이 거친 사막에서
더 앞서 가려는 자가 더 뒤에서 갈 것입니다.　　　　　　15

우리가 우리에게 죄 지은 모든 자를 사하여 준 것같이
용서하시기에 너무 작은 우리의 공로를 보지 마시고
우리를 불쌍히 여겨 우리 죄를 사하여 주옵소서.　　　　18

쉽게 넘어지는 우리의 덕을
오랜 원수의 시험에 들게 하지 마옵소서.
그리고 유혹으로 자극하는 원수에게서 자유롭게 하소서.　21

사랑하는 주님, 이 마지막 기도가
이미 필요 없는 우리를 위한 것이 아니라
저 세상에 남겨진 그들을 위한 것이게 하소서."　　　　24

이렇게 그들과 우리의 안녕을 위해 기도하는 저 영혼들은
때때로 꿈에서 가위에 눌리는 느낌과 같은
무게 아래에서 짓눌리며 가고 있었다.　　　　　　　　27

서로 다른 무게의 고통을 받으며
그들은 세상에서 지은 죄의 흔적을 씻기 위해서
첫 번째 둘레를 따라 돌며 지친 몸으로 오르고 있었다.　30

저곳에서 우리를 위해 항상 기도를 한다면
여기 이 세상에서 우리는 선한 뿌리를 가진 의지가 있는
그들을 위해 무엇을 말하고 무엇을 할 수 있을까?   33

세상에서 가져간 그들의 죄를 씻는 것을
도와주는 것은 당연하다. 이렇게 하여 순수하고 가볍게
그들은 하늘의 별들로 나아갈 수 있을 것이다.   36

"자, 정의와 자비가 당신들을 그 무게에서
빨리 자유롭게 할 수 있기를, 그래서 날개를 움직여
당신들이 원하는 곳으로 올라갈 수 있기를.   39

계단으로 더 빠르게 갈 수 있는 곳을
우리에게 보여 주시오. 그리고 만일 길이 여럿 있다면
오르기에 덜 험준한 곳을 가르쳐 주시오.   42

나를 따르는 이 사람도 무게를 지니고 있지요.
아직도 아담의 육신을 입고 있기에
그의 의지와 다르게 올라가기가 더디답니다."   45

나의 선생님이 하신 말씀에 대해
답했던 말이 누구로부터 왔는지는
확실하지 않았다.   48

그러나 우리에게 말했다. "우리와 함께
오른쪽 절벽을 따라갑시다. 살아 있는 사람이
오를 수 있는 길에 이를 수 있을 겁니다.   51

내 얼굴을 바닥으로 숙이게 만들고
나의 오만한 목덜미를 누르는 돌이
방해만 하지 않았다면   54

아직도 살아 있으며 이름도 밝히지 않은 그를 볼 수 있을 텐데
내가 아는 사람인지 알아보고 싶고,
이 짐으로 그에게 동정을 구하고 싶군요.   57

나는 라틴 사람이고 위대한 토스카나에서 태어났지요.
굴리엘모 알도브란데스코[1]가 내 아버지요.
그의 이름을 들어 본 적은 있는지 모르겠군요.   60

오래된 귀족 가문과 선조들의 위대한 업적은
나를 거만하게 만들었고
인간 모두의 어머니[2]를 생각하지 못하였기에,   63

시에나의 사람들이 잘 알고
캄파냐티코의 모든 아이들도 알고 있을 정도로,
나는 내 죽음을 부를 만큼 모든 사람을 업신여겼지요.   66

나는 움베르토[3]입니다. 오만은 오직 나만
해친 것이 아닙니다. 내 모든 혈족도
재앙에 빠지게 했지요.   69

살아 있는 자들 사이에서 지지 않았던 오만으로 인한 이 무게를
지금은 하느님께서 만족하실 때까지
여기서 죽은 자들 사이에서 지고 있어야 하지요."   72

듣고 있는 동안 나는 얼굴을 아래로 숙였다.
내게 말한 이 사람 말고 그들 중 하나가
그들을 짓누르는 무게 아래에서 몸을 비틀며   75

나를 보더니, 몸을 구부리고 그들과 함께
걸어가는 내게 힘든 눈길을 보내면서
나를 알아보고는 나를 불렀다.   78

나는 그에게 말했다. "오! 혹시 당신은
파리에서 '얼루미니어'[4]라고 불리는 그 예술의 대가
구비오의 명예인 오데리시[5] 아니오?"   81

그는 말했다. "형제여, 볼로냐 사람 프란코[6]에 의해
종이 위에 그려진 색은 더 아름답지요.
명예는 모두 그의 것이고 나의 것은 오직 일부분이라오.   84

나는 살아 있었을 때 그리 친절하지 않았지요.
내 마음에 최고가 되고 싶은
커다란 욕망만이 있었기 때문이라오.   87

이 오만의 형벌로 여기서 죗값을 치르고 있소.
아직도 내가 죄를 짓고 있었을 때
그나마 하느님께 향하지 않았다면 여기에 있지도 않았을 것이오. 90

오, 인간의 능력은 헛된 영광만 있으니!
쇠락의 시대에 이르지 못한다면
가지 끝의 푸름은 오래가지 못하니!   93

치마부에[7]는 회화의 최고 예술인으로
남을 것이라 믿었지요. 지금은 모든 명성이 조토[8]의 것이고
치마부에의 명성은 어두워졌지요.   96

이렇게 한 귀도[9]는 다른 귀도[10]에게서
언어의 영광을 빼앗았어요.
아마도 이미 그 모두를 이길 자[11]가 태어났을 겁니다.   99

세상의 명성은 바람의 숨결과 다르지 않지요.
이곳을 불었다가 저곳을 불었다가
방향에 따라서 이름도 바뀌니 말이오.   102

너무 늙어 당신에게서 육신이 떨어져 나가는 것이
'파포'나 '딘디'[12]를 버리기 전에 죽는 것보다
더 많은 명성을 가져다준다고 믿는다 해도   105

그것이 천 년을 갈까요? 영원함에 비교하면
이것은 제일 천천히 움직이는 하늘의 회전[13]에 비해
눈 깜빡이는 시간보다 더 짧은 시간이에요.   108

내 앞에서 느린 걸음으로 걸어가는 자는
토스카나 전체가 아는 자였지만
지금은 시에나의 주인으로 있었던 그곳에서만   111

간신히 그의 이름을 기억할 뿐이지요.
피렌체의 맹위를 부수었을 때 그렇게나 오만했는데
지금은 매춘부로 타락하게 되었소.   114

당신들의 명성은 푸르렀다 빛바래지는
잔디와 같으니, 땅에서 나오는 아직 어린잎이
태양에 말라 가는 것이죠."   117

나는 그에게 말했다. "당신의 진실된 말은 내 마음에 선한 겸손을
심어 주었소. 그리고 커다랗게 부푼 내 오만을 가라앉혀 주는군요.
그런데 조금 전에 말했던 그자는 누구인지요?"   120

그는 대답했다. "그자는 프로벤차노 살바니[14]입니다.
그리고 여기에 있지요. 왜냐하면 시에나 전체를
자기 손에 넣으려는 오만함이 있었기 때문이오.   123

그는 죽은 날부터 한순간의 쉼도 없이
무게를 지고 아직도 걷고 있소. 살면서 너무 오만했던 죄에 대한
빚을 하느님께 갚고 있소."   126

그래서 나는 물었다. "삶의 마지막 날까지 회개를
미루어 두었던 영혼들은 여기 아래[15]에 머물러 기다리고 있지요.
적어도 그를 도와주는 선한 기도가 없었다면   129

그가 살았던 만큼의 짧은 시간이 지나기도 전에
연옥에 올라올 수 없었을 텐데 어떻게
그가 이곳으로 올라오는 것을 허락받았지요?"   132

그가 대답했다. "그의 명성이 정점에 있을 때
스스로 시에나의 캄포[16]에 서서
어떠한 부끄러움도 없이 구걸을 했지요.   135

샤를 앙주에게 잡혀
감옥에 간힌 친구를 죽음의 형벌에서 구하기 위한 것이지만
모든 핏줄이 떨릴 정도로 끔찍한 모욕을 받았지요.   138

더 말하지 않겠소. 내 말이 좀 알아듣기 어렵다는 걸 알고 있소.

그러나 시간이 얼마 지나지 않아

당신의 이웃들이 당신에게 그 의미를 알게 해 줄 것이오.[17]   141

겸손한 그 행동이 이러한 제한을 없애 주었소."[18]   142

제12곡

친절하신 선생님이 묵인해 주실 때까지
멍에를 쓴 두 황소처럼 무거운 무게로
구부러진 영혼 옆에서 나는 함께 걸었다.   3

그렇지만 곧 선생님은 말했다. "그를 떠나고 지나가자꾸나.
우리가 있는 여기는 모두가 할 수 있는 한 최선을 다해
돛과 노를 가지고 배를 밀어 나가는 것이 좋다."   6

내 생각은 모든 오만이 사라지고 겸손함으로
숙여졌음에도 불구하고 보통 사람이 걷는 것처럼
내 몸을 똑바로 세웠다.   9

나는 몸을 움직였고 나의 선생님의 발걸음을
기꺼이 따랐다. 그리고 둘 다 이미 얼마나
가벼운 발걸음으로 걷는지 보여 주고 있었다.   12

그는 내게 말했다. "눈을 아래로 돌려라.
네 발이 딛고 있는 곳을 보면 네 걸음이 더 안정되어
갈 길이 용이할 것이다."   15

매장된 사람들 위에 흙으로 평평하게 다진 무덤들이
세상에서 그들이 어떠한 사람들이었는지 새겨 놓은 묘비로
고인을 기억 속에 살아 있게 한다.   18

자비로운 사람들만이
고인에 대한 기억에 찔려
눈물을 흘릴 때가 많은 것처럼   21

산이 솟아올라 된 둘레의 길에
현실처럼 조각한 장인 솜씨로 만든 그곳의 모습들이
그렇게 내 눈에 더 아름답게 보였다.   24

한쪽에서 다른 모든 창조물보다
더 고귀하게 창조된 자[1]가 번개처럼 빠르게
하늘로부터 아래로 떨어지는 것을 보았고   27

다른 한쪽에서 제우스의 번개에 맞아
죽어 땅 위에 무겁게 누워
차갑게 식어 가는 브리아레오스[2]를 보았다.   30

팀브라이오스[3]를 보았고, 팔라스[4]와 마르스가
아직도 무장한 채 그들의 아버지[5] 가까이에서
거인들의 잘려 나간 사지를 보는 모습을 보았고   33

거의 사라진 커다란 작업[6]의 발치에
센나르에서 그와 함께 오만했던 사람들을
바라보는 니므롯[7]을 보았다.   36

오, 니오베[8]여, 그 길 위에
죽은 일곱 딸과 일곱 아들 사이에 있는
당신의 형상을 나는 얼마나 침통한 눈으로 보았던가!   39

오, 사울[9]이여, 길보아에서 당신의 칼로
자결한 후에 비도 이슬비도 내리지 않았는데
어떻게 내게 나타났는가!   42

오, 미친 아라크네[10]여, 당신을
불행하게 만든 찢어진 작품 위에서
이미 반쯤 거미로 변신한 슬픈 당신이 보인다.   45

아, 르호보암[11]이여, 당신의 모습은
더 이상 위협적이지 않으나 두려움으로 놀라
아무도 쫓지 않는 전차를 타고 도망가는구나.   48

단단한 바닥은 아직도 알크마이온[12]이
어떻게 그의 어머니에게 저주받은 목걸이에 대한
비싼 대가를 치르게 했는지 보여 주고 있었고   51

어떻게 그의 아들들이 신전 안에 있는 산헤립[13]을
공격하고 그를 죽이고 난 후
어떻게 버렸는지를 보여 주고 있었다.   54

"피의 갈증으로 목마른 자여! 내가 너를 피로 채워 주겠다."라고
토미리스[14]가 키루스에게 말하면서 행한
파괴와 잔인한 살육을 보여 주고 있었고,   57

홀로페르네스[15]가 죽임을 당한 뒤
어떻게 아시리아인들이 도망가는지를,
그리고 또 잘린 머리의 잔해를 보여 주고 있었다.   60

나는 허물어지고 재가 된 트로이를 보았고
오, 일리온[16]이여, 그곳에 새겨진
네 모습은 얼마나 비겁하고 비천하게 보이던지!   63

뛰어난 재능가들도 감탄하는 그곳의
형태나 선들을 그 어떤 그림이나 조각의 대가가
묘사할 수 있겠는가?   66

죽은 자는 죽고 산 자는
산 것 같았다. 실제의 장면을 본 자도 머리를 아래로 숙이고
밟으며 지나간 나보다 더 잘 보지 못했을 것이다.   69

그러니 자, 이브의 자식들은 오만해져라, 고개를 꼿꼿이 세우고
앞으로 나아가라, 절대로 시선을 아래로 떨구지 말아라,
너희의 사악한 길을 보게 되기 때문이니!   72

산의 대부분의 길을 지나 돌았고
골몰한 내 영혼이 알아차리지 못할 만큼
태양은 더 많이 자기의 길을 걷고 있었다.   75

항상 주의하면서 앞에서 걷던 그가
내게 말했다. "머리를 들어라.
더 이상 생각하며 걸을 시간이 없다.   78

우리를 향해 오려고 준비하는
저기 천사를 보아라. 하루 일을 마치고
돌아오는 여섯 번째 시녀[17]를 보아라.   81

네 얼굴과 태도를 경건하게 하여라.
그래서 천사가 기꺼이 우리를 위로 초대하도록 하여라.
이날이 더 이상 오지 않음을 생각하여라!"   84

나는 시간을 허비하지 말라는 이 충고에
익숙해졌고 이 말의 뜻이
더 이상 모호하지 않았다.   87

아름다운 창조물이 우리에게 왔는데,
그는 하얀 옷을 입었고 마치 새벽별처럼
빛나는 얼굴을 하고 있었다.   90

두 팔을 벌리고 두 날개를 펼치더니 말했다.
"이리로 오라, 이 계단들은 여기에 가까이 있다.
이젠 쉽게 오를 것이다.   93

몇몇의 영혼들이 이 초대에 응답할 수 있다.
오, 높게 날 수 있게 태어난 인간들이여,
왜 한 줄기 바람에도 넘어지는가?"   96

천사는 우리를 잘린 바위가 있는 곳으로 이끌었다.
그곳에서 날개로 내 이마를 쳤고
내게 안전한 길을 약속했다.   99

오른쪽에는, 잘 통치된 도시[18]를 루바콘테[19] 위에서
지배하는 교회가 우뚝 솟아 있는
산의 정상에 이르기 위한   102

계단들이 있었는데
공문서와 통판[20]이 더 부패하지 않았던 시절에
험준한 절벽을 깎아 만든 것이었다.   105

그렇게 여기서도 다른 둘레에서 아주 심하게 경사진
산의 절벽이 더 완만해졌으나
양쪽에서 높은 바위들이 계단을 죄었다.   108

우리가 오르기 위해 계단으로 향하는 동안
"마음이 가난한 자는 복되도다."라는 노래가 들렸는데
이는 말로써 설명할 수 없을 정도로 아름다웠다.   111

아, 그 길은 지옥을 지나왔던 길과 얼마나 다른가!
저 아래에서는 잔인한 통곡을 들으며 들어갔지만
사실 여기에서는 노래를 들으며 들어간다.   114

이미 우리는 그 성스러운 계단으로 오르고 있었다.
이전에 평지 위를 걸었던 것보다
더 가벼운 것 같았다.   117

그리고 나는 말했다. "선생님, 말해 주십시오.
어떤 무거운 것이 제게서 없어졌는지요?
이렇게 걸어가는 것이 저는 거의 힘들지가 않습니다."   120

내게 대답했다. "네 이마에 아직도
희미하게 남아 있는 P자들이
처음에 사라진 P자와 같이 완전히 사라질 때 123

네 발길은 선한 의지로부터 인도되어
더 이상 힘들지 않을 것이고
오르는 길이 또한 즐거워질 것이다." 126

그러자 나는 머리에 무언가를 이고도 알지 못하고
돌아다니는 자가 다른 사람들의 시선에
이상한 느낌이 들어서 129

손의 도움으로 확인하기 위해
무엇인지를 찾고 발견하면서 눈으로는
할 수 없는 일을 하는 사람처럼 132

오른손의 손가락을 펴서
열쇠를 지녔던 문지기 천사가 내 이마에 새긴
여섯 개의 글자를 찾아냈다. 135

이런 내 행동을 보면서 나의 길잡이는 미소 지었다. 136

제13곡

우리는 계단 꼭대기에 이르렀다.
그곳은 산이 두 번째로 잘린 곳으로
이 산을 오르는 자들의 죄를 씻어 준다.   3

첫 번째 둘레처럼
산을 둘러싸고 있는 이곳의 둘레는
좀 더 좁게 구부러져 있었다.¹   6

그곳에는 어떤 영혼도, 어떤 조각의 흔적도 없었다.
절벽과 길은 아주 깨끗이 아무것도 없었고
납빛이 나는 돌들만 있었다.   9

시인은 생각하며 말했다. "우리가 여기서
길을 물어볼 수 있는 자를 기다린다면
우리의 선택이 너무 지체되지 않을까 걱정되는구나."   12

그러고서 눈을 들어 태양을 응시하시더니
그의 몸 오른쪽을 축으로 삼고
왼쪽으로 몸을 돌리셨다.					15

그리고 말했다. "오, 이 미지의 땅에서 여정을
시작하려는 내가 믿는 소중한 빛이여,[2]
이곳에서는 인도가 필요하니 우리를 인도해 주소서.			18

당신은 세상을 따뜻하게 하고 그 위를 비추니,
우리를 다른 방향으로 가게 할 이유가 없다면
당신의 빛은 항상 우리의 길잡이가 되어야 합니다."			21

세상에서 천오백 미터 정도 되는 거리를
그곳에서는 우리가 오르려는 의지로 아주 짧은 시간에
그 좁은 길을 따라서 가고 있었다.				24

그때 아무것도 보이지 않았지만 우리를 향해 날아오는
소리를 들었다. 영혼들은 하느님이 베푼 사랑의 성찬에
친절하게 초대하는 말을 우리에게 하고 있었다.			27

날아가면서 지나가는 첫 목소리가 크게 소리치며
말했다. "그들은 포도주가 없구나."[3] 우리 뒤에서
이 말을 계속해서 되풀이하면서 지나갔다.			30

그 소리가 멀어서 사라져 가기 전에
다른 자가 "나는 오레스테스다."[4] 하고 크게 외치며 지나갔다.
이것 또한 멈추지 않았다.   33

나는 말했다. "오, 아버지, 이것들은 무슨 목소리입니까?"
내가 질문하자마자 세 번째 목소리가 말했다.
"너희에게 악을 행했던 자들을 사랑하라."[5]   36

나의 선한 선생님은 내게 대답했다. "이 둘레는
시기의 죄를 벌한다. 그래서 채찍은
사랑으로 다루어진다.   39

재갈은 사랑의 반대 소리가 날 것이다.
용서의 길목에 다다르기 전에
너는 그 소리를 들을 것이다.[6]   42

허공을 주의하여 잘 보아라.
우리 앞에 절벽을 따라 등을 기대고
앉아 있는 영혼들을 보게 될 것이다."   45

그래서 나는 눈을 전보다 더 크게 뜨고
내 앞을 바라보았고 돌들과 같은 색의
망토를 입은 영혼들이 보였다.   48

좀 더 앞으로 나아갔을 때
"마리아여, 우리를 위해 기도하소서." 그리고 "미카엘이여,
베드로여, 모든 성인이시여." 하고 외치는 소리가 들려왔다.　　51

내가 본 것을 보았다면
아무리 무자비한 사람도
가엾음을 느꼈을 것이다.　　54

사실 그들의 행동을 잘 보려고
그 영혼들에게 가까이 갔을 때
내 눈에서는 고통의 눈물이 흘러내렸다.　　57

그들은 거칠거칠해 보이는 초라한 참회복을 입은 듯했고
서로서로를 어깨로 지탱하고 있었다.
모두가 산의 절벽에 기대어 있었다.　　60

장님들이 용서를 구하는 날[7]에
교회 앞에서 서서 동냥을 하며
한 사람 머리 위에 다른 사람 머리를 굽히고　　63

애처로운 말만이 아니라
자비를 구하는 간절한 모습으로
다른 사람들의 동정을 불러일으키는 모습과 같았다.　　66

태양의 빛이 장님에게 이르지 않는 것처럼
내가 지금 말하는 이 둘레의 영혼들에게
하늘의 빛은 그의 빛을 허락하길 원치 않으신 듯   69

가만히 있지 않는
야생의 매에게 하는 것처럼
그들 모두의 눈썹은 철사로 뚫려 꿰매져 있었다.   72

자기는 보이지 않으면서
다른 사람들을 보며 가는 것이 무례를 범하는 것 같아서
나는 현명한 조언자에게 몸을 돌렸다.   75

그는 나의 침묵이 무엇을 말하는지 잘 알고 있었다.
그래서 내 질문을 기다리지 않고 내게 바로 말했다.
"말하여라, 짧고 간결하게 하여라."   78

어떠한 난간도 없어서 허공으로
떨어질 수 있기 때문에 그 둘레 가장자리를 따라
베르길리우스는 내 옆에서 걸었다.   81

다른 쪽에 있는 경건한 영혼들은
끔찍하게 꿰매져 있어서 절로 나오는 눈물이
얼굴을 적시고 있었다.   84

나는 그들에게 몸을 돌려 말했다.

"오, 당신들이 오로지 바라는

높은 빛을 볼 것을 확신하는 영혼들이여, 87

하느님의 은총이 당신들의 양심의 거품을

빨리 거두어 주시길, 이렇게 맑은

기억의 강[8]이 양심을 향하여 흐르길. 90

내게 말해 주시오, 당신들 중에 라틴의 영혼이 있는지.

내게 소중하고 값진 일이며

아마도 그가 알게 되면 좋은 일일 것이오." 93

"오, 나의 형제여, 우리 모두는 진실한 도시[9]의

시민들이오. 그러나 당신은 이탈리아에서

순례자처럼 살았던 것을 말하고 싶은 것이오?" 96

마치 내가 있는 곳보다

좀 너 앞에서 이런 대답을 들은 것 같았다.

그래서 나는 듣기 위해 더 가까이 갔다. 99

그 영혼 중에서 뭔가를 기다리고 있는 것 같은

한 영혼이 보였다. 만일 어떤 자가 "어때?" 하고 물었다면

마치 장님들이 하는 것처럼 턱을 쳐들었다고 말했을 것이다. 102

나는 말했다. "이 산에 오르기 위해 고행을 하고 있는
영혼이여, 만일 당신이 내게 대답한 자라면
당신의 고향과 이름을 내게 알려 주시오."   105

그는 대답하였다. "나는 시에나 사람이오. 다른 영혼들과 함께
여기서 죄 많은 내 삶을 씻고 하느님께 눈물로
우리에게 임하시기를 애원하고 있소.   108

나는 '사피아'[10]라고 불렸음에도 불구하고 현명하지 않소.
나의 행운보다 다른 사람의 불행을
더 많이 기뻐하였소.   111

내가 당신을 기만하고 있다고 생각하지 마시오.
내가 얼마나 어리석었는지 들어 보시오.
이미 내 삶의 마지막 내리막길에 있었을 때   114

내 고향 사람들은 콜레 근처에서
그들의 적과 전투를 치르고 있었소.
그때 난 하느님께 당신이 원하시는 대로 해 달라고 기도했소.   117

그곳에서 시에나 사람들은 패주하였고 고통스러운
발걸음으로 도망을 쳐야만 했소. 적들에게 쫓기는 그늘을 보면시
어떠한 것과도 비교할 수 없는 기쁨을 느꼈소.   120

그리고 대담한 얼굴을 하늘로 쳐들고

'이제 더 이상 당신을 두려워하지 않습니다!'라고 하느님께 외쳤소.

마치 잠시 날이 따뜻해질 때 지빠귀가 하는 것처럼 말이오.[11]   123

내 삶의 마지막 날에는 하느님과의 평화를 원했소.

거룩한 기도로 나를 기억하고

그의 사랑으로 나를 애석해했던   126

피에르 페티나이오[12]가 아니었더라면

회개에 대한 내 의무는

아직도 줄어들지 않았을 것이오.   129

그런데 우리가 어떤 상태인지 물어보며,

자유로운 눈을 가진 당신은 뉘시오?

그리고 당신은 숨을 쉬면서 말하고 있는 것이 맞소?"   132

나는 대답했다. "눈은 여기서 빼앗기겠지만

잠시일 것이오. 내 눈은 시기의 죄를

거의 저지르지 않았기 때문이오.   135

내 영혼을 괴롭히는 더 큰 두려움은

첫 둘레의 고통이오. 이미 나는

저 아래에서 지니고 다니는 무게를 이고 있는 듯하오."   138

그는 내게 물었다. "그렇다면 누가 당신을 우리에게
안내하였소? 당신은 아래로 돌아갈 것이라고 생각하오?"
그래서 난 대답했다. "나와 함께하시고 말없이 계신 이분이오. 141

나는 살아 있소. 그러니 선택된 영혼이여,
당신이 원한다면, 죽을 운명의 내 발길이
저 세상에서 당신을 위해 움직일 것이니 내게 요청하시오." 144

그는 대답했다. "오, 이것은 들어 본 적이 없는 새로운 소식이오.
하느님께서 당신을 사랑한다는 커다란 증거로군요.
그러니 때때로 당신의 기도로 나를 도와주시오. 147

당신이 제일 바라는 것의 이름으로 당신에게 청하오.
만일 토스카나에 가거든
내 일가들에게 내 명성을 되돌려 주시오. 150

아직도 탈라모네를 바라고 있는
헛된 자들 사이에서 그들을 찾을 것이오.
디아나를 찾으려는 자들보다 희망을 더 잃을 것이며 153

그들은 위재들을 더 잃을 것이오."13 154

제14곡

"죽음이 이르기도 전에 우리 산의 둘레를
돌아다니고 눈을 떴다가 감았다가
그 마음대로 하는 자는 누구인가?"   3

"누구인지 모르겠소만 그가 혼자는 아니라오.
당신이 그와 가까이에 있으니 그에게 물어보시오.
친절하게 대하시오. 그래야 대답을 들을 수 있으니."   6

이렇게 내 오른편에서 서로가 구부린
두 영혼이 나에 대해 말하고 있었다. 그리고
내게 말을 하기 위해서 머리를 뒤로 돌려 얼굴을 들었다.   9

그리고 그 둘 중 하나가 말했다. "오, 아직도
몸 안에 있는 채, 하늘로 향해 가는 영혼이여,
사랑의 이름으로 우리를 위로하고 우리에게 말해 주시오.   12

당신은 어디에서 왔으며 누구인가?
당신이 받은 은총은 한 번도 일어난 적 없었던 일이니
우리를 정말 놀라게 만든다."   15

나는 대답했다. "토스카나 중심부에
팔테로나에서 시작하는 작은 강이 흐르는데
그 흐름이 100마일도 도달하지 못하는 곳   18

그 강 언저리에서 이 몸이 태어났소.
아직은 내가 유명하지 않으니
내 이름을 말하는 것이 소용없는 일이오."   21

내게 먼저 말했던 자가 말했다. "만일 내 지식으로
당신이 한 말을 잘 이해했다면
당신은 아르노 강에 대해 말을 하는군요."   24

그러자 다른 자가 물었다. "마치 끔찍한 것에 대해
말하지 않는 것처럼, 저자는 왜 그 강의 이름을
말하지 않았을까?"   27

이에 대해 질문을 받은 영혼이 이렇게 대답했다.
"모르겠소. 하지만 그런 계곡의 이름은
없어지는 것이 당연한 거요.   30

펠로로부터 잘린 높은 산들의
몇 지역만 제외하고 더 풍부한 물이
있는 저 강의 근원으로부터　　　　　　　　　　　33

하늘이 바다를 말려 빼앗을 물을
되돌려 주어 강으로 흐르게 하는
그 마지막 지점에 이르기까지[1]　　　　　　　　36

모두가 뱀을 피하듯 덕성을 원수로 여겨
모두가 피하고, 장소가 불길한 것인지 아니면
나쁜 습관에 사람들이 지배당해서인지 모르겠지만　　39

그래서인지 이 비참한 계곡의 주민들은 본성이
바뀌어서 마치 키르케[2]의 목초에서
키워지는 것 같았소.　　　　　　　　　　　　42

사람들이 먹는 음식보다는 도토리를
먹는 것이 제격인 더러운 돼지들 사이에서
이 강은 작은 흐름으로 시작하오.[3]　　　　　　45

그리고 강물은 흐르면서 자기들이 가진 힘보다
더 으르렁거리기만 할 줄 아는 개들을 만나오. 그러나
이 강물도 그들을 혐오했던지 방향을 틀었다오.[4]　　48

이 저주받고 불행한 강물은
아직도 더 아래로 향해 흐르고 강물이 더 넓어질수록
개들이 늑대들로 바뀌는 것이 보이오.[5]   51

그러고 나서 깊은 협곡들을 지나서 흘러내리면
빠질 수 있는 어떠한 함정도 두려워하지 않는
기만으로 가득 찬 여우들을 만나오.[6]   54

여기에 어떤 사람이 듣더라도 나는 말을 멈추지 않을 것이오.
내게 나타내시는 진실한 성령을 기억한다면
이자에게 유익할 것이오.   57

나는 거친 강의 둑에서 그 늑대들의
사냥꾼이 된 당신의 손자[7]를 보았소. 그는
이 늑대들을 모두 공포에 떨게 하오.   60

당신 손자는 그들의 고기를 산 채로 팔고
마치 늙은 짐승처럼 그들을 죽이니
많은 목숨을 빼앗고 그 자신의 명예를 더럽힌다오.   63

그가 피로 더럽혀진 채 사악한 숲[8]에서 나오고
그 숲은 천 년이 지나도 처음처럼
우거진 숲이 되지 못하고 버려진 그 상태로 있을 것이오."   66

고통스러운 재난의 소식을 들으면
그 위험이 어디에서 닥쳐오든지 간에
듣는 자의 얼굴에 당혹스러움이 나타나듯이　　　　　69

주의해서 듣고 있던 다른 영혼이
마지막 말들을 자신 안에 담아 둔 듯
당혹해하고 비통해하는 것이 보였다.　　　　　72

한 사람의 말과 다른 사람의 모습을 보니
나는 그들의 이름을 알고 싶어졌다.
그래서 그들에게 이름을 말해 달라 청했다.　　　　　75

그러자 내게 먼저 말했던 한 영혼이
다시 말하기 시작했다. "당신은 날 위해
하고 싶지 않은 것을 내가 당신에게 해 주기를 바라고 있소.　　　　　78

그러나 하느님께서 당신을 향해 이렇게 많이 그의 은총을
비추기를 원하시니, 당신의 질문을 거부하지 않을 것이오.
어쨌든 나는 귀도 델 두카[9]였소.　　　　　81

내 피는 시기로 불타오를 정도였다오.
기뻐하는 사람을 보면
내가 분노로 창백해지는 것을 보았을 것이오.　　　　　84

내가 뿌린 종자로 이 짚을 수확하고 있으니
오, 인간들이여, 왜 공유할 수 없는 것[10]에
자꾸 마음을 두어 바라는가?   87

내 옆에 있는 이 영혼은 리니에리[11]라오.
이자는 칼볼리 가문의 영광이자 명예였지.
그러나 그가 지닌 가치의 유산을 거둘 자를 갖지 못했소.   90

포 강, 산과 바다, 그리고 레노에 이르기까지
진실과 호의의 기쁨에 필요한 선이
없는 것은 그의 혈족만이 아니었소.   93

이 경계 안에 있는 땅에는
독이 있는 덤불이 가득 차 있소.
이제는 경작하기에 너무 늦었소.   96

위대한 리치오[12]와 아리고 마이나르디[13]가 어디에 있는가?
피에르 트라베르사로[14]와 귀도 디 카르페냐[15]는?
오, 타락해 버린 로마냐 사람들이여!   99

언제 볼로냐에 파브로[16]가 부활할 수 있는가?
파엔차에 베르나르딘 디 포스코[17]가
작은 잡초로부터 고결한 줄기로 자라날 것인가?   102

토스카나 사람이여, 내가 운다고 해도 놀라지 마시오.
기억해 볼 때 우리와 함께 살았던
프라타의 귀도[18]와 아레초의 우골리노,[19]   105

페데리고 티뇨소와 그의 동료들,[20]
트라베르사로[21]와 아나스타지[22] 가문(둘 다
상속자들이 없었지),   108

지금은 마음들이 사악해진 그곳[23]에서
사랑과 호의를 추구하도록 우리를 인도했던
여인들과 기사들, 전쟁의 노고와 휴식의 기쁨은 어디 있는가? 111

오, 브레티노로[24]여, 그대의 집안[25]과 함께 많은 사람은
부패를 피해 떠나가 버렸는데
왜 너는 지금도 도망가지 않고 있느냐?   114

후손을 만들지 않은 것을 잘했구나, 바냐카발[26]이여,
반대로 카스트로카로[27]는 안됐구나, 그리고 코니오[28]는 더 안됐구나.
그런 백작들을 계속 낳으니 더 곤경에 빠지는구나.   117

파가니는 잘할 것이다. 그들의 악마가
사라질 테니.[29] 하지만 이것 때문에 그들에 대한
좋은 기억은 남지 않을 것이오.   120

오, 우골리노 데 판톨리니,[30] 명성을 더럽히고
얼룩지게 할 후손이 없으니
네 이름은 안전하구나.   123

자, 토스카나 사람이여, 이제 가시오.
이제 당신과 말하기보다는 더 울고 싶구려.
우리의 이야기가 날 비탄에 빠지게 하기 때문이오."   126

그 선한 영혼들이 우리가 떠나는 소리를 들었다는 것을
우리는 알았다. 그래서 그들의 침묵으로 우리가 가는 길에
확신을 가질 수 있었다.   129

우리 둘만 남아 외로이 길을 가고 있을 때
번개와 같은 목소리가
허공을 찢으며 우리를 향해 덮쳐 오며 말했다.   132

"나를 만나는 누구든지 나를 죽일 것이다."[31]
이 소리는 마치 갑자기 구름을 찢으며
희미해지는 천둥소리처럼 사라졌다.   135

우리 귀에서 그 소리가 더 이상 들리지 않게 되자마자
곧바로 엄청나게 우렁찬 다른 목소리가 들려왔으니
마치 바로 따라온 천둥과 같았다.   138

"내가 돌이 된 아글라우로스이다."[32] 하고 말했다.
그래서 나는 시인 옆으로 가까이 가기 위해서
발을 앞이 아닌 오른쪽으로 옮겼다.   141

하늘은 다시 한번 조용해졌고 시인은 내게 말했다.
"네가 들은 저것은 사람을 자기의 한계 안에
두기 위해 물린 강한 재갈이었다.   144

그러나 너희 사람들은 입안의 미끼를 물어
오래된 적의 낚싯바늘이 너희를 쉽게 당기니
재갈과 권유는 소용이 없구나.   147

하늘은 너희 사람들 주변을 돌며
그의 영원한 아름다움을 드러내며 사람들을 부른다. 그렇지만
사람들 시선은 항상 땅만 향해 있구나.   150

그래서 모든 것을 보고 계시는 분이 너희를 벌하시는 것이다." 151

제15곡

멈추지 않고 장난치는 아이들처럼
아침이 시작할 때부터 세 번째 시간까지
태양이 공간을 가로지르는 만큼   3

저녁을 향하여 태양이
남은 제 갈 길을 다시 가야 할 때
그곳은 해 질 무렵이었고 이곳은 한밤중이었다.[1]   6

그리고 햇살은 우리 얼굴을 가득 비추고 있었다.
그것은 우리가 산의 둘레를 돌면서
서쪽을 향하여 바로 걷고 있었기 때문이다.   9

나는 이전보다 더 눈부신 빛이 내 이마를
때리는 것을 느꼈고
설명할 수 없는 이 현상에 당황하고 있었다.   12

눈부신 빛으로부터 눈을 보호하기 위해
내 눈 위로 손을 들어 올려
차양을 만들었다.   15

빛나는 광선이 물에 혹은 거울에
반사되어 올 때처럼 광선이
아래로 내려올 때의 각도와   18

똑같은 각도로 오르듯이,
경험이나 과학의 기술이 우리에게 보여 주는 것처럼
평형추에 매달린 수직선같이 투사되어 되돌아 나간다.   21

이처럼 나는 내 앞에
반사되는 빛에 얻어맞은 느낌이 들었다.
그래서 시선을 빨리 돌렸다.   24

나는 말했다. "친절하신 아버지, 저 빛은 무엇입니까?
그 빛에 제 눈을 가릴 방법이 없습니다.
그리고 우리를 향해 오는 것 같습니다."   27

그는 내게 대답했다. "하늘의 가족[2]이
아직도 널 비추고 있는 것이니 놀라지 말아라.
우리를 오르게 하려고 초대하러 온 전령이다.   30

이런 것들을 볼 순간이 곧 오게 될 것이니
너를 곤혹스럽게 하지 않을 것이고, 자연이 네게 느끼도록
마련한 것이니 네게 기쁨을 줄 것이다."   33

우리가 축복받은 천사에게 이른 후에
그는 기쁜 목소리로 우리에게 말했다. "이 계단을 따라가면
이전의 두 계단보다 덜 험하게 오를 수 있을 것이다."   36

우리는 이미 그곳으로부터 멀어지며 오르고 있었는데
"자비로운 자는 복되도다."와 "죄에서 이긴 자여 즐거워하라."[3]
라는 노래가 우리 뒤에서 들려왔다.   39

나의 선생님과 나는 둘 다 외로이 오르고 있었다.
나는 올라가면서 그분의 말씀에서
배움을 얻으려고 생각했다.   42

그리고 그에게 몸을 돌려 이렇게 물어보았다.
"로마냐의 영혼이 '공유할 수 없는 것'을 말하면서
한 이야기는 무엇을 의미하는지요?"   45

그러자 내게 대답했다. "그가 저지른 큰 죄[4]에 대해
그가 받아야 할 대가를 잘 알고 있기에, 적어도 다른 사람이
그런 잘못을 저지르지 않게 꾸짖는 것이니 놀라지 말아라.   48

사람들의 욕망은 공유하는 사람들이 있으면
더 줄어드는 세상의 것[5]에 전념하니
질투는 사람들 한숨을 일으키는 풀무를 움직인다.   51

그러나 사람들의 욕망이 위로 향하여
최고의 천상계의 사랑을 향해 있다면
사람들의 가슴에 두려움이 없을 텐데.   54

사실 그곳에서는 '우리의 것'이라고 말하는 사람이 많을수록
각자가 소유하는 선도 더 많아질 것이며
신성한 장소에서는 자비도 더 타오를 것이다."[6]   57

나는 말했다. "전에 입 다물고 있을 때보다
더 만족에서 멀어져 있습니다. 지금 내 머릿속은
아직도 의심이 더 모여 있기 때문입니다.   60

어떻게 소수가 소유한 선보다
다수가 공유한
하나의 선이 사람들을 더 풍요롭게 한다는 것인가요?"   63

그는 내게 말했다. "네 머릿속은 세상의 것에만
고정되었기 때문에 진실한 빛에서
오직 어두운 부분만 골라내는구나.   66

저 위에 있는 무한하고 말로 형언할 수 없는 선은
마치 빛나는 광선이 윤이 나는 물체를 향해 가는 것같이
사랑을 향해 달려간다.[7]   69

사랑을 열심히 찾는 것만큼 베푸시니
이렇게 모두에 대한 사랑을 펼치는 것만큼
하느님의 영원한 선도 더 커진다.   72

저 위에서 서로 사랑하는 영혼이 많을수록
너희를 더 사랑하도록 하고 너희가 서로를 더 사랑한다.
사랑은 마치 거울이 반사하는 빛같이 서로 주고받는다.   75

그러나 내 설명이 너의 배고픔을 채워 주지 못했다면
베아트리체를 보게 될 것이니, 그녀가 이것과 또 다른 바람을
가득 채워 주실 것이다.   78

이미 사라진 이전의 두 개의 P자처럼
고통으로 인해서만 아무는
다섯 개의 P자를 빨리 지우도록 노력하여라."   81

'나를 채워 주세요.'라고 말하고 싶었으나
나는 다른 둘레에 도착하였다. 이렇게
새로운 것을 보려는 내 눈은 나를 침묵하게 하였다.   84

그곳에서 나는 갑자기 황홀한 꿈에
사로잡힌 듯했고 신전에 모여든
많은 사람이 보였다.   87

그리고 문 앞에서 한 여인을 보았는데
어머니의 온화한 태도로 말했다.
"내 아들이여, 너는 왜 우리를 향해 이와 같은 행동을 하느냐? 90

보아라, 나와 네 아버지는 너를 고통스럽게 찾고 있었다."[8]
그리고 침묵을 하자마자 그 꿈은
갑자기 나타났던 것같이 갑자기 사라져 버렸다.   93

그러고 나서 어떤 자에게 향한 커다란 분노로 생긴
고통으로 인해 눈물 젖은 얼굴로
한 여인이 내게 나타났다.   96

그리고 말했다. "당신이, 그 이름 때문에 신들이 크게 다투었고
모든 학문의 빛을 모든 세계에 빛나게 했던
도시[9]의 주인이라면   99

오, 페이시스트라토스[10]여, 우리 딸을 감싸 안았던
저 무엄한 팔에 복수를 하여 주소서."
이 말에 대해 온화한 얼굴로   102

조용하게 그녀에게 대답하는 것 같았다.
"우리를 사랑하는 자를 처벌한다면 우리에게
해를 끼치기 원하는 자에게 무엇을 할 것인가?"   105

분노의 불꽃으로 흥분된 사람들이 보였다.
그들은 한 젊은이[11]를 돌로 때려 죽이면서
모두가 큰 소리로 소리쳤다. "죽이시오, 죽이시오."   108

한 젊은이가 이미 죽음으로 무거워진 몸으로 인해
땅에 무릎을 굽히고 있는 것을 보았다.
그러나 눈은 하늘의 문을 향해 있었다.   111

사람들이 그를 죽이는 동안 그는
주님께 그를 박해하는 사람들을 용서해 달라고 기도했고
그들에 대해 연민에 가득 찬 얼굴을 하고 있었다.   114

내 영혼이 외부 현실을 인식했을 때
나는 꿈이 현실은 아니지만
현실에서 일어날 수 있는 것임을 알았다.   117

내 길잡이는 잠에서 조금 전에 깨어난 사람과 같은
나를 보고서 말했다. "무슨 일이 일어났느냐,
왜 몸을 가누지 못하느냐?   120

술이나 잠에 취한 사람처럼
눈을 반쯤 감고 다리는 비틀거리면서
반 리그[12]를 더 걷고 있지 않느냐?"   123

나는 말했다. "오, 인자하신 내 아버지여,
당신이 내 말을 들어 주신다면 다리가 잘 움직이지 않을 때
내게 나타난 것을 말하겠어요."   126

그는 말했다. "얼굴 위에 백 개의 가면을
쓴다 하더라도 네 생각의 아주 작은 부분도
숨길 수가 없단다.   129

네가 본 것은 영원한 샘[13]에서 흘러나오는
평화의 물에 마음을 열기를 거부하지
않기에 네게 보인 것이다.   132

육체가 의식을 잃어 누워 있을 때
보이지 않는 것을 육체의 눈으로 보려고 하는 자처럼
'무슨 일인가?'라고 난 네게 물어보지 않았다.   135

그러나 그것을 네게 물어본 것은 네 다리에 힘을 주기 위함이다.
잠에서 깨어났을 때 느려지고 게을러진 사람들을
움직이기 위해서 자극이 필요하기 때문이지."   138

139

이미 저녁 무렵이었고 우리는 걷고 있었다.
저물어 가며 빛나는 햇살을 볼 수 있는 만큼
우리 앞을 바라보며 걸어갔다.   141

그때 조금씩 조금씩 우리를 향해 밤과 같이
검은 연기가 다가오고 있었다. 그러나
우리가 그것을 피할 수 있는 곳은 없었다.   144

이 연기는 우리의 시야와 깨끗한 공기를 빼앗아 갔다.   145

제16곡

지옥의 어둠이라도, 혹은 구름으로
더 어두워진 하늘 아래
별 하나 없는 밤의 어둠이라도   3

우리를 감싸고 있는 그 연기처럼
내 눈을 두꺼운 막으로 씌우지는 않았을 것이며
눈을 뜬 채 견뎌 내기가 힘들 정도로   6

그렇게 따갑고 거칠지는 않았을 것이다.
그래서 내 현명하고 믿음직스러운 길잡이는
가까이 다가와 내게 그의 어깨를 내어 주셨다.   9

마치 장님이 그를 다치게 하거나 혹은 죽일 수 있는 것에
부딪히는 것을 피하고 길을 잃어버리지 않기 위해
그의 안내자 뒤를 따라가는 것처럼   12

"내게서 멀어지지 않게 조심하여라."
나에게 계속해서 말하는 길잡이의 말을 들으며
그 견디기 힘들고 어두운 그 공기를 지나며 나는 걸어갔다.　15

그때 나는 많은 목소리를 들었다.
세상의 죄를 씻어 주는 하느님의 어린양에게
평화와 자비를 구하며 각자가 기도하는 것 같았다.　18

처음 시작의 말은 "아누스 데이"[1]였다.
같은 말과 같은 음정으로 모두가 노래하였고
그들 사이에 완벽한 조화를 이루는 것 같았다.　21

"선생님, 제가 듣고 있는 노래는 저 영혼들이 내는 것입니까?"
그는 내게 말했다. "그래, 사실이다. 그들은
분노의 죄를 갚고 있구나."　24

"우리의 연기를 몸으로 가로지르며
가는 당신은 누구인가? 아직도 당신은
달력으로 시간을 나누는 자[2]처럼 우리에 대해 말하는가?"　27

이런 말이 한 목소리에서 들려왔다.
그러자 나의 선생님이 말했다. "대답하여라,
그리고 여기서 저 위로 오를 수 있는지 물어보아라."　30

그래서 나는 말했다. "오, 당신을 창조하신 분께
완전히 순수하게 돌아가려고 죄를 씻고 있는 피조물이여,
나를 따라온다면 믿을 수 없는 것을 들려주겠소."   33

그는 대답했다. "허락될 때까지 당신을 따르겠소.
연기가 우리를 볼 수 없게 하더라도 말의 소리가
우리를 연결할 것이오."   36

그래서 나는 말하기 시작했다. "죽음으로 분리되어야 할
영혼의 껍데기[3]를 입고 저 높은 곳으로 가고 있소. 그리고
몹시도 고통스러운 지옥을 지나서 여기에 이르렀소.   39

하느님께서 내게 은총을 베풀어 주셨소.
지금까지 평범했던 것과 완전히 다른 방법으로
그의 궁정을 내게 보여 주시길 원하시지요.   42

죽기 전의 당신의 이름을 내게 숨기지 말고 말해 주시오.
다음 둘레로 가는 방향이 맞는지도 말해 주시오.
당신의 말은 우리의 안내자가 될 것이오."   45

"나는 롬바르디아 사람이오. 내 이름은 마르코[4]였소.
나는 세상에 대한 경험이 많았고
이제는 더 이상 아무도 활시위를 당기지 않는 덕[5]을 사랑했소.   48

당신은 지금 위로 가는 맞는 방향에 있소." 이렇게
대답하고 덧붙였다. "당신이 천국에 이르면
나를 위해 기도해 주길 부탁하오."   51

나는 그에게 말했다. "당신의 부탁을
내가 들어줄 것을 약속하오. 그러나 나를 사로잡은
커다란 의심을 떨칠 수 없어 터져 버릴 것 같소.   54

처음에는 단순한 의심이었는데 지금 당신의
말을 듣다 보니 두 배가 되었소. 여기와 저곳에서
내가 궁금한 것이 분명해졌소.[6]   57

당신이 말한 것처럼 세상은 정말
모든 덕이 말라 사막이 되었고
모든 사악함이 뒤덮어 가득 차 있소.   60

그렇게 된 원인을 알려 주십시오. 내가 이해할 수 있고
다른 사람들에게 설명할 수 있게 말입니다. 어떤 이는
하늘에, 어떤 이는 단순히 인간에게 원인이 있다고 합니다."   63

"휴!" 하고 고통이 비탄으로 바뀌는 깊은 한숨을 내쉰 후에
말하기 시작했다. "형제여, 세상은 눈이 멀었고
당신은 그 세상에서 온 것을 드러내고 있군.   66

사람들은 하늘이 모든 것을 필연적으로
정의하여 움직인다고 생각하는 것처럼
모든 원인을 하늘에 속한다고 하겠지만   69

만일 그렇다면 당신들에게는 자유의지가 더 이상
있지 않을 것이고, 선에 대한 기쁨과 악에 대한 애통의
심판이 없었을 것이오.   72

하늘은 당신들의 행동에 시작의 자극을 주지만
모든 것에 주는 것은 아니오. 그러나 모두라고 하더라도
사람들은 선과 악을 구분하는   75

빛을 지니고 있소. 자유의지는
처음에는 하늘과의 갈등으로 힘들어하지만
잘 키우면 모든 악의 유혹에서 쉽게 이길 수 있소.   78

사람들은 위대한 힘과 절대적 본성에 속한
자유로운 주체들이오. 그는 사람들 안에
의지를 창조하셨고 하늘도 그의 능력에 영향을 줄 수 없소.   81

그래서 세상이 지금 바른 길에서 밖으로 나왔다면
원인은 사람들 안에 있고 사람들 안에서 찾게 될 것이오.
이제 나는 당신에게 진실을 설명할 것이오.   84

사람들은 만들어지기 전부터 그들을
사랑하는 분의 손에서 이유를 알지도 못하고
울고 웃는 어린아이처럼 생겨 나왔소.   87

아무것도 모르는 단순한 영혼은
창조주의 기쁨에 의해서 생기게 된 것이기에
그에게 기쁨을 주었던 것으로 자연스레 돌아갈 것이오.   90

처음에 영혼은 하찮은 선의 맛을 느끼게 되는데
길잡이와 재갈이 그의 사랑에 방향을 잡지 못한다면
그 맛에 속아 그 뒤를 쫓아다닐 것이오.   93

이렇기 때문에 법의 구속이 필요하고
적어도 진정한 도시의 탑[7]을 구별하는
왕이 필요한 것이지요.   96

법은 있지요. 그러나 그것을 준수하는 자는 누구인가?
아무도 없소. 무리를 이끄는 목자[8]는
되새김질을 할 수 있으나 갈라진 발굽[9]은 가지지 못했소. 99

그래서 사람들은 그들도 갈망하는
물질적인 재화를 그들의 목자가 탐하며
그것을 먹고 사는 것을 보고 어떤 것도 물어보지 않았소.   102

146

세상이 부패하는 이유는
사람들의 부패한 본성 때문이 아니라
나쁜 통치자 때문이란 것을 당신은 분명히 볼 수 있을 것이오. 105

덕 있는 세상을 건설한 로마는
두 길을 비추는 두 개의 태양을 가지는 데 익숙했지요.
하나는 세상의 길이고 하나는 하느님의 길이었소.   108

하나의 태양은 다른 태양의 빛을 끄려 했고
칼이 목자의 지팡이에 더해졌소.[10] 이 두 가지가
강제로 섞여서 함께 악으로 가는 것을 피할 수 없소.   111

그렇게 하나가 된 후에는 서로가 두려워할 필요가 없는 거지요.
나를 믿지 않는다면 열매들을 보시오.
모든 식물은 그들의 씨앗에서 알아보는 법이오.   114

페데리코 2세가 분쟁을 했던 시기[11] 이전에
아디제와 포 상을 가로지는 지역에서는
가치와 예의에 익숙해져 있었지만   117

예전에는 부끄러워 덕 있는 사람들과 말하거나
그들을 가까이하는 것을 원하지 않던 사람들이
지금은 그곳을 두려움 없이 지날 수 있게 되었소.   120

그러나 새로운 시대를 예전의 시대로
꾸짖는 세 명의 노인들이 아직도 있소.
하느님께서 그들을 더 나은 삶으로 부르기를 바라지요.　　123

코라도 다 팔라초,[12] 선한 게라르도 다 카미노[13]와
프랑스식으로 단순한 롬바르도 사람이라고
알려지면 더 좋은 귀도 다 카스텔.[14]　　126

당신은 이제 단언할 수 있소. 로마의 교회는
이 다른 두 힘을 지니고 있기에 진흙탕에 빠져
그 자신과 그의 역할을 더럽히고 있소."　　129

나는 말했다. "오, 나의 마르코여, 당신이 옳소이다.
왜 레위의 자손들이 유산을 받는 것에서
제외되었는지 이제야 알겠소.[15]　　132

그런데 당신이 말한 지나간 시대의 모범이며
현시대를 야만스럽다고 꾸짖는 예로 든
그 게라르도는 누구요?"　　135

내게 대답했다. "오, 당신의 말은 나를 속이거나
시험하려고 하는군요. 토스카나 억양으로 말하면서
어지신 게라르도에 대해 아무것도 모르는 것 같소.　　138

나는 다른 성으로는 그를 모르오. 단지 가이아의 아버지라고
알려 주겠소. 하느님께서 당신들과 함께하시길.
난 더 이상 당신들을 따라갈 수 없소.   141

어두운 연기를 지나 더 밝아진 빛줄기가 보이지요?
그곳에 있는 천사가 나를 보기 전에
나는 당신들을 떠나야 하오."   144

그는 떠났고 내 말을 더 듣기 위해 머물기를 원하지 않았다.   145

제17곡

독자여, 기억해 보라!
산에서 아무것도 보이지 않을 만큼 안개에 휩싸여
두더지가 피부를 통해 보려 하듯이   3

당신을 싸고 있는 습하고 짙은 수증기가
옅어지기 시작했을 때 어떻게 태양의 밝은 빛줄기가
희미하게 그 사이로 들어오는지를.   6

그러면 그대의 상상력으로
이미 일몰에 가까워지는 태양의 시작을 다시 보았을 때
그 모습이 어떤지 쉽게 이해할 수 있을 것이다.   9

선생님의 믿음직스러운 발걸음에 맞춰 걸으며
나는 그 연기에서 나왔고 다시 본 태양이 빛줄기는
산 아래의 해안 뒤로 이미 사라져 버린 뒤였다.   12

수천의 나팔을 불어도 알아채지 못할 정도로
외부의 현실에서 우리를 분리시켜 놓는
상상력의 힘이여,   15

감각이 너를 자극할 수조차 없다면 누가 널 움직이게 하는가?
천국의 형상을 갖춘 빛이 그대를 움직이니
그것은 그 스스로 또는 하느님의 의지에 의해 아래로 내려온다. 18

노래하는 것을 더 기뻐하는 새로
변신한 여자[1]의 잔혹한 형상이
내 상상 속에 나타났다.   21

그때 내 마음은 밖에서부터 아무것도
들어올 수 없을 정도로
내 자신 안으로 움츠러들었다.   24

그리고 바로 나의 깊은 환상 속에서
십자가에 달린 남자의 모습[2]이 나타났다.
그는 원한과 분노에 찬 모습으로 죽어 가고 있었다.   27

그의 옆에는 위대한 왕 아하스에로스가 있었고
그의 아내 에스더와 말과 행동이 완전하던
의로운 모르드개가 있었다.   30

이 환상이 스스로 사라지자마자
물이 더 이상 없어서
아래에 있는 거품이 올라오듯이   33

내 환상에 절망하며 우는
한 소녀[3]가 나타났다. 그리고 말했다.
"오, 여왕이여, 왜 분노로 인하여 당신을 파괴하려고 합니까?   36

당신은 라비니아를 잃지 않기 위해 자살한 것입니까?
이제 당신은 정말로 저를 잃으셨어요! 여기서 다른 사람보다
먼저 당신의 죽음에 애통해하는 자는 바로 저예요."[4]   39

갑자기 빛이 감은 눈을 비출 때
잠에서 깨어나는 것과 같이 잠이 모두
사라지기 전에 잠에 들었다 나갔다 하는데   42

이렇게 나의 환상도 빛이 내 얼굴에
떨어지자마자 사라져 버렸다. 그 빛은
세상에서 우리가 익숙했던 빛보다 훨씬 더 강했다.   45

내가 어디에 있는지 보기 위해 나는 주위를 둘러보았다. 그때
한 음성이 말했다. "여기로 오르거라." 그리고
이 말은 다른 생각들로부터 내 주의를 돌렸다.   48

누가 말하고 있는지 보고 싶은 마음이
가득 찼다. 누구인지 보지 못한다면
나는 진정할 수가 없었다.   51

마치 태양의 섬광을 바라볼 때 그 빛이 너무나 강렬하여
우리의 시야를 가리고 그의 형태도 숨기는 것처럼
나의 눈은 그를 바라볼 수 없었다.   54

"그분은 하느님의 영이다. 부탁도 하기 전에
올라갈 길을 가르쳐 주셨다. 자신의 빛으로
우리의 시야에서 자신의 모습을 감추셨다.   57

마치 사람이 사람을 대하듯 그분은 우리를 대하신다.
다른 이의 곤경을 알면서도 먼저 요청해 오기를 기다린다면
그것은 이미 관대하게 그의 요청을 거절한 것이다.   60

이제 그분의 부름에 응하기 위해 발을 맞추자.
어둠이 오기 전에 서둘러 올라가도록 하자.
새로운 날이 오기 전까지는 오를 수 없을 테니."   63

이렇게 나의 길잡이는 말했다. 그리고 그와 함께
한 계단으로 발걸음을 옮겼다.
첫 계단을 오르자마자   66

내 얼굴 가까이에서 날개가 퍼덕거리며
 바람을 일으키는 소리를 들었다. 그러면서 한 음성이 말했다.
"사악한 분노가 없는 화평한 자는 복이 있나니!"[5]   69

밤으로 이어질 태양의 마지막 빛줄기들은
이미 우리 위로 높게 있었고 별들이
여러 곳에 나타나기 시작했다.   72

나는 속으로 중얼거렸다. '오, 나의 힘이여,
왜 이렇게 빠져나가는가?' 다리의 힘이
빠지는 것을 느꼈기 때문이다.   75

우리는 더 이상 오를 수 없는 계단에
있었다. 그리고 마치 해안에 이른
배처럼 멈춰 서 있었다.   78

나는 이 둘레에서
새로운 어떤 소리가 들릴까 하여 잠시 기다렸다.
그리고 뒤에 계신 나의 선생님께로 몸을 돌려 말했다.   81

"온화하신 나의 아버지여, 말해 주십시오.
우리가 있는 이 둘레에서는 무슨 죄를 씻고 있는지요?
발길은 멈추었다 해도 가르침은 멈추지 마십시오."   84

그는 내게 말했다. "여기는 선에 대한 사랑의
의무를 다하지 못한 죄를 갚는구나. 세상에서
너무 천천히 젓던 노를 여기서 다시 젓는구나.　　　　87

그러나 네가 더 분명히 이해할 때까지
내 말을 잘 생각해 보아라. 우리가 머물면서도
좋은 열매를 맺을 수 있겠구나."　　　　90

그리고 말하기 시작했다. "아들이여,
창조자도 어떠한 피조물도 사랑에 부족함이 없었다.
너도 잘 알듯이 사랑에는 자연적 사랑과 이성적 사랑이 있다.　93

자연적 사랑은 항상 틀리지 않는다.
이성적 사랑은 잘못될 수 있다. 그것은 목적이 잘못되거나
과하거나 부족하기 때문이다.　　　　96

사랑이 첫째의 선6을 똑바로 향하고
둘째의 선7을 스스로 조절한다면
절대로 어떠한 죄스러운 쾌락의 원인이 될 수 없다.　　　　99

그러나 악으로 향해 있거나
최소이거나 최대의 선을 추구할 때
피조물은 창조자에게 거슬러 행동한다.　　　　102

내 말을 통해 너는 사랑이 얼마나 중요한지 쉽게 이해할 것이다.
사랑은 사람들 안에 모든 덕과 벌을 받아야 하는 모든 행동의
씨앗을 뿌린다.   105

이제 사랑은 사랑 자체의 선에게서
시선을 돌릴 수 없기에 사랑이 깃든
모든 피조물은 자신을 증오하는 것으로부터 안전하다.   108

그래서 어떠한 피조물도 제일의 존재와
분리되어서 자기 자체로 있을 수 없기 때문에
모든 피조물은 하느님을 미워할 수 없다.   111

내가 올바르게 판단했다면 남은 것은
사람들이 이웃의 불행을 사랑하는 것이다.
이 사랑은 진흙[8]에서 세 가지 유형으로 나온다.   114

자기 이웃을 짓밟으며 제일 위를 차지하는 것을 원하는 자로
이것을 바라는 것 때문에
그는 자신의 위대함을 잃어버린다.   117

다른 자가 높아지면
권력, 은혜, 명예와 명성을 잃을까 두려워하는 자는
다른 자가 반대로 되길 원하여 슬퍼지게 될 것이다.   120

모욕을 받을까 벌벌 떨고 있는 자는
복수를 갈망하고
남들에게 해를 입힐 준비를 한다.   123

이 세 가지 형태의 사랑[9]은 여기에서
죄를 씻고 있다. 이제 잘못된 방법으로
선을 추구하는 다른 사랑에 대해 네가 이해하기를 바란다.   126

모든 사람은 영혼이 만족할 수 있는 최고의 선을
막연하게 알고는 있어서 그것을 바라고
그것에 이르려고 노력한다.   129

그런데 너무나 약한 사랑을 가지고
이 선에 이르려고 했던 사람들이 이곳에서
참회를 한 뒤에 죄를 씻는 것이다.   132

또 다른 선[10]은 사람들에게 기쁨을 주지 않는데
이 선은 모든 선의 열매와 뿌리인 선의 본질[11]이 아니어서
진실한 기쁨을 줄 수 없다.   135

이 선들에 과도하게 열정을 쏟은 사랑은
우리 위의 세 개 둘레에서 벌을 받고 있다.
그러나 세 가지 사랑의 형태가 어떻게 나뉘었는지에 대해서는   138

너 혼자서 이해할 수 있을 때까지 네게 말하지 않겠다."   139

제18곡

저명한 선생님께서 그의 가르침을 마치고
내가 만족했는지 보시기 위해
나를 자세히 바라보셨다.   3

나는 아직도 새로운 지식의 갈증으로 목말라 있었다.
겉으로는 침묵하고 있었으나 속으로는 말하고 있었다.
'내가 너무 많은 질문을 하면 아마도 선생님은 짜증을 내실 거야.' 6

그러나 진실하신 나의 아버지는 내가 소심해서
바라는 바를 말하지 못하는 것을 알아채시고
내가 말할 수 있게 용기를 주셨다.   9

그래서 나는 말했다. "선생님, 나의 시야는
당신의 빛으로 밝아져서 사랑에 대해 분석하고 설명한
것을 확실하게 이해했습니다.   12

그러니 요청컨대, 온화하신 나의 아버지,
올바른 선으로, 혹은 그와 반대되는 것으로 인도하는
사랑이 무엇인지 더 자세히 설명해 주십시오."   15

그는 말했다. "너의 예리한 정신의 눈으로
내 말을 잘 생각해 보아라. 그러면 길잡이가 되고 싶은
장님들이 범하는 오류가 확실해질 것이다.   18

영혼은 금세 사랑하도록 창조되었다.
좋아하는 것으로 인해 행동을 하게 준비되는 즉시
좋아하는 모든 것을 향해 움직인다.   21

너희의 인식력은 실제의 대상으로부터
이미지를 끌어내고 너희 안에서 정밀하게 이미지를 만든다.
그래서 영혼이 그 이미지를 향하도록 한다.   24

이미지를 향한 후에 영혼이 그 이미지 쪽으로 기울면
이 행동이 사랑이다. 사랑은 먼저 너희 안에 좋아하는 것들을
연결하는 자연적인 행동이다.   27

그리고 불은 위로 솟구치려고 태어난 그의
형상 때문에 높이 올라가
거기서 그의 성질을 오랫동안 지속하는 것처럼   30

영혼은 욕망으로 향하는 사랑에 소유되고
그런 영혼의 움직임은 사랑받는 것이 욕망에
기쁨을 줄 때까지 멈추지 않는다.   33

모든 사랑이 그 자체로 칭송받아야 한다고
맹목적으로 확언하는 사람들에게
진실이 얼마나 먼지 이제 확실하게 이해할 것이다.   36

그래서 아마도 사랑의 본질이 항상 선할 것이라고 할 수 있으나
좋은 초라고 해서 그 초로 만들어진
봉인이 모두 좋은 것은 아니다."   39

나는 그에게 대답했다. "당신의 말과 당신을 따르려고 갈망하는
저의 본성 때문에 사랑의 개념이 확실해졌습니다.
그러나 이 새로운 지식은 내게 더 많은 궁금증을 낳게 합니다.   42

만일 외부의 대상이 우리를 자극한 것이 사랑이라면
다른 방법으로 움직일 수 없는 영혼은
어떻게 이 사랑이 좋은 것인지 나쁜 것인지 알 수 있겠습니까?" 45

그는 내게 말했다. "나는 인간의 이성으로 이해하는 것을
네게 말할 수 있다. 그 이상의 모든 것은 베아트리체를
기다려라. 이 문제는 신앙에 대한 것이기 때문이다.   48

161

본질을 주는 형태[1]는 물질에서 분리되나
또한 물질과 결합되어 있기도 하고
그 자체로 특별한 힘을 소유한다. 51

이 힘은 행하지 않으면 느낄 수 없고
푸른 잎을 통해서 식물의 삶을 보는 것처럼
효과를 통하지 않으면 그 존재를 표시조차 할 수 없다. 54

그러므로 사람들은 선천적으로 근본원리의 지식이
어디서 오는지 알지 못하며, 선천적으로 원초적 욕구들이
어디서 오는지 알지 못한다. 57

마치 꿀벌이 꿀을 만드는 기술을 갖고 있는 것처럼
사람들도 선천적으로 그런 원리와 욕구를 갖고 있는 것이다.
이 근본적인 성향은 칭찬이나 비난의 대상이 아니다. 60

모든 다른 성향이 이 근본적인 성향에 합치하고
사람들은 충고를 주는 덕을 자신 안에 타고났으니
사람들의 합의를 지켜야 한다. 63

이것은 좋은 사람이나 나쁜 사람을
받아들이거나 선택하는 것에 따라서 너희 안에
칭찬이나 비난의 이상적인 판단을 내리게 하는 기본 원리다. 66

이성의 깊이에 도달하여 성찰한 사람들은
인간의 타고난 자유를 발견하였고
세상에 윤리를 유산으로 남겼다.   69

이제 너희 사람들 안에 타오르는 사랑은
모두 자연적 필요에 의한 것이라고 받아들이자. 어쨌든
사람들은 그런 사랑을 지탱할 힘을 가지고 있다.   72

베아트리체는 이러한 고귀한 힘을
자유의지라고 불렀다. 그분이 이것에 대해
말을 한다면 잘 기억해 두어라."   75

이미 자정이 넘어가고 있었을 때
달은 빨갛게 달군 양푼처럼
그의 빛으로 우리에게 나타났던 별들을 희미하게 만들었다.   78

그리고 로마에 사는 사람이 사르데냐와 코르시카 사이로
지고 있는 태양을 바라볼 때 태양이 빛나는 길과 반대 방향으로
달은 하늘을 횡단하고 있었다.   81

만토바의 모든 도시보다
피에톨라²의 이름을 더 유명하게 했던 고귀한 영혼은
내가 지운 짐의 무게를 벗어 놓으셨다.   84

그래서 나는 내 질문들에 대한 명쾌하고 분명한
답을 받아 머릿속에 거두어들이고는 마치 졸면서
배회하는 사람처럼 서 있었다.   87

그러나 졸음은
우리 등 뒤로 달려오는 영혼들의 무리에 의해
갑자기 사라져 버렸다.   90

과거에 테베에서 바쿠스를 숭배하기 위해
이스메누스와 아소푸스 강에서 강둑을 따라
한밤중에 미친 듯이 달리던 무리처럼   93

선한 의지와 옳은 사랑의 말을 탄 영혼의 무리가
긴 낫 모양의 둘레를 따라 돌아서
달려오는 것을 볼 수 있었다.   96

그 거대한 영혼의 무리는 달리면서
움직였기 때문에 우리를 금세 따라잡았다.
다른 영혼들보다 앞서 나온 두 영혼이 울며 소리쳤다.   99

"마리아는 산을 향해 빠르게 달렸고[3]
카이사르는 알레르다를 정복하기 위해
마르세유를 공격하고 바로 스페인으로 달렸다."[4]   102

뒤에 있던 다른 무리가 소리쳤다. "빨리하시오, 빨리,
모자란 사랑 때문에 시간을 허비하지 마시오. 선을 행하려는
노력으로 은총을 되찾도록 합시다."   105

"아마도 선을 행하면서
미지근한 사랑으로 했기 때문에 저지른 게으름과 미루는 버릇을
이제야 강렬한 열정으로 메우려는 영혼들이여,   108

당신들을 속이지 않겠소. 여기 살아 있는 자가
태양이 빛나게 떠오르자마자 저 위로 올라가려 하니
가장 가까운 길이 어디 있는지 말해 주시오."   111

나의 길잡이의 말은 이러했다. 그 영혼들의 무리 중
하나가 말했다. "우리 뒤로 오시오. 그러면
통로를 찾을 것이오.   114

우리는 멈출 수 없을 정도로 움직이고 싶은
마음으로 가득하다오. 그러니
우리의 행동이 무례해 보여도 용서하시오.   117

나는 베로나에 있는 산 제노의 수도원장[5]이었소.
지금까지도 밀라노에서는 고통으로 기억되는
어지신 페데리코 바르바로사[6]가 통치할 때였지요.   120

이미 죽음의 웅덩이에 발을 넣은 자[7]가 있는데
얼마 안 가 그 수도원에 대립하며 모욕했던
자신의 권력을 후회하게 될 것이오.   123

몸도 온전치 않은 데다 정신은 더 나쁘고
사악하게 태어난 자기 자식을
진실된 목자의 자리에 앉혔기 때문이지요."   126

이 말을 하고 그들은 이미 우리에게서 멀어져 갔다.
그가 다른 것을 더 말했는지 아니면 침묵했는지는 모르겠으나
이 말을 들었고 기억할 수 있어서 기뻤다.   129

내가 필요할 때마다 나를 도와주었던 선생님은 말했다.
"이쪽으로 돌아라. 여기에 태만의 죄로
질책하는 두 영혼이 있구나."   132

다른 영혼들 뒤에서 그들이 말했다.
"바닷물이 열려서 그 앞으로 나아갔던 민족은
약속한 땅 요르단을 보기 전에 죽었다.[8]   135

아키세스의 아들과 함께
고난을 끝까지 견디지 못한 사람들은
불명예스러운 삶에 처했다."   138

그 영혼들이 보이지 않을 정도로
우리에게서 멀어졌을 때
내 머릿속에는 새로운 생각이 생겨났고   141

다른 생각들이 계속해서 생겨났다. 그리고
나는 이런저런 생각들로 방황하다
피곤에 몽롱해져서 눈을 감았다.   144

그리고 내 생각들은 꿈으로 바뀌었다.   145

제19곡

낮의 열기가 지구의 냉기로, 때때로 토성의 냉기로
꺼져 달의 차가움을 더 이상
약하게 할 수 없는 시간이었다.　　　　　　　　　3

점쟁이들이 동트기 전에 동쪽으로부터
아직도 어두움이 조금 남은 길에 떠오르는
대운(大運)이라고 불리는 별자리를 보았을 때였다.[1]　　6

꿈에서 말을 더듬는 여자가 보였는데
눈은 사팔뜨기였고 절름발이였으며
손은 마비가 되었고 창백한 안색을 하고 있었다.　　　9

나는 그녀를 바라보았다.
밤새 내내 차가워진 사지를 녹이는 태양처럼
내 시선은 그녀의 혀를 풀어 주었고　　　　　　　12

바로 그녀의 몸을 곧추세워 주었으며
창백했던 얼굴에 사랑이 원할 때처럼
화색이 돌아오게 했다.[2]   15

그녀의 혀가 말을 할 수 있을 정도로 충분히 풀렸을 때
그녀는 노래를 부르기 시작했다.
내 마음을 그녀에게서 돌리기가 어려웠다.   18

그녀는 노래를 불렀다. "나는 사랑스러운 세이렌[3]이에요.
내 노래를 들으려는 자에게 기쁨이 넘치니
바다 한가운데에서 뱃사공들을 홀리지요!   21

내 노래에 오디세우스는 가려던 길을
바꾸었지요.[4] 그리고 내 곁에 머물게 했지요.
가끔씩 나를 떠나려고 하지만 나는 그를 만족시킨답니다!"   24

이 노래 후 그녀의 입은 여전히 닫히지 않았다.
그때 성스럽고 친절한 여인[5]이 내 옆에 나타났는데
세이렌을 혼란스럽게 만든 것 같았다.   27

그 여인은 몹시 거친 목소리로 말했다. "오, 베르길리우스여,
이 여자는 누구인가?" 선생님은 그 진지한 여인을
응시하시면서 다가가셨다.   30

선생님은 세이렌을 잡더니 앞자락의 옷을 찢어서
내게 배를 보여 주셨다. 거기서 뿜어 나오는
악취에 나는 잠에서 깨어났다.   33

눈을 뜨고 주변을 살펴보았다. 그러자 어지신 선생님께서
말했다. "널 적어도 세 번이나 불렀다! 일어나서 따라오너라.
네가 들어갈 열린 문을 찾아보자."   36

나는 벌떡 일어났고 이미 태양은 성스러운 산의
모든 둘레를 비추고 있었다. 우리는 이렇게
막 떠오른 새로운 태양을 등에 지고 걸었다.   39

그분을 따라가면서 사색의 짐을 진 자처럼
머리를 숙이고 있었다. 다리의 아치와
비슷하게 보였을 것이다.   42

그때 "이리 오라, 길은 여기이다."라며
필멸의 세상에서 들어 본 적이 없는
부드럽고 자비로운 목소리가 들렸다.   45

우리에게 이렇게 말한 그는
백조처럼 하얀 날개를 활짝 펴고 단단한 바위기 높게 치솟아
있는 두 절벽 사이의 좁은 길을 가리켰다.   48

그리고 날개를 움직여 우리에게 바람을 일으키며
애통하는 자는 복이 있나니
위안을 받을 것이라고 선고하고 있었다.[6]   51

우리가 천사를 만난 그곳에서 얼마 올라가지 않았을 때
나의 길잡이는 말하기 시작했다. "왜 그러느냐,
왜 계속해서 아래만 보고 있느냐?"   54

나는 말했다. "좀 전에 꿈을 꾸었어요. 이 끔찍한 환상은
다른 것을 생각할 수 없을 만큼 나를 사로잡아
내 마음에 의심을 가지고 이 길을 오르게 합니다."   57

그는 말했다. "너는 늙지 않는 마녀를 보았구나.
우리 위의 세 개의 둘레에 있는 영혼들이 그 때문에 울고 있지.[7]
너는 사람들이 그것에서 어떻게 벗어나는지도 보았다.   60

이제 그만 우물쭈물하고 발꿈치로 땅을 차며
더 빨리 나아가자. 하늘의 바퀴를 돌리시는
영원한 왕의 부름에 높이 네 눈을 돌려 향하게 하라."   63

먼저 제 발을 보고 있다가 주인의 부름에
몸을 돌리고 좋아하는 먹이를 낚아채려고
날개를 펼쳐 나는 매처럼   66

나도 그렇게 했다. 올라가려는 자에게
길을 열어 주기 위해 갈라진 바위 사이로 둘레가 다시
시작되는 곳까지 올라갔다.   69

내가 다섯 번째 둘레에 이르자
애통해하는 영혼들이 보였는데, 그들 모두가
아래로 얼굴을 돌려 엎드려 있었다.   72

깊은 한숨과 함께 "내 영혼은 바닥에 붙었다."라고
말하는 소리가 들렸다. 그들의 말은
들릴 듯 말 듯 했다.   75

"오, 하느님께 선택된 영혼이여, 고통을 정의와 희망으로
견디고 있군요. 우리에게 다음 둘레로
오를 수 있는 길을 알려 주시오."   78

"당신들이 엎드려서 가는 것이 아니고
더 빨리 길을 찾기를 원한다면 당신들의 오른손을
항상 바깥에 두고 산을 올라가시오."   81

이렇게 시인이 요청하자 우리에게서 조금 떨어진 곳에서
이런 대답이 있었다. 그리고 그 영혼이 말하는 동안 나는
그 숨겨진 얼굴을 알아볼 수 있었다.   84

내가 선생님 눈에 시선을 돌려 맞추자
그는 그들에게 물어보고 싶어 하는 바람이 가득한 나의 눈길을 읽고
그렇게 할 수 있다고 기쁘게 허락하였다.   87

내가 원하는 것을 할 수 있게 되자
나는 처음에 그의 말로 그를 알아볼 수 있었던
영혼에 가까이 다가가 그 위에 섰다.   90

"정죄의 열매를 익게 하는
눈물을 가진 영혼이여, 정죄 없이는 하느님께 돌아갈 수 없겠지요.
날 위해 당신의 중요한 일을 잠시만 멈추시오.   93

당신이 누구인지, 왜 등을 위로 향해 누워 있는지
말해 주시오. 내가 살아 있는 채로 떠났던
저 세상에서 내가 당신을 위해 무언가를 하기 원하십니까?"   96

그는 내게 말했다. "왜 우리가 하늘을 향해
등을 돌리고 있는지 알게 될 것이오. 그러나
먼저 나는 베드로의 후계자[8]였다는 것을 알아 두시오.   99

세스트리 레반테와 키아바리[9] 사이에 아름다운
작은 강이 흘러내리죠. 그 강의 이름을
우리 가문의 이름으로 붙였다오.   102

흙탕물을 조심하는 자에게 교황의 망토가
얼마나 무거운지를 한 달 조금 넘어서 알았다오.
비교해 보면 다른 짐은 깃털처럼 가벼운 것 같소.   105

아! 나의 회개가 너무 늦었소. 로마의 목자가 되자
삶이 얼마나 거짓이었는지
알게 되었소.   108

거기서는 내 마음의 평화를 찾을 수조차 없었고
그 삶에서 더 높이 올라갈 수 없음을 알았소.
마침내 내 안에서 이 삶에 대한 사랑이 타오른 거요.[10]   111

그 순간까지 내 영혼은 비참했소.
그리고 하느님을 떠나 모든 것을 탐내는 영혼이었소.
지금은 보다시피 여기에서 그 벌을 받고 있소.   114

이 둘레에서는 회개하는 영혼들이
이렇게 정죄받고 있는 모습으로 탐욕의 결과를 보여 준다오.
이 산에서 이것처럼 더 힘든 벌은 없을 것이오.   117

우리의 시선이 세속적인 것에 고정되어서
위를 올려다볼 수 없었던 것처럼, 여기서는
하느님의 정의가 우리의 시선을 아래로 돌리게 했다오.   120

탐욕은 참된 선을 향해 있어야 하는 사랑을
소멸시키는 것처럼 선의 행동을 잃어버리게 하오.
이렇게 하느님의 정의는 우리의 손과 발을　　　　　　　　123

단단히 묶어 두었소.
정의로우신 주님이 기뻐하실 때까지
여기서 우리는 움직이지 못하고 바닥에 엎드려 있는 것이오." 126

나는 무릎을 꿇고 말을 하려고 했다.
그러나 말을 시작하려고 하자 그는 오로지
내 음성을 듣고 나의 공손한 자세를 알아차리고 말했다.　　129

"어떤 이유로 당신은 그렇게 몸을 숙이고 있지요?"
나는 그에게 대답했다. "당신의 권위 앞에서
내가 똑바로 서는 것을 양심이 거부합니다."[11]　　　　132

그는 대답했다. "형제여, 다리를 펴고 일어나시오!
잘못된 생각이오. 나 또한 당신과 여기에 있는
다른 모든 영혼처럼 유일한 권능 앞에 같은 신자라오.　　135

당신이 복음서에서 말한 '결혼하지 않을 것이다.'[12]라는
성스러운 구절을 이해했다면 왜 내가 이렇게 말하는지
잘 이해할 것이오.　　　　　　　　　　　　　　138

이제 떠나시오. 나는 더 이상 당신을
여기에 있게 하고 싶지 않소. 당신이 여기에 머물면
좀 전에 당신이 말한 대로 익어 가는 눈물에 방해가 되오.   141

나는 세상에서 조카가 하나 있소. 천성이 선한
알라지아[13]라고 불리오. 우리 가문의 나쁜 예가
그를 사악하게 만들지 않았으면 하오.   144

세상에서 내게 남겨진 유일한 아이요."   145

제20곡

의지는 더 큰 의지에 대항하여 이길 수 없기에
나는 그가 원하는 대로 내 바람을 억누르고
아직도 다 젖지 않은 해면을 물 밖으로 꺼냈다.[1]   3

나는 그곳을 떠났다. 나의 길잡이는 바닥에 엎드린 영혼이 없는
곳을 지나, 성벽을 따라 걸을 때 흉벽(胸壁)을 걷는 것처럼
절벽에 바싹 붙어 걸으며 앞으로 나아갔다.   6

세상 전체를 가득 채운 죄를
한 방울 한 방울의 눈물로 속죄하는 영혼들이
맞은편 둘레의 가장자리에 너무 가까이 있었기 때문이었다.   9

끝없고 깊은 네 굶주림 때문에
다른 모든 짐승보다 더 많은 희생자를 만드는
늙은 암늑대여, 네게 저주가 있기를!   12

오, 하늘이여, 사람들은 하늘의 움직임이
인간의 결정에 영향을 준다고 믿고 있는데
이 짐승들을 잡을 분은 언제 오시는가?   15

우리는 천천히 조심스럽게 걸었다.
그리고 비탄에 젖어 울며 한탄하는 소리가 들려
나는 영혼들에게 주의를 기울였다.   18

우리 앞에서 어떤 사람이 "온화하신 마리아여!"
라고 울며 기도하는 소리를 우연히 들었다.
마치 애를 낳는 여자가 부르짖는 소리 같았다.   21

그리고 뒤따라 말했다. "당신의 거룩한 출산으로
낳은 아기가 놓인 곳이 마구간인 것을 보고
당신이 얼마나 가난했는지 알고 있습니다."[2]   24

이어서 들렸다. "오, 선하신 파브리키우스[3]여,
악덕으로 커다란 부를 소유하는 것보다
가난 속에서 덕으로 살기를 원했구나."   27

이 말은 나를 기쁘게 했고
나는 이 말을 한 것 같은 영혼을
더 잘 보기 위해서 더 앞으로 나아갔다.   30

이 영혼은 여인들이 그들의 젊은 시절을
고결하게 살 수 있게 인도한
니콜라스 성인⁴의 관대함을 아직도 말하고 있었다.   33

나는 말했다. "좋은 이야기를 이렇게 해 주는 영혼이여,
당신은 누구인지요? 그리고 찬양받을 만한 이 행동들을
왜 당신 혼자서 상기시키는 겁니까?   36

종말을 향해 달리는
저 삶의 짧은 길을 마치러 세상으로 돌아간다면
당신의 대답은 보상을 받을 겁니다."   39

그는 말했다. "당신에게 대답하겠소.
살아 있는 자가 해 주는 기도를 기다리기 때문이 아니라
은총이 살아 있는 당신을 비추기 때문이오.   42

나는 모든 기독교인의 땅을
어둡게 만드는 사악한 식물의 뿌리였소. 그래서
좋은 열매는 드물게 수확한다오.   45

그러나 두에, 릴, 겐트, 그리고 브뤼헤가 할 수 있다면
곧 복수가 실현될 것이오. 나는 이것을 위해
모든 것을 심판하시는 그분께 기도드린다오.⁵   48

나는 살아 있을 때 위그 카페[6]라고 불렸소.
내게서 태어난 필리프와 루이[7]가 현재
프랑스를 다스리고 있소.   51

나는 파리의 한 백정의 아들이었소.[8]
왕의 계보가 모두 소멸되었고 수도사의
회색빛 옷을 걸친 자만 남았을 때   54

왕국을 통치할 고삐가 내 손에
들어왔소. 그리고 나는 새로운 권력을 얻었고
많은 친구를 얻었소.   57

주인 없이 남겨진 왕관을
나의 아들 머리에 씌운 것으로
존엄한 왕의 왕조가 시작되었소.   60

프로방스의 많은 결혼지참금이
나의 후손들에게 수치심을 빼앗아 갈 때까지[9]
비록 보잘것없는 왕조였으나 적어도 나쁜 짓은 하지 않았소.   63

그때부터 무력과 속임수로 약탈을 시작했소.
그다음에는 그것을 보상하기 위해
퐁티에, 노르망디, 그리고 가스코니[10]를 점령하였소.   66

샤를이 이탈리아에 왔었소. 그 보상으로
코라디노를 희생자로 만들었소. 그리고
또 그 대가로 성 토마스를 하늘로 보내 버렸지.[11]   69

내 생각에는 그리 머지않아
다른 샤를[12]이 자기 자신과 그의 혈통을
더 잘 알리기 위해서 프랑스에서 나올 것이오.   72

아무 무기도 없이 오로지 이미 유다가 과거에
사용한 창[13]을 던져 정확하게
피렌체의 복부를 터뜨릴 것이오.   75

그러나 그는 땅을 얻지 못할 것이오.
죄와 수치심만 늘어날 뿐이오. 더 심각한 것은
죄가 무거울수록 벌의 무게를 더 가볍게 생각한다는 것이오.   78

그리고 이미 배에 잡혔다가 나온 또 다른 자[14]는
해적들이 잡아 와 노예처럼 부리는 다른 자의 딸들처럼
자기의 딸을 팔고 가격을 흥정하는 것이 보이오.   81

오, 탐욕이여, 자신의 친족도 제대로 돌보지 못할 정도로
내 핏줄들을 너는 단단히 사로잡았구나.
이제 네가 무엇을 이보다 더 할 수 있단 말인가!   84

미래와 과거의 악이 작게 나타날 정도의
죄를 지을 것이니 백합이 아냐니에 들어가고
대리자의 몸으로 갇힌 그리스도가 보이오.[15]   87

다시 한번 조롱당한 그가 보이며
그는 담즙과 식초의 모욕을 다시 견디고[16]
살아 있는 도둑들 사이에서 다시 죽임당하는 것이 보이오.[17]   90

이런 죽음에도 만족하지 못할 정도로
잔인한 새로운 빌라도가 법령도 없이
성전 안으로 탐욕의 돛을 달고 들어오는 것이 보이오.[18]   93

오, 나의 주여, 당신의 비밀 안에서
인간의 눈에 숨기신 당신의 온화한 분노를 드러내는
복수를 나는 언제나 보고 기뻐할 수 있을까요?   96

내가 말했던 성령의 유일한 신부[19]는
당신이 내게 듣고자 했던 설명[20]을 묻기 위해
당신을 내게로 몸을 돌리게 하셨소.   99

이것은 낮이 지속되는 동안 우리의 모든 기도에 대한
응답이나, 밤이 되면 당신이 틀있던 것과
정반대되는 예들을 말한다오.   102

밤에는 금에 대한 탐욕으로
배반하고 도둑질하며 자기 친족을 죽인
피그말리온의 이름을 반복하여 말한다오.　　　　105

그리고 부에 대한 끝없는 욕심의 대가로
영원한 웃음거리가 된
인색한 미다스[21] 왕의 비참함을 반복하여 말한다오.　　108

전리품을 훔친 아간[22]의 어리석음에서
우리는 모두 기억할 것이오. 여호수아의 분노가
아직도 그를 물어뜯는 것 같소.　　　　111

그리고 우리는 삽비라와 그의 남편을 비난하고[23]
헬리오도로스를 걷어찬 말굽을 칭찬합니다.[24] 그리고
폴리도로스를 죽인 폴리메스토르[25]는　　　　114

오명(汚名) 속에 모든 산[26]을 돌아다니오.
마지막으로 우리에게 외친다오. '크라수스여,
말해다오. 금의 맛이 어떠한가?'[27]　　　　117

가끔은 높은 목소리로 가끔은 낮은 목소리로
우리는 말을 하는데, 이것은 강도의 강약으로
우리에게 이 예들을 말하기를 격려하는 감정에 따른 것이오.　120

그러니 낮에 우리가 말하는 예들을
조금 전에 나 혼자서만 선포한 것은 아니오. 여기
내 가까이에 목소리를 높이는 다른 영혼이 없었던 것뿐이오." 123

우리는 그에게서 이미 멀어졌고
우리에게 허락된 한도까지 더 빨리
길을 지나가려고 애를 썼다.   126

그때 무엇인가 무너져 내릴 듯이
산이 흔들리는 것을 느꼈다. 그리고 죽음을 만나러 가는 사람처럼
내 몸의 피가 얼어붙는 것 같았다.   129

하늘의 두 눈을 낳기 위해서 레토가
보금자리를 만들기 전에 델로스 섬[28]도 분명히
이보다 흔들리지 않았을 것이다.   132

모든 곳에서 이러한 외침이
시작되었다. 선생님은 나를 향해 몸을 돌리고
말했다. "내가 너를 인도하는 한 두려워 말라."   135

"하늘 높은 곳에서는 하느님께 영광을."[29]이라고 모두가 말했다.
적어도 내게 더 가까이 있는 영혼들에게서 들은 바로
한결같이 외치는 소리는 이러했다.   138

그 노래를 처음에 들은 목자들처럼
산의 진동이 멈추고 노래가 끝날 때까지
우리는 움직이지 않고 기다리고 있었다.   141

그러고 나서 우리는 벌써 다시 바닥에 엎드려서
그들 일상의 통곡으로 돌아간 영혼들을 바라보면서
우리의 거룩한 길을 다시 걸었다.   144

기억이 나를 기만하지 않는다면
어떠한 무지도 그 순간에 내가 생각하며 지녔던
알고 싶어 하는 갈망의 고통만큼   147

강렬하게 불태운 적은 없었다.
갈 길에 바빠 감히 질문조차 할 수 없었고
일어난 것에 대한 설명을 볼 수도 없었다.   150

이렇게 나는 소심해져 생각에 깊이 잠긴 채 걸었다.   151

❦ 제21곡 ❦

사마리아의 여인이 갈구하던
그 물이 아니고서는 결코 풀리지 않을
본성의 갈증이   3

나를 괴롭혔다.[1] 그리고 영혼들로 막힌 길을
내 길잡이 뒤를 따라가는 바쁜 여정이 나를 재촉했으며,
정의로운 복수[2]의 고통을 나는 함께 느끼고 있었다.   6

누가가 쓴 것처럼 그렇게, 그때
그리스도가 무덤에서 이미 부활하여
길 가던 두 제자에게 나타난 것처럼[3]   9

우리가 길에 엎드린 영혼들을 밟지 않으려고 조심하는 동안
우리 뒤에서 오고 있던 한 영혼이 나타났다.[4]
우리에게 말을 걸 때까지 우리는 알지 못하고 있었다.   12

우리에게 "오, 나의 형제들이여, 하느님의 평화가
당신들과 함께하길." 하고 말했다. 우리는 바로 몸을 돌렸고
베르길리우스는 예의 바른 인사의 몸짓으로 대답했다.   15

그리고 말하기 시작했다. "나를 영원히
추방하신[5] 하느님의 진실한 심판이
당신을 축복받은 모임에 평화로이 두시길."   18

우리가 걸음을 재촉하는 동안 그 영혼은 말했다.
"당신들이 하느님께서 하늘에 허락하시지 않은 영혼들이라면
누가 그분께 인도되는 이 높은 계단까지 안내하였단 말이오?"   21

나의 선생님은 말했다. "천사가 새겨 준 이 사람
이마에 있는 표시를 잘 보면, 이 사람이
선한 자들과 함께 있는 것이 합당하다는 것을 알 것이오.   24

클로토[6]가 각자에게 정해 주고 감아 두는
물레로 낮과 밤으로 실을 잣는 여인[7]이
아직도 잣는 것을 끝내지 못하였기에   27

나와 당신의 누이[8]인 그의 영혼은
우리와 같은 방법으로는 볼 수 없어
혼자서 여기 위까지 올라올 수 없었소.   30

그래서 나는 그 길을 보여 주기 위해
지옥의 깊은 목구멍[9]에서 불려 나와
나의 가르침이 그를 인도할 수 있는 곳까지 안내할 것이오.   33

그러나 지금 당신이 안다면 조금 전에
산이 왜 그렇게 흔들렸는지를, 그리고 왜 모두가 한목소리로
발을 적시는 곳까지[10] 소리를 쳤는지를 말해 주시오."   36

선생님의 질문은 내가 알고 싶어 하는 바람의
바늘귀를 꿰어 주셨고 이미 대답의 희망만으로도
나의 타오르는 갈증은 조금 가시었다.   39

그 영혼은 말하기 시작했다. "이 산의
거룩한 법은 하느님의 명령을 어기는 것과
불규칙적인 일을 허용하지 않소.   42

이곳은 주위의 모든 변화에 대해 구속받지 않소.
다만 하늘이 스스로 받고 그 자체로 만들어 내는 것들로부터만
이러한 변화들이 생기는 것이오. 다른 것들로부터는 없소.[11]   45

그래서 여기에는 비도, 우박도, 눈도,
이슬비도, 서리도 내리지 않소.
짧은 세 층의 계단[12] 위로는   48

짙거나 옅은 구름도 보이지 않을 것이고
섬광도 보이지 않을 것이며 저 세상에서 자주 옮겨 다니는
타우마스의 딸[13]도 보이지 않을 것이오.　　　　　　　　51

메마른 증기는 내가 말하는 세 계단의 높이,
성 베드로의 대리자가 발을 딛고 있는 곳 이상으로는
올라오지 못하오.　　　　　　　　54

아마도 저 아래 세상에서는 다소 흔들리나 보오.
그러나 여기 위에서는, 왜 그런지 난 잘 모르겠으나,
땅 아래의 바람으로 인한 진동은 없소.　　　　　　　　57

여기에서 진동은 한 영혼이 정화되었음을 느꼈을 때
높이 오르기 위해 일어나거나 움직이며 생깁니다.
그리고 당신이 들은 외침은 이러한 오름에 동반된 소리입니다.　60

오로지 의지만이 정화가 일어난 것을 증명하는데, 정화된 영혼은
자유롭게 거처를 바꾸려 하고 영혼을 깜짝 놀라게 하오.
이런 의지의 영혼은 기쁨을 경험하지요.　　　　　　　　63

하늘로 올라가려는 의지는 처음부터 영혼 안에 있소.
그러나 상대적 의지는 그것을 허락하지 않기에 하느님의 정의로
저 세상에서 지은 죄를 씻는 고통을 주시는 것이오.[14]　　　　66

그래서 나는 오백 년 이상을 드러누워
이 형벌을 견뎌 내어 바로 얼마 전에
더 좋은 곳으로 갈 수 있는 자유로운 의지를 느꼈소.　　　69

그것 때문에 당신은 진동을 느꼈고 경건한 영혼들이
주님께 드리는 찬양을 들었소. 나는 그분께서
그들도 빨리 부르시기를 기도하오."　　　72

그 영혼은 이렇게 우리에게 말했다. 그리고 더 목말라 할수록
마시는 기쁨이 더 크니, 그의 설명이 내게 준 기쁨은
얼마나 큰지 말로 형용할 수 없었다.　　　75

그리고 현명한 길잡이는 말했다. "나는 여기에
당신들을 붙잡는 그물이 무엇인지, 어떻게 당신들이 풀려나며,
왜 진동이 일어나고 모두가 함께 기뻐하는지 이제야 알겠소.　　　78

당신이 괜찮다면, 지금 당신이 누구인지 알려 주고
왜 여기에 오랜 세월 동안 누워 있게 되었는지
내게 알려 주시오."　　　81

그 영혼은 대답하였다. "최고의 왕[15]의 도움으로
선한 티투스[16]가, 유다가 팔아먹은 피가
나오는 상처[17]의 복수를 했을 때　　　84

나는 저 세상에서 더 위대하고
더 오래 남을 이름[18]으로 매우 유명하였으나
그리스도인으로서의 믿음은 아직 없었소.   87

내 노래의 영감은 매우 아름다웠소.
그래서 툴루즈에서 태어났지만[19]
로마는 내 머리에 월계관을 씌워 주었소.   90

저 세상에서 사람들은 나를 아직도 스타티우스라고 부르지요.
테베를 노래했고 위대한 아킬레우스를 읊다가
두 번째 시를 완성하기 전에 죽었지요.[20]   93

내 열정에 불꽃의 씨앗이 되었고
내 마음을 불태웠으며 많은 시인들을
비추는 불꽃의 총체가 되었던   96

《아이네이스》에 대해 말하니, 이것은 내게
어머니 같고 시의 유모와 같소. 그것 없이는
중요한 어떤 것도 쓰지 못했을 것이오.   99

베르길리우스가 살았을 때
나도 저 세상에서 살았더라면 1년을 더 이 산에
있는다 해도 좋을 것이오."   102

이 말을 들은 베르길리우스는 아무 말 없이
'조용히 하라.'는 듯한 시선으로 나를 향해 몸을 돌렸다.
그러나 의지는 모든 것을 다 할 수 없는 법이다.　　　　105

사실 웃음과 눈물은 그것을 일으키는
열정에 순식간에 따라오는 것이라서
더 진실한 사람들의 의지를 따르지 않는다.　　　　108

나는 마치 눈짓하는 사람처럼 미소 짓고 있었는데
영혼은 침묵을 하며 표정이 더 많이 드러나는
내 눈을 바라보았다.　　　　111

그리고 말했다. "당신의 힘든 일이 좋은 결과에
이를 수 있을 것이오. 그런데 조금 전에
당신이 갑작스레 미소를 보여 준 이유가 무엇이오?"　　　　114

이제 나는 이편과 저편에 갇히게 되었다. 한쪽은 내게
말하지 말라고 하고 다른 쪽은 말하여 달라고 하니
나는 한숨만 나왔고 나의 상황을 이해하신　　　　117

선생님은 내게 말했다. "말하기를 두려워 말라.
명백하게 말하고 그가 알고 싶어 하는 물음에
대답을 해 주어라."　　　　120

그래서 나는 말했다. "오래된 영혼이여, 아마도
내가 지었던 미소가 당신을 놀라게 했나 봅니다.
그러나 나는 당신이 더 놀랄 만한 이야기를 해 주겠소.   123

나의 눈을 하늘로 이끄시는 영혼은
베르길리우스요. 그로부터 당신은
사람들과 신에 대한 노래의 영감을 끄집어 내셨소.   126

내 미소에 다른 이유가 있다고 믿으셨다면
그것은 진실이 아니니 버려두고, 그에 대해서
당신이 했던 말이 이유라는 것을 믿으십시오."   129

그는 이미 내 선생님의 발을 안으려고
무릎을 꿇었다. 그러자 선생님은 말했다.
"형제여, 당신과 나는 모두 영혼이니 그러지 마시오."   132

그러자 그는 다시 일어나며 말했다. "이제 당신은
당신을 향한 제 사랑이 얼마나 깊은지 아시겠지요.
우리가 실체가 없는 그림자임을 잊어버리고   135

단단한 몸처럼 생각했군요."   136

제22곡

이제 천사는 우리 뒤에 있었다. 내 이마 위에
새겨진 죄를 지워 준 다음에
여섯 번째 둘레로 우리를 이끌었다.   3

그리고 그는 정의를 갈망하는 자들을
축복한다고 말을 하고 다른 어떤 말을 더하는 것 없이
'시티운트'란 말로 그의 말은 끝을 맺었다. [1]   6

나는 전보다 걸음걸이가
더 가볍게 느껴져 아무런 노고 없이
나보다 빠르게 올라가는 두 영혼들을 따랐다.   9

그때 베르길리우스는 말하기 시작했다. "덕에서 발화된
사랑은 그의 불꽃이 밖으로 나타나면
항상 다른 사랑의 불을 붙이지요.   12

시인 유베날리스[2]가 지옥의 림보에 있는
우리 사이로 내려왔을 때 나에 대한
당신의 사랑을 내게 알려 주어   15

당신에 대한 내 호의는 전에 만나지 못한 사람에게
한 번도 느껴 보지 못했던 친밀감을 느끼게 해 주었소.
이제 이 계단들이 짧게 느껴지는군요.   18

그런데 말해 주시오. 내가 너무 신뢰를 했거나
신중의 고삐를 늦췄다면 친구로서 용서해 주시오.
이제는 친구처럼 나와 함께 말해 주시오.   21

당신은 부지런히 노력하여
당신의 영혼에는 현명함이 가득 차 있었을 텐데
어떻게 탐욕을 품을 수 있었소?"   24

이 말은 바로 스타티우스를 미소 짓게 했다.
그리고 대답했다. "당신의 모든 말은
내게는 당신의 사랑에 대한 확실한 표지입니다.   27

정말로 가끔은 틀린 사실에 대해
의심을 품는 일들이 나타나곤 하지요.
그것은 진실된 이유가 숨어 있기 때문입니다.   30

당신은 저 세상에서 내가 탐욕스러웠을 거라고 믿고 있다는 것을
당신의 질문을 통해 확인시켜 주는군요.
내가 저 둘레[3]에 있었으니까요. 33

탐욕의 악습은 나에게서
너무 멀리 있었소. 나는 그 낭비의 죄로
수많은 삭망월 동안 저 둘레에서 벌을 받고 있었지요. 36

인간의 본성에 대해 '오, 저주받을 황금에 대한 굶주림이여,
너는 왜 인간의 의지를 지배하지 않는가.'[4] 하고
거의 성난 소리로 외치던 구절을 마침내 이해했을 때도 39

내 성향이 올바르지 못했다면
나는 무거운 짐을 굴리며
퍼붓는 욕을 듣고 있겠지요. 42

이 구절을 읽은 후에 나는 내 손이 너무
헤프게 펼쳐지는 것을 알았고 나는
다른 죄인들처럼 내 죄를 후회하였지요. 45

살아서나 죽어서나
이 죄에 대한 무지로 인해 회개할 줄도 모르다가 마지막 날에
대머리가 되어 다시 살아날 사람이 얼마나 많겠습니까?[5] 48

낭비의 죄와 반대되는 탐욕의 죄도
낭비의 죄와 함께 이곳에서
속죄하게 되지요.   51

그래서 내가 탐욕의 죄를 씻는
죄인들 사이에 있었다면 나는
반대되는 죄를 씻기 위해서 있었던 것이오."   54

목가의 시들을 지은 저자[6]가 말했다.
"이오카스테의 두 아들의
곱절의 슬픔을 낳은 끔찍한 무기를 노래했을 때[7]   57

당신의 시에서 클레이오를 노래하고 있으니[8]
그때까지는 아직 신앙이 없었던 거 같은데
신앙 없는 선한 행동으로는 충분하지 않소.   60

당신 말대로라면 어떤 태양, 어떤 땅의 빛이
당신에게서 어둠을 없애고
돛을 세워 어부[9] 뒤를 따르게 했단 말이오?"   63

그는 선생님께 대답했다. "당신은 나를 처음으로
파르나소스로 보내 그 동굴에서 솟아나는 물을 마시게 했고[10]
내게 처음으로 하느님께 이르는 길을 찾도록 빛을 주었지요.   66

당신은 마치 자신의 뒤로 등불을 들어
자신이 아니라 그를 따르는 다른 사람들에게 빛을 비춰
그 길을 알게 해 주는 밤의 길을 가는 자처럼 행동하셨지요.   69

그리고 한때 당신은 말했습니다. '시대가 새롭게 될 것이다.
정의와 인류의 시초가 돌아오고
하늘로부터 새로운 세대가 내려온다.'   72

당신으로 인해 나는 시인이 되었고, 그리스도인이 되었소.
당신이 나의 그림을 더 잘 볼 수 있도록
손으로 색을 칠해 드리겠소.   75

이미 세상은 진실한 믿음으로 가득 찼지요.
영원한 왕국의 사자들에 의해서
심어진 것이었소.   78

조금 전에 내가 인용했던 당신의 말은
새로운 전도자들의 말과 조화를 이루었소.
그래서 그들을 습관처럼 만나기 시작했다오.   81

도미티아누스[11]가 그들을 박해했을 때
그들은 성자들 같았소. 그들이 흘리는 애통의 눈물에
나의 눈물이 합해졌소.   84

그리고 내가 살아 있는 동안 나는 그들을 도와주었고
그들의 올바른 생활을 보니 나는
다른 신앙들을 깔보게 되더군요.   87

테베의 강으로 그리스 군인들을
데리고 가는 시[12]를 쓰기 전에 세례를 받았으나
나는 박해가 두려워 그리스도인의 신앙을 숨겼소.   90

그래서 오랜 세월 동안 이교도인 척했소.
이런 나의 미지근한 사랑 때문에 나는 네 번째 굴레에서
사백 년이 넘도록 돌아다녀야 했소.   93

이제 당신은 내가 간절히 구하는 선을
감추었던 덮개를 올려 주셨소.
아직 올라갈 길이 남아 있는 동안   96

우리의 옛 동료 테렌티우스,[13] 카이칠리우스[14]와
플라우투스,[15] 그리고 바로[16]가 어디에 있는지 말해 주시오.
그들이 벌을 받는다면 지옥 어느 고리에 있는지 말해 주시오." 99

나의 길잡이는 말했다. "당신이 말한 그들과 함께 페르시우스,[17] 나,
그리고 다른 많은 시인은, 뮤즈의 신들이 다른 누구보다도
더 마음에서 껴안은 그 그리스 시인[18]과 함께   102

어두운 감옥, 즉 지옥의 첫 고리에 있소.
우리는 우리의 유모들[19]을 항상 환영하는
파르나소스 산에 대해 이야기하지요.   105

에우리피데스,[20] 안티폰,[21]
시모니데스[22]와 아가톤,[23] 그리고 월계수를 머리에 쓴
다른 그리스인들이 우리와 함께 있소.   108

그 고리에서는 당신이 지은 노래의 주인공들,
안티고네[24], 데이필레,[25] 그리고 아르게이아[26]와
또 살았을 때처럼 항상 슬픈 이스메네[27]도 또한 볼 수 있지요. 111

란기아의 샘을 그리스인들에게 가르쳐 준 여인[28]도 보이고
테이레시아스의 딸[29]과 테티스,[30] 그리고
데이다메이아[31]와 그녀의 자매들도 보이죠."   114

이제 벽과 계단에서 자유로워진 두 시인은
주위를 둘러보느라 다시 한번 주의가 깊어져
모두 침묵을 하고 있었다.   117

이제 낮의 네 명의 시녀들은
뒤에 남아 있었다. 그리고 다섯 번째 시녀가
키를 잡고 빛나는 뿔을 높이 세우고 있었다.[32]   120

그때 내 길잡이가 말했다. "우리 오른쪽 어깨를
둘레 가장자리로 향해 돌아야 할 것 같소.
우리가 평상시 하던 대로 산을 돌면 되겠소."   123

이렇게 거기서는 습관이 우리의 길잡이였다.
우리는 그 가치 있는 영혼[33]의 동조 덕분에
망설이지 않고 길을 걸었다.   126

그들은 앞서 걸었고 나는 홀로 그들 뒤에 있었다.
그리고 그들의 대화를 듣고 있었는데 그것은
내게 시에 대한 지식을 주었다.   129

그런데 갑자기 그들의 즐거운 대화가 끊겼는데
길 한가운데에 있는 나무 때문이었다.
향기롭고 좋은 과일이 달린 나무였다.   132

전나무가 가지에서 가지로 점점 위로 향하여 좁아지는 것처럼
나뭇잎들은 위에서 아래로 갈수록 좁아지고 있었다.
아무도 오르지 못하게 하려고 그리된 것 같았다.   135

산의 벽으로 우리의 발걸음을 가로막은 측면에 있는
높은 바위에서 솟아나는 맑은 물이 내려와
나뭇잎들 위로 퍼져 나갔다.   138

두 시인은 나무에 가까이 다가갔다. 그러자 한 목소리가
나뭇잎들 사이에서 소리쳤다.
"이 음식은 너희의 것이 아니다."   141

그리고 말했다. "마리아께서는 그분의 입보다는
혼인 잔치가 품위가 있고 부족함이 없는 것을 더 걱정하셨다.
그런 그분의 입이 지금 당신들을 위해 청원하신다.[34]   144

옛 로마의 여자들은 마실 수 있는 것으로
물이면 만족했고[35] 다니엘은 음식을
사양하고 지식을 얻었다.[36]   147

인류의 시초는 황금만큼 아름다웠다.
배고픔은 도토리를 맛있게 했고
목마름은 모든 냇물이 달콤한 물이 되게 했다.   150

꿀과 메뚜기는 광야의 세례자를
먹여 살린 음식이었다. 그렇기 때문에
그는, 복음서에 잘 나타나 있는 것처럼   153

그렇게 영광스럽고 위대한 것이다."[37]   154

제23곡

평상시에 작은 새를 사냥하면서
그의 삶을 허비하는 자처럼 내가
나무의 푸른 잎들을 바라보는 동안   3

내게는 아버지보다 더 하신 분이 말했다. "아들아,
자, 이제는 가자. 우리에게 허락된 시간을
더 유용한 방법으로 써야 하기 때문이다."   6

나는 얼굴을 돌렸고 발걸음을 재촉하여
저 두 명의 현자들 뒤를 따랐다. 그들의 이야기에
걸음이 힘든 줄을 몰랐다.   9

그리고 그때 누군가가 울면서
"오, 주여, 내 입술을 열어 주소서."라고 부르는 노래가 들렸다.
이것은 우리에게 기쁨과 슬픔을 느끼게 했다.   12

나는 말하기 시작했다. "오, 친절하신 아버지여,
내가 듣는 것이 무엇입니까?" 그는 말했다. "아마도
죄의 매듭을 풀고 있는 영혼들이겠구나."   15

생각에 잠긴 순례자들이 그들의 여정을 가는 동안
알지 못하는 사람들을 만났을 때 멈추지 않고
시선만 잠시 돌려 보는 것처럼   18

아주 빠른 걸음으로 우리 뒤에서 오면서
우리를 지나쳐 가던 조용하고 경건한 영혼의 무리는
우리를 놀랍게 쳐다보았다.   21

모든 영혼의 눈은 어둡고 움푹 파였으며
얼굴은 창백하고 뼈의 형상에 살갗만 붙어 있을 정도로
매우 말라 있었다.   24

오랜 허기로 큰 두려움에 떨며
에리시크톤[1]이 자기 살을 먹었을 때도
그렇게 가죽만 남지는 않았을 것이다.   27

나는 생각하며 내 자신에게 말했다.
"이 영혼들은 마리아가 제 아들의 몸을 게걸스럽게
먹어 치웠을 때 예루살렘을 잃어버린 사람들일 수도 있겠다!"[2]   30

눈구멍은 보석 없는 반지 같았다.
사람들의 얼굴에서 'OMO' 단어를 읽는 자라면
'M'자를 그들에게서 확실하게 알아보았을 것이다.[3] 33

이런 것이 어떻게 일어나는지 알지 못하면
과일과 물의 향기가 그들의 굶주림과 갈증의 욕구를
그런 상태로 감소시키는 것을 누가 믿을 수 있단 말인가? 36

그들이 여위고 피부가 말라 떨어져 나가는
그 이유를 아직 이해하지 못해서
나는 그들을 굶게 한 것에 놀라고 있었다. 39

그때 한 영혼이 그의 얼굴에 깊이 파인 눈을
나를 향해 돌렸고 나를 뚫어지게 바라보았다.
그리고 크게 외쳤다. "무슨 은총이 내게 허락되었는가?" 42

나는 모습으로는 그가 누구인지를 알 수가 없었으나
목소리에서 숨겨졌던 얼굴이
확실해졌다. 45

목소리가 많이 바뀐 얼굴에 대한
인지의 불씨를 다시 붙이자 번쩍 타올랐고
포레세[4]의 얼굴을 알 수 있었다. 48

그는 내게 청했다. "창백하고
건조해서 갈라진 내 피부는 잊어버리고
내 몸에 살이 없고 마른 것은 걱정하지 말게.   51

그러나 자네에 대해 솔직하게 말해 주시게. 그리고
자네를 이곳까지 안내한 저 두 영혼은 누구이신지 말해 주게.
내게 말하지 않고는 여기 머물지 말게나!"   54

나는 그에게 대답했다. "자네가 죽었을 때 나는 울었다네.
이렇게 비틀어진 얼굴을 보니, 지금의 자네 얼굴은
내게 그때보다 더 큰 고통을 주며 울게 만들고 있다네.   57

그러나 하느님의 이름으로 말해 주게나. 무엇이 자네를 이렇게
마르게 했는가. 그리고 내가 아연할 때는 말을 시키지 말게.
다른 갈망으로 가득 차 있는 자는 말하기 힘들 수도 있다네."   60

그는 내게 말했다. "영원한 의지에서
저 뒤에 있는 물과 나무로 덕이 내려온다네.
그 때문에 나는 이렇게 야윈다네.   63

울면서 노래하는 이 모든 사람은
살아 있을 때 지나치게 목구멍의 기쁨을 좇다가
여기서 배고픔과 목마름으로 죄를 씻고 있다네.   66

열매에서 나는 향기와 나무 잎사귀들을 따라 퍼져 가는
샘물의 향은 우리에게 먹고 마시고 싶은 욕망을
낮게 만든다네.   69

한 번뿐이 아니라네. 우리가 이 둘레를 돌아다니는 동안
우리의 고통은 계속해서 새로워진다네. 나는 고통이라고 말하지만
기쁨이라고 말해야겠지.[5]   72

피로 우리를 자유롭게 하셨을 때
'엘리'라고 기쁘게 말하던[6] 그리스도에게 향한 것과 같은 갈망으로
우리는 이 나무를 향해 나아갔기 때문이네."   75

나는 그에게 말했다. "포레세, 자네가 더 좋은 삶을 위해
세상을 버렸던 그날부터 오늘까지
아직 5년도 채 지나지 않았네.   78

자네는 인생의 최후의 순간에야
하느님과 다시 혼인하는 정의로운 고통의 참회 시간을 가졌고
비로소 더 이상 죄를 범하지 않게 되었다면   81

어떻게 벌써 이곳에 이르렀는가? 나는 자네를
저 밑에서 만날 줄 알았네.
시간을 허비한 죄의 대가를 시간으로써 치르는 곳 말일세."[7]   84

그러자 그는 대답했다. "나의 아내 넬라,[8] 그녀의
끝없는 눈물은 나를 이곳으로 금방 인도하여
괴로움의 쓴 쑥을 마시게 했다네.   87

그녀의 경건한 기도와 한숨은 영혼들이
기다리는 산기슭에서 나오게 하여
나를 다른 둘레로부터 자유롭게 하였다네.   90

내가 진정 사랑했던 소중한 나의 과부가
오직 선을 바르게 더 행할수록
하느님께 더 사랑스럽고 더 기쁜 존재가 되는 것이네.   93

사르데냐의 바르바지아 여자들은
내가 아내를 떠나온 그곳 바르바지아의 여자들보다
더 정숙하기 때문이네.[9]   96

사랑하는 형제여, 자네에게 무엇을 말하기 원하는가?
현재의 이 순간이 먼 과거가 아닐
그리 멀지 않은 미래의 시간을 이미 볼 수 있다네.   99
설교단은 젖가슴을 다 드러내 놓고
길거리를 돌아다니는 뻔뻔한 피렌체 여자들에게
금지령을 선포할 걸세.[10]   102

야만적인 여자들과 사라센의 여자들이라 해도
그 몸을 감추고 돌아다니기 위해 필요한
정신적인 규율이나 어떤 다른 규정들이 있었던가?　　　105

그러나 부끄러움을 모르는 이 여자들이 머지않아
하늘에서 그녀들을 위해 준비한 것을 알게 된다면
벌써 입을 크게 벌려 고통으로 소리 지를 것일세.　　　108

만일 내 예견이 나를 기만하지 않는다면
지금은 자장가로 위로받고 있는 아기의
뺨에서 수염이 자라기 전에 그 여자들은 슬퍼할 것일세.[11]　　　111

자, 이제 형제여, 더 이상 내게 숨기지 말게!
보다시피 나 말고도 여기 있는 영혼들이
자네가 해를 가리고 있는 곳[12]을 놀라서 보고 있다네.”　　　114

그래서 그에게 말했다. “세상에서
자네가 내게, 내가 자네에게 누구였는지
기억을 되살리면 지금도 자네를 괴롭게 할 걸세.　　　117

내 앞에서 걸으시는 저분이
저 세상에서 날 끌어내신 것은 며칠 전이었다네.
저것의 누이[13]가 하늘에서 둥그렇게 나타날 때였지.”　　　120

209

그리고 난 손으로 태양을 가리켰다. "그는 나를
진짜로 죽은 자들의 깊은 밤으로 인도했고
살아 있는 육신의 몸으로 그를 따르고 있네.   123

그의 격려는 나를 위로 끌어올렸고,
세상이 빗나가게 만든 자네를
바르게 세워 주는 이 산의 둘레를 돌아 오르고 있다네.   126

베아트리체가 있는 곳까지만
나와 동행하시겠다고 말씀하시니
그다음부터 이분 없이 혼자 가야 할 것이네.   129

내가 말하는 그분은 베르길리우스라네." 그리고 나는
그를 가리켰다. "그리고 저기 다른 분, 저 영혼 때문에
조금 전에 자네 왕국이 흔들렸던 것일세.   132

자네의 왕국에서 그를 하늘로 보내 주려고 말이네."   133

제24곡

말은 발걸음을, 발걸음은 대화를 늦추지 않았다.
계속 이야기하며 우리는 빠르게 걸어갔다.
마치 순풍에 배가 밀려가는 것처럼.   3

그리고 두 번 죽은 피조물인 양[1] 영혼들은
퀭한 눈으로 내가 살아 있는 것을 보고
놀라며 나를 바라보고 있었다.   6

그리고 나는 계속해서 말했다.
"저분[2]은 더 천천히 오른다네. 저 다른 분[3] 때문에 그렇다네.
그렇지 않았으면 더 빨리 올라갈 텐데.   9

그런데 자네는 피카르다[4]가 어디 있는지 안다면 말해 보게나.
나를 이렇게 바라보고 있는 이 영혼들 중에서
내가 알 수 있는 자가 있는지 말해 주게나."   12

"더 아름답다 해야 할지 더 착하다고 해야 할지 모르겠으나
그런 내 누이는 이미 높은 올림포스[5]에서
면류관을 쓰고 승리의 기쁨을 누리고 있을 걸세."   15

그리고 바로 덧붙였다. "여기는 영혼들의 이름을 부르는 것이
금지되지 않았네. 모두가 단식으로 말라서 모습을 알아볼 수 없게
변했기 때문에 이름을 불러 주는 게 필요하지."   18

그러고 나서 한 사람을 손으로 가리켰다. "그는 보나준타,
루카의 보나준타[6]일세. 그의 옆에
다른 이들보다 더 얼굴의 살갗이 벗겨진 자는   21

거룩한 교회를 그의 팔 사이에 가져 보았지.[7]
그는 '투르' 출신이고 여기서 금식으로
볼세나의 뱀장어와 베르나치아 백포도주를 씻어 내고 있다네."   24

하나하나 다른 많은 영혼을 내게 알려 주었다.
그리고 모두는 이름이 불린 것에 만족하는 듯했고
화난 표정은 볼 수 없었다.   27

우발디노 델라 필라[8]와 목자의 지팡이로
많은 사람을 이끌었던 보니파키우스[9]가
배고픔에 허공만 씹고 있는 것이 보였다.   30

이미 포를리에서 여기 연옥보다 갈증이 덜 났었는데도
충분히 마시고 더 마셨으나 만족할 줄 몰랐던
메세르 마르케세[10]가 보였다.   33

다른 사람보다 누군가 한 사람을 더 바라보고
평가하는 사람처럼 나는 루카 사람[11]을 보았는데
그도 다른 사람들보다 더 나를 알고 싶어 하는 듯했다.   36

그는 속삭였다. 그리고 "젠투카"[12]라는 낮은 소리가
두 입술에서 흘러나온 듯했다. 그 입술은 그들을 소진시키는
정의의 고통을 더 느끼게 하는 곳이었다.[13]   39

나는 말했다. "오, 영혼이여, 나와 말을
하고 싶은 듯 보이오. 더 확실하게 말해 주시오.
당신의 말로 당신과 내가 만족할 것이오."   42

그는 말했다. "한 여인이 태어났고 아직 띠를 하지 않았소.[14]
다른 사람들은 나쁘게 말하는 나의 도시를
그녀 때문에 당신은 좋아하게 될 것이오.   45

이 예언을 가지고 당신이 여기서 떠날 것이오.
내가 속삭였던 말이 잘 이해되지 못했다면
진실을 드러낼 일들이 있을 것이오.   48

그런데 내가 지금 여기서 보고 있는 사람이

분명 '사랑의 지성을 가진 여자들'로 노래가 시작하는

새로운 시[15]를 쓴 사람인지 말해 주시오."　　　　　　51

나는 그에게 대답했다. "내가 그 시인이오.

사랑이 내게 영감을 주면 나는 받아 적고

사랑이 내게 마음 안에 말했던 것을 정확하게 쓰지요."[16]　　54

그는 말했다. "오, 형제여,

내가 당신에게서 듣는 '아름답고 새로운 문체'로부터

공증인과 귀토네와 나[17]를 묶은 매듭[18]이 이제 잘 이해되오!　57

이제는 당신들의 날개들이 구술자의 뒤를 아주 가까이

좇아 어떻게 날아가는지 잘 알았소. 반면

우리의 시는 분명 그렇지 않지요.　　　　　　　　　　60

더 알고 싶어 하는 자가 있다면

한 문체와 다른 문체 사이의 어떠한 다른 점을 볼 수 없을 거요."

그리고 만족한 듯이 입을 다물었다.　　　　　　　　　63

가끔 하늘에 무리를 지으며

더 **빠르게** 날다가 한 줄로 가다가 하면서

겨울에 나일 강을 따라 나는 학들처럼　　　　　　　66

그곳에 있었던 모든 영혼은
얼굴을 돌리더니 그들의 여윔과 속죄의 의지로
더욱 민첩하게 그들의 발걸음을 재촉했다.   69

달리는 것에 지쳐 동료들이 앞서 가도록 남겨 두고
가슴의 통증이 가라앉을 때까지
천천히 걷는 자처럼   72

포레세도 그 거룩한 영혼의 무리를
먼저 지나가도록 하고, 나와 함께 뒤에서 가며
내게 말했다. "언제 자네를 다시 볼 수 있을까?"   75

그에게 대답했다. "아직 살날이 얼마나 남아 있는지 모르겠으나
연옥의 해변에 내가 돌아오는 것은 내 의지만큼
그렇게 빠르지는 않을 것이네.   78

내가 태어나 살았던 곳은
매일매일 계속해서 선을 잃어 가고 있다네.
이제는 파멸의 슬픔으로 치닫고 있는 듯하네."   81

그는 대답했다. "자, 힘을 내게나. 더 큰 죄를 지은 자[19]가
아무 죄도 갚을 수 없는 계곡을 향해
짐승의 꼬리에 매달려 끌려가는 것이 보이네.   84

그를 흠씬 때려

그의 육신을 끔찍하게 망가뜨릴 때까지

짐승은 걸음마다 속도를 빠르게 더 빠르게 박차를 가할 걸세." 87

그리고 그는 하늘을 바라보았다. "저 하늘이

그렇게 많이 돌기 전에

모호할 수밖에 없는 내 말들이 자네에게 분명해질 거야.   90

이제 우리는 헤어져야 하네. 이 왕국에서의

시간은 중요하니까. 이렇게 자네와 발맞춰

가면 시간을 많이 뺏기겠네."   93

적에게 첫 공격의 명예를 얻으려고

적을 상대로 달려가는 무리에서

혼자 전속력으로 달려 나오는 기사처럼   96

포레세도 그렇게 발걸음을 재촉하면서 우리에게서 멀어져 갔다.

그리고 나는 세상의 위대한 선생이셨던

두 영혼과 함께 길에 남아 있었다.   99

그가 우리를 떠났을 때 나의 눈이 그를

따라가기가 힘든 만큼 내 마음도

그의 말을 따라가기가 힘들었다.   102

그때, 우리로부터 그리 멀지 않은 곳에서
가지에 열매가 가득 달리고 푸른 잎이 난 다른 나무가
내가 방향을 돌린 순간에 나타났다.   105

나무 아래에 있는 영혼들은 가지를 향해
손을 올리고 무언가 소리치고 있었다.
마치 욕심 많은 아이들이 헛되이 누군가에게   108

떼쓰지만, 대답도 없이
원하는 것을 높이 들어 올리며 그들의 마음을
더욱 간절하게 만드는 듯했다.   111

그 영혼들은 소용이 없다는 것을 알고는 떠났다.
그리고 우리는 많은 간청과 눈물을 거절한
커다란 나무에 도착했다.   114

"가까이 오지 말고 지나가시오. 이브가 먹은
과일을 맺는 그 나무가 있는 곳으로 더 올라가시오.
이 나무는 그 나무에서 나왔소."   117

이러한 신비한 목소리가 가지들 사이에서 흘러나왔다.
그래서 베르길리우스와 스타티우스와 나는 서로 붙어서
산의 벽을 따라 앞으로 나아갔다.   120

그 음성은 계속해서 말했다. "구름에서 태어나
술에 취한 채 테세우스와 그들의 두 가슴을 맞대고 싸웠던
사악한 자들을 기억하시오.[20]   123

그리고 기드온이 미디안을 향해 언덕을 내려갈 때
물을 너무 구부리고 마셨던 유대인들과
함께 가기 원하지 않았던 것을 기억하시오."[21]   126

목구멍의 죄와 그로 인한 불쌍한 결과의 예들을
우리는 들으며 둘레의 가장자리 중 한쪽으로
바싹 붙어 걸으면서 나아갔다.   129

그리고 각자의 생각에 잠겨 아무 말도 없이
넓어진 혼자의 길을 따라
천 걸음 넘게 걸었다.   132

그때, 갑자기 음성이 들렸다. "당신들 셋이서
무슨 생각을 하며 가느냐?" 그러자 나는 나른한 짐승이
소리에 깜짝 놀라서 그러는 것처럼 소스라쳤다.   135

누구인지 보려고 바로 머리를 들었다. 그리고
도가니 안의 유리나 금속도 내가 본 자만큼
그렇게 벌겋고 반짝이지 않았다.   138

그자가 말했다. "올라가는 것이 좋다면
여기서 돌아가라. 평화를 향해 가기를
원하는 자가 여기를 지날 것이다."   141

그의 모습은 내 시야를 뺏어 갔으며
나는 마치 들은 대로 따라가는 사람처럼
나의 선생님들을 따라 뒤로 몸을 돌렸다.   144

동틀 무렵의 오월의 공기가 불고
향기가 나며 풀과 꽃의 냄새가
모든 곳에 충만한 것처럼   147

기분 좋은 산들바람이 내 이마를 스치는 것을 느꼈다.
그리고 암브로시아[22]의 향기를 내며
천사의 날개가 움직이는 것을 느꼈다. [23]   150

그리고 말하는 것을 들었다. "은총으로 빛이 충만한 자는
축복이 있을지니 그들 가슴에 음식에 대한 과도한
갈망이 일어나지 않고   153

항상 정의로운 것에 굶주려 있기 때문이다."[24]   154

제25곡

이제 지체하지 말고 올라가야 할 시간이다.
사실 태양은 자오선을 황소자리에 놓았고
밤은 전갈자리에 놓았다. [1]   3

필요에 따라서 가는 사람은
그 앞에 어떤 것이 나타난다 하더라도 멈추지 않고
그의 길을 계속 가는 것처럼   6

그렇게 우리는 그 좁은 길 속으로 들어갔다.
너무 좁아 우리는 어쩔 수 없이 서로 위아래로
줄지어 계단을 따라 올라갔다.   9

날고 싶어 하는 의지 때문에 날개를 들어 올리지만
감히 둥지를 떠날 수 없어 다시 날개를
아래로 내리는 황새 새끼처럼   12

나도 그랬다. 물어보고 싶은 마음에 불이 켜졌다가
꺼졌고, 말을 꺼내려고 준비하는 사람의 태도를 하는 것까지가
내가 했던 전부였다.   15

빠른 걸음으로 가는 데에도 불구하고
나의 다정하신 아버지는 그것을 놓치지 않으시고 내게 말했다.
"네 말의 활시위를 끝까지 잘 당겨라."   18

그래서 나는 확신을 갖고 입을 열어
말하기 시작했다. "저들은 음식을 먹을 필요가 없는데
어떻게 야윌 수가 있지요?"   21

그는 대답했다. "불붙은 나무가 다 탔을 때
멜레아그로스가 어떻게 소멸되었는지[2] 기억한다면
이것은 네게 그리 어렵지 않을 것이다.   24

거울에 비친 네 모습은 네가 빠르게 움직인다고 해도
빠르게 따라 한다. 어려운 것 같지만
네가 쉽게 이해할 것이다.   27

그러나 네 갈망이 진정될 수 있을 때까지
여기 스타티우스가 있으니 그에게
네 상처를 치료해 달라 청해야겠다."   30

스타티우스는 대답했다. "당신이 있음에도 불구하고
내가 저 사람에게 하느님 섭리에 대해 분명하게 밝히겠소.
이것은 내가 당신의 청을 거절하지 않기 때문이오."　　　　33

그리고 말하기 시작했다. "아들이여, 나의 말을
마음으로 잘 듣고 새기면 그것은
'어떻게'라고 묻는 그대의 질문에 빛이 될 것이오.　　　　36

식탁 위에 손대지 않은 음식처럼
목마른 핏줄이 마시지 않고
온전히 남아 있는 완전한 피³는　　　　39

인간의 모든 몸에 유익한 힘을
심장 안에서 얻소. 인간의 몸에 영양을 주는 그대로의 피처럼
완전한 피는 모든 몸을 형성하는 핏줄을 향해 흐른다오.　　　　42

완전한 피가 이렇게 만들어진 후에
언급되지 않는 것이 더 나은 몸의 그곳⁴으로 흘러 내려가고
자연의 그릇⁵ 안에 있는 다른 피 위에 방울처럼 떨어지오.　　　　45

거기에 모인 피는 서로 섞이고
그들이 생겨나는 완벽한 곳⁶ 덕분에
하나는 출발할 준비를, 다른 하나는 만들 준비를 하오.　　　　48

하나와 다른 하나가 결합이 되면 작동을 시작하고
처음에 단단히 응결이 되고 그다음에는
응결된 재질에 생명을 주지요.   51

능동적인 힘은 영혼[7]이 되는데 마치 식물의
영혼과 비슷하오. 다른 점은 이것은 진행 중이고
저것은 이미 완성되었다는 것이지요.   54

그것이 작용을 하면 바다의 해파리처럼
(태아는) 움직이고 느끼기 시작하며 씨에 배태된
다양한 힘이나 감각의 기관들을 형성하기 시작하오.   57

아들이여, 이제 낳은 자의 심장에서 오는 힘은
자연이 모든 몸의 부분들을 준비하는 곳에서
펼쳐지고 퍼진다오.   60

그러나 아직도 어떻게 동물이 인간이 될 수 있는지를
당신은 이해하지 못하는데 이 점은 당신보다 더
현명한 사색가[8]도 이미 오류로 귀납하였소.   63

그의 학설에서는 영혼에서 인간의 가능 지성을
분리하여 생각했는데 가능 지성에 적합한
어떠한 기관도 보지 못했기 때문이오.   66

내가 당신에게 말하는 것에
마음을 열고 알아 두시오.
태아에서 뇌가 완전하게 성장이 되자마자   69

제일의 원동자[9]께서 자연의 기술에 관해
기뻐하시고 뇌에 힘이 가득한
새로운 영혼을 불어넣어 주시지요.   72

그러면 거기서 능동적인 것을 찾아 그의 본질로
끌어당기고 합쳐서 단일 영혼이 창조되며,
그 영혼은 그 자체로서 살고 느끼며 생각하게 되는 것이오.   75

내 말에 덜 놀랐다면, 태양의 열이
포도나무에서 흘러내리는 즙에
결합되어 포도주를 만드는 것을 생각해 보시오.   78

라케시스가 더 이상 자을 실이 없을 때
영혼은 육신에서 분리되어 인간적인 능력과
신적인 능력을 그의 본질로 지니게 되지요.   81

다른 모든 능력은 무기력하지만
반면에 기억, 지성과 의지는 전보다 더
민감해져 많은 활동을 하지요.   84

영혼은 칭찬할 만한 마음의 자극에 따라 멈춤 없이
그 자체로 두 강들[10] 중 하나에 떨어지는데
거기서 그의 길을 처음으로 알게 되지요.   87

영혼은 그들의 한계가 정해진 곳에 있고
형성의 힘은 살아 있는 육신의 크기와 형태가 비슷하게
영혼 자신 주변에 빛을 발산하지요.   90

많은 비로 습기가 함축될 때의 공기가
그 자체로 반사되는 햇빛으로 인해
다양한 색으로 장식되는 것처럼   93

그곳의 영혼을 둘러싼 공기는 유익한 힘으로 인해
거기에 머무르는 영혼 자체가 새겨진
형상을 받아들이지요.   96

어디든지 이동하는 불을 따르는
불꽃과 같이 새로운 형상은
영혼을 따라다니오.   99

외면적인 모습을 가지게 되는 그 순간부터
망령이라고 불리지요. 그리고
시각까지 모든 감각기관이 형성되오.   102

이 몸을 통해서 우리는 말하고 웃고
눈물을 흘리고, 당신이 산에서
들을 수 있는 한숨도 쉬지요.   105

망령은 우리의 열망과 우리를 사로잡는 감정에
따라 모습이 바뀌지요. 그리고 이것은
당신을 놀라게 했던 이유지요."   108

그리고 이제 우리는 마지막 굽이에 도달해 있었다.
오른쪽으로 돌아서면서 우리의 마음은 다른 걱정에
사로잡혀 있었다.   111

이곳은 불꽃이 산기슭 밖으로 발하고
둘레는 높은 곳으로 바람을 불어서
불꽃을 가장자리로부터 멀게 하여 둘레를 좁혔다.   114

이러한 이유로 우리는 둘레의 바깥 가장자리를 따라
한 줄로 서서 걸어가야 했다. 나는 저쪽에서는 불 때문에
무서웠고, 이쪽에서는 허공에 떨어질까 봐 무서웠다. 117

나의 길잡이는 말했다.
"이곳에서는 눈의 고삐를 단단히 집어야 한다.
작은 실수로도 떨어질 수 있으니 말이다."   120

그때 커다란 불 속에서 "오, 온화의 총체이신 하느님"이라는
찬송이 들려왔다. 떨어지지 않게 발을 보는 것보다도 더
그쪽으로 몸을 돌려 보고 싶었다.   123

그리고 나는 그 불 속에서 걷고 있는 영혼들을 보았다.
이렇게 내 발걸음과 그들에게 주의하면서
이번엔 이쪽, 다음엔 저쪽을 보며 나아갔다.   126

그 찬송의 마지막 구절이 끝나자마자
모든 영혼은 크게 외쳤다. "나는 사내를 알지 못하네."[11]
그리고 바로 작은 소리로 찬송을 다시 시작했다.   129

다시 찬송이 끝나자 그들은 또 외쳤다.
"숲속에 사는 디아나는
베누스의 독약을 맛보았던 헬리케를 쫓아내 버렸네."[12]   132

그러고 나서 바로 찬송을 다시 시작했다.
그리고 덕과 결혼에서 요구하는 대로
순결을 지켰던 남편들과 아내들에 대한 예들을 외쳤다.   135

그 불 속에서 타는 시간 내내
이 찬송과 외침의 교대는 계속될 것 같았다.
이러한 치유와 이러한 음식으로   138

마침내 그들의 상처는 아물어 간다.   139

제26곡

둘레의 가장자리를 따라 한 줄로
나아가는 동안, 선한 선생님은 자주
말했다. "내 경고가 쓸모없는 것이 되지 않도록 조심하여라."   3

태양은 내 오른쪽 어깨를 내려치고
이미 그의 빛으로 푸른 서쪽 하늘이
하얗게 변해 가고 있었다.   6

그리고 내 그림자로 불꽃을
더 붉게 만들었다. 걸어가면서 이러한 모습에
관심을 가지는 많은 영혼이 보였다.   9

이것은 그들이 나에 대해 말하는
이유가 되어서 서로 말하기 시작했다.
"이자는 허구의 몸을 가진 것 같지 않구나."   12

그리고 몇몇의 영혼은 그들을 태우는
불에서 밖으로 나가지 않으려고 조심하면서
내게 가까이 올 수 있는 한 다가왔다.   15

"오, 당신이 더 느린 것이 아니라,
다른 두 영혼에 대한 깊은 존경심 때문에 그 뒤에서 걸어가는군요.
불과 목마름에 타고 있는 내게 대답해 주시오.   18

당신의 대답은 오직 내게만 필요한 것이 아니오.
여기 모든 영혼이 인도나 에티오피아의
주민들이 차가운 물에 목말라 있는 것보다 더 목말라 있소.   21

마치 죽음의 그물에 아직 들어가지 않은 것같이
어떻게 당신이 태양을 가로막을 수 있는지
우리에게 말해 주시오."   24

이렇게 그들 중 한 영혼이 내게 말했다. 그때
갑자기 내 앞에 나타난 어떤 것이 내 관심을 돌리지 않았다면
나는 벌써 내 모습을 드러냈을 것이다.   27

불길의 한가운데에 이들을 향해 얼굴을 마주하고
반대편에서 영혼의 다른 한 무리가 이르렀다.
나는 그들을 보느라고 움직이지 않고 그대로 있었다.   30

그곳에서 양쪽에 선 각 영혼의 무리는
쉼도 없이 발걸음을 재촉하여 서로에게 입을 맞추고 있었다.
그들은 들뜬 짧은 인사로도 만족해했다.   33

개미들이 새까맣게 줄지어 가는 가운데,
아마도 길과 먹이를 찾는 것에 대해
물어보는 것같이 코를 서로 부딪치는 것과 같았다.   36

그들은 그 애정 어린 인사를 하고 바로 헤어졌는데
서로 한 발자국씩 멀어지기 전에 각 무리는
할 수 있는 한 더 높은 목소리로 외쳤다.   39

새로 온 무리는 외쳤다. "소돔과 고모라."[1]
그러자 다른 무리가 외쳤다. "황소를 유인하여 제 음욕을 채우려고
파시파에는 나무로 만든 암소 안으로 들어갔다."[2]   42

그리고 한 무리는 태양을 피해 리페 산으로,
나른 무리는 추위를 피해 사막으로 향해
나뉘어 날아가는 학들처럼[3]   45

여기서도 한 무리가 가면 다른 무리가
반대 방향에서 오면서 눈물을 흘리며 처음에 불렀던
그들의 정화에 더 적합한 찬송과 외침을 되풀이했다.   48

그리고 내게 청했던 그 영혼들은 다시
내게 이전처럼 다가왔다. 모두가
내 말을 들으려고 집중하는 표정이었다.   51

그들이 열망하는 것을 두 번이나 본 나는
다시 말하기 시작했다. "오, 영원한 평화의
순간이 올 때, 분명 그 순간을 얻을 영혼들이여,   54

내 육신은 익었든지 설익었든지
저 세상에 남아 있지 않고, 이곳에서 정말로
나는 피와 **뼈**를 지니고 있지요.   57

여기서부터 위로 올라가면서 더 이상
눈먼 자가 되지 않으려고 하오. 위에서 한 여인이 나를 위해
은총을 베풀어 필멸의 몸으로 당신들의 세상을 지나고 있소.   60

당신들의 가장 큰 바람이 바로 이루어지고
광활하고 사랑으로 가득 찬 하늘에서
당신들을 초대하기를.   63

내가 저 세상으로 돌아갔을 때 내 종이에
쓰려고 하니 당신들이 누구이고 당신들 등 뒤로
가 버린 저 무리는 누구인지 말해 주시오."   66

무지하고 촌스러운 산사람이 도시에 왔을 때
주위를 둘러보고 놀라서 말을 못하고
어리둥절하고 있는 것과 다를 것도 없이   69

영혼들의 모습도 그러했다. 그러나
고결한 마음에 그리 오래 담아 두지 아니하고
놀라움을 털어 버린 후에   72

처음에 내게 질문했던 영혼은
다시 말하기 시작했다. "축복받은 그대여,
우리의 세상에서 보다 더 나은 죽음을 위해 경험을 하는군요!   75

우리와 함께 가지 않은 영혼들은
카이사르가 승리의 축제를 하고 있을 때
'여왕'이라 불리는 죄를 지은 자들이지요.[4]   78

이러한 이유로 당신이 들은 것처럼 그들은 '소돔'이라고
자신 스스로를 꾸짖으며 소리치며 갔던 것이지요.
수치심과 함께 불꽃은 더 커지지요.   81

반면 우리의 죄는 이성애였소. 그러나 우리는
짐승과 같이 성욕에 따르면서
인간의 법을 지키지 않았소.   84

우리의 부끄러움 때문에 우리는 헤어질 때
나무로 만든 가짜 암소 안에서 짐승이 된
그녀의 이름을 소리쳤던 것이오.　　　　　　　　87

이제 우리의 행동과 우리가 저지른 죄가 무엇인지
알겠지요. 아마 당신은 우리의 이름 모두를
알고 싶겠지만 그것을 말할 시간이 없고 나는 알지도 못한다오. 90

그러나 당신이 내 이름을 알고자 한다면 말해 줄 수 있소.
나는 귀도 귀니첼리[5]요. 내 삶의 마지막 전에
참회를 했기에 여기서 정화를 하고 있지요."　　　　93

리쿠르고스의 분노로 인해 두 아들들이
그들의 어머니를 다시 만난 것처럼 나도 같은 감정이었으나
감히 그들의 몸짓에까지는 이르지 못했다.[6]　　　　96

감미롭고 우아한 사랑의 구절들을 썼던
내 아버지이자 나보다 우월한 다른 시인들의 아버지가
스스로 이름을 밝히는 것을 들었을 때　　　　99

나는 생각에 사로잡혀 아무 말도 하지도 않고 듣지도 않으며
그를 보면서 한참을 걸어 나갔다.
그러나 불꽃 때문에 더 이상 가까이 가지 못했다.　　　102

그를 마음껏 바라본 후에 다른 사람이

믿을 수 있는 다짐으로 그를 섬기겠다는

깊은 각오를 말했다.   105

그는 내게 말했다. "내가 들은 당신의 말은

매우 빛나고 내 기억 속에 깊이 흔적을 남기니,

레테[7]조차도 그 기억을 어둡게 하거나 지우지 못할 것이오.   108

그러나 조금 전에 맹세했던 당신 말이 진실이라면

말과 눈길로써 내게 사랑을 갖고 있다는 것을

드러내는 이유가 무엇인지 말해 주시오."   111

나는 그에게 말했다. "새로운 기법을 사용하는 한[8]

당신의 감미로운 구절을 쓰기 위해 사용한

잉크마저 값지게 만들 것이라는 게 이유입니다."   114

"오, 형제여." 그는 말했다. "내가 손가락으로 가리킨 자는."

그리고 그의 앞에 있는 영혼은 내게 가리켰다.

"모국어의 가장 훌륭한 대장장이였소.[9]   117

그는 사랑의 시와 산문에서 모든 다른 저자를

능가했소. 리모주의 시인[10]이 그보다 능가했다고

생각하는 무지한 사람들은 내버려 두시오.   120

235

그들은 진실보다 소문에 시선을 돌리고
예술이나 이성적인 이유를 듣기도 전에
그들의 판단을 내리오.   123

더 탁월한 시인들의 진실이 그를 능가할 때까지
많은 예전 사람들이 귀토네를 그런 식으로 판단하고
칭송하기 위해 목소리를 높였지요.   126

이제 당신은 그리스도가 주인으로 계신
수도원으로 갈 수 있는
크나큰 특혜를 가졌다면   129

그 앞에서 날 위해 '우리 아버지'를
낭독해 주시오. 더 이상 죄를 범할 수 없는
이곳 세상에서 우리에게 필요한 만큼만 말이오."[11]   132

그리고 아마도 그의 옆에 있는 사람에게
자리를 비켜 주기 위해서 깊은 곳으로 가는
물속의 물고기처럼 불 속으로 사라졌다.   135

나는 그가 조금 전에 가리켰던 영혼에게
다가갔다. 그리고 그를 알고 싶어 하는 내 바람이
이미 그의 이름을 기쁘게 맞이할 자리를 준비했다고 말했다.   138

그는 기꺼이 말하기 시작했다.
"당신의 친절한 질문에 기뻐서 내 신분을 숨길 수도 없고
그러고 싶지도 않소.   141

나는 울고 노래하며 가는 아르노라 하오.
사랑에 대한 나의 지난 어리석은 슬픔을 기억하며
내게 올 행복한 기쁨을 얻길 바라고 있지요.   144

이 계단의 꼭대기로 당신을 인도하는
그 덕의 이름으로 부탁하오.
때가 되면 나의 고통을 기억해 주시오!"[12]   147

그리고 그들을 정화해 주는 불 속으로 숨었다.   148

제27곡

창조주가 피를 뿌린 땅, 그곳에서
첫 번째 햇살이 퍼붓는 때의 위치에 태양은 있었다.
에브로는 높은 천칭자리 아래로 쏟아지고   3

갠지스 강의 파도는 태양이 있는
정오의 열기로 끓어오르며 날은 저물어 가고 있었다.[1]
그때 기뻐하는 하느님의 천사가 우리에게 나타났다.   6

불꽃이 닿지 않는 둘레의 가장자리에서
"마음이 깨끗한 자는 복이 있나니!"[2]란 노래를 부르고 있었다.
그 목소리는 사람의 소리보다 더 살아 있는 듯했다.   9

그리고 우리가 그에게 다가가자 그는 이렇게 말했다.
"오, 거룩한 영혼들이여, 불이 넝신들을
태우지 않고서는 더 높은 곳으로 나아갈 수 없으니,   12

불 속으로 들어와서 저편에서 들려오는 노래를 귀 기울여 잘 들어라."
그의 말을 들었을 때 나는 산 채로 웅덩이에
파묻히는 사람처럼 새하얗게 겁에 질려 있었다.   15

앞으로 두 손을 모으고 몸을 뒤로 젖히고
불을 바라보자 이미 전에 인간의 몸이
불타는 모습을 보았던 것이 생각났다.   18

선한 길잡이들은 나를 향해 몸을 돌리고, 베르길리우스는
내게 말했다. "내 아들아, 여기에서
우리에게 고통이 따를 수 있으나 죽음은 아니다.   21

기억하여라, 기억하여라! 그리고 게리온의
등 위에서까지 내가 널 살리려고 보호했거늘,
하느님께 더 가까이 있는 지금 내가 무엇을 하겠느냐?   24

네가 천 년 동안 이 불 속에서 있는다 하더라도
머리카락 한 가닥조차 떨어뜨릴 수 없는 것을
의심하지 말아라.   27

아마 내가 널 속이고 싶어 한다고 믿는 것 같은데
불에 가까이 다가가거라. 그리고 네 옷의 끝자락을
가져다 대어 시험해 보아라.   30

이제 모든 두려움을 내려놓고 용기를 내어라.
이쪽으로 몸을 돌려 이리 와서 불 속으로 안심하고 들어와라!"
나는 그 부름에 귀머거리가 된 듯 우두커니 서 있었다. 33

그렇게 멈춰서 굳어 있는 나를 보고서
조금은 곤혹스러운 듯 내게 말했다. "아들아, 이제 보아라.
너와 베아트리체 사이에 이 벽이 있구나." 36

피라무스가 죽어 가던 순간에 티스베라는 이름에
눈을 뜨고 그것을 바라보았던 그때,
뽕나무의 열매인 오디가 붉게 변한 것처럼[3] 39

내 마음속에서 영원히 피어나는 그녀의 이름을 듣자
나의 완강함은 사라졌고
나는 현명하신 길잡이를 향해 몸을 돌렸다. 42

그러자 그는 머리를 흔들며 말했다.
"그래! 이제 여기에 머물기를 원하느냐?" 그러고선
열매 하나로 어린아이를 달래듯 하며 미소를 지으셨다. 45

이전까지 우리 사이에서 길을 따라 걸었던
스타티우스에게 뒤를 따르라고 청하면서
바로 앞장서서 불 속으로 들어갔다. 48

내가 불 속에 들어가니, 그곳의 열기는
어떤 것과도 비교할 수 없을 정도로 강하여
나는 들끓는 유리에라도 몸을 던져 식히고 싶었다.   51

내 자애로우신 아버지는 날 위로하기 위해서
베아트리체에 대해 계속 이야기하며 가셨다. 그리고 말했다.
"이미 나는 그분의 눈을 보는 것 같구나."   54

저편에서 노래하는 음성이 우리를 안내했고
우리는 그것에만 집중한 채, 불 속에서 다시 오르기
시작하는 곳으로 나왔다.   57

그곳에 있던 빛 안에서 한 음성이 다시 울렸다.
그 빛이 너무나 빛나서 볼 수가 없었다. 빛은 말했다.
"내 아버지의 축복을 받은 자들아, 이리 오너라."4   60

그리고 덧붙였다. "태양은 지고 밤이 덮치니,
멈추지 말거라. 서쪽의 모든 것이 어두워지기 전에
걸음을 재촉하여라."   63

길은 바위 안으로 뚫려져,
이제는 지고 있는 햇살은 내가 앞에서 가로막고 있는
동쪽으로 바로 올라가 있었다.   66

우리가 몇 계단을 올라갔을 때
내 그림자가 사라졌기에 나와 현자들은
태양이 우리 등 뒤로 지고 있음을 알았다.　　　　69

끝없는 지평선의 모든 부분이
하나의 모습으로 되기 전에, 그리고 밤이
모든 하늘에 퍼지기 전에　　　　72

우리는 각자 계단 하나씩을 침상으로 삼았는데
산의 본성이 우리가 오르려고 하는 욕망만큼
힘을 빼앗아 갔다.　　　　75

양들이 배불리 먹기 전에는
산꼭대기에서 재빠르고 의기양양하게 움직이다가도
태양이 불타오르면 그늘에서　　　　78

조용히 되새김질하며 유순하게 머물러 있고
목자들이 그들의 지팡이에 기대어
양들의 휴식을 지켜보는 것처럼,　　　　81

그리고 목동들이 밤이 새도록 자기 짐승들 옆에서
밖에서 머물며 어떤 야수도 접근 못하게
지켜 주는 것처럼　　　　84

우리 셋 모두 그러했다. 이쪽저쪽
바위의 벽으로 에워싸인 채
나는 양, 그들은 목자와 같았다.   87

그곳에서 밖을 조금 내다볼 수 있었으나
그 조금 볼 수 있는 틈으로 보통 때보다
더 크고 밝게 빛나는 별들을 볼 수 있었다.   90

그 별들을 바라보고 생각에 잠겨 있는 동안
나는 잠이 들었는데, 잠은 가끔 아직 일어나기 전의 일을
미리 알려 준다.   93

내 생각으로는, 항상 사랑의 불로 타는 듯한
키테레아[5]가 처음으로 동쪽의 햇살을
산에 비추었을 때쯤이었던 듯하다.   96

나는 젊고 아름다운 여인을 꿈속에서 보았다.
여인은 평야를 산책하고 있었고
꽃을 따며 노래 부르면서 말하고 있었다.   99

"누구라도 내 이름을 물어본다면
내가 레아라는 것을 알아 두세요. 꽃목걸이를
만들기 위해 예쁜 손을 움직이며 가지요.   102

꽃목걸이를 걸고 거울을 보면 나는 기쁘지요.
나의 동생은 라헬이에요. 거울에서 눈을
떼지 못하고 하루 종일 앉아 있지요.   105

내가 손으로 치장하는 것을 원하는 만큼
라헬은 그녀의 아름다운 눈을 보기 원하지요.
그녀는 보기를, 나는 만들기를 기뻐하지요."[6]   108

집으로 돌아오는 길에
집 가까이서 밤을 지새우는 여행자들이
더욱 기뻐하는 여명의 빛이 떠올라   111

어둠은 사라져 버렸다.
나의 잠은 달아나 버렸고 나는 일어났다.
두 위대한 선생님들은 이미 일어나 계셨다.   114

"모든 사람이 많은 가지에서
찾는 값진 열매가 오늘 네 허기진
영혼에 평화를 채울 것이다."   117

베르길리우스는 이렇게 말을 하며 내게 몸을 돌렸다.
그리고 이렇게 기쁜 선물을
받아 본 적이 없었다.   120

이미 위로 오르고 싶었던 욕망에
욕망이 더하여져서 내 걸음마다
날개가 자라나는 듯한 느낌이었다.   123

계단을 지나자 우리 아래에 모든 계단이 있었고
우리는 이미 제일 높은 계단에 이르렀다.
베르길리우스는 그의 눈으로 나를 깊게 바라보며 말했다.   126

"아들아, 너는 순간의 불과
영원한 불을 보았다. 너는 내 힘만으로는
더 이상 그 이상의 것을 보여 줄 수 없는 곳에 이르렀다.   129

내 지성과 행동으로 너를 여기까지 인도했다.
이제는 네 기쁨이 네 길잡이가 될 것이다.
너는 좁고 가파른 길에서 벗어났으니   132

앞에서 네게 빛나는 태양을 보아라.
여기 땅에서 혼자 스스로 솟아나는
풀잎과 꽃, 나무를 보아라.   135

너에게 내가 가도록 울면서 호소하던
그분의 아름다운 눈이 기쁨에 젖어 올 때까지
넌 앉아 있거나 거닐 수 있다.   138

더 이상 내 말이나 내 눈짓을 기다리지 말아라.
네 의지는 선을 향해 자유롭고 곧고 바르니
그 뜻대로 행하지 않으면 잘못을 범하게 될 것이다.　　　141

이러한 이유로 나는 네게 왕관과 면류관을 씌운다."　　　142

〔 제28곡 〕

새로운 날의 햇살을 부드럽게 만들어 주는
푸릇푸릇한 초록색으로 우거진 하느님의 숲을
속과 둘레 모두 돌아보고 싶었던 나는   3

더 이상 기다리지 않고 절벽의 가장자리를 떠났고
모든 곳에서 향내가 나는 초목의 대지로
천천히 한 걸음씩 걸어 나아갔다.   6

부드러운 바람이 내 이마를 스쳤는데
바람의 리듬은 일정했고
감미로운 바람보다도 더 부드러웠다.   9

바람결에 나뭇가지들은 흔들렸고
거룩한 산이 첫 번째 그림자를 던지는 곳을
향해 모두 휘어졌다.   12

그러나 그리 많이 휘어지지 않은
나뭇가지 끝에 앉은 작은 새들은
줄곧 재주를 부렸고   15

기쁨으로 가득 찬 노래를 부르며
그들의 지저귐에 화답하면서 흔들리는
나뭇잎들 사이로 하루의 시작을 맞이했다.   18

아이올로스가 시로코를 자유롭게 해 줄 때[1]
키아시[2] 해변을 따라 자라는 소나무 숲에서
가지와 가지 사이로 부는 바람 소리 같았다.   21

느린 걸음으로 어느새 내가 어디로 들어왔는지
더 이상 볼 수 없을 정도로 이미 오래된 숲 안으로
깊이 이끌려 왔다.   24

그때 작은 강[3] 하나가 더 이상 가지 못하게 나를 막았고
그 작은 물결로 둑에서 자란 풀을
왼쪽으로 휘어지게 하고 있었다.   27

강물은 햇빛이나 달빛이 통과하게 놓아두지 않고
그 나뭇잎들이 주는 영원한 그늘 아래서
흘러서 검게 보이는데도   30

어떤 것도 숨길 수 없을 정도로 맑았다.
그런 강물과 비교하니 세상에서 제일
깨끗한 물도 탁해 보였다.   33

발걸음을 멈추고 그 강물 너머
건너편으로 시선을 돌려 바라보니
온갖 꽃가지들이 있었다.   39

그곳에서 갑자기 모든 다른 생각을
흩어 버리며 놀라게 하면서
무언가가 나타나는 것처럼   39

내게 한 여인⁴이 나타났다.
그녀는 가는 길에 뒤덮인 꽃을 따고
노래를 부르면서 혼자서 가고 있었다.   42

나는 그 여인에게 말했다. "아, 아름다운 여인이여,
사랑의 빛으로 따뜻한 여인이여,
마음을 보여 주는 얼굴을 믿어야 한다면   45

이 강 쪽으로 조금 앞으로 나와 주세요.
그러면·당신이 무슨 노래를 부르는지
알 수 있겠어요.   48

당신은 페르세포네[5]의 어머니가 그녀를 잃어버리고,
그녀가 영원한 봄을 잃어버렸을 때, 페르세포네가
어디에 있었는지 어떤 모습이었는지 생각나게 하네요.” 51

춤추는 여자가 발바닥을 거의 떼지 않고
발을 모아 한 발을 다른 발 조금 앞에 놓고
돌아보는 것처럼 54

그녀는 빨갛고 노란 꽃들 사이에서
내게로 몸을 돌렸다. 순수한 눈을
아래로 내리뜬 처녀 같았다. 57

그리고 나의 부탁을 들어주어
가까이 다가왔기에 나는
감미로운 그녀의 노랫소리를 들을 수 있었다. 60

아름다운 강물에 풀들이 젖는
곳에 있었을 때 그녀는
눈을 들어 내게 은혜를 내렸으니 63

아들이 실수로 쏜
사랑의 화살에 찔린 베누스의 눈썹 아래에서
빛나는 빛도 그렇게 찬란하지는 않았을 것이다.[6] 66

그녀는 다른 둔덕에 서 있었는데 그 땅에서
씨앗도 없이 자라나는 색색의 꽃들을
손으로 엮으며 웃고 있었다.   69

강은 우리를 단 세 걸음으로 떼어 놓고 있었다.
그러나 크세르크세스가 지나갔던 그곳[7]에서
인간의 모든 교만을 아직도 막고 있는 헬레스폰트가   72

세스토스와 아비도스 두 도시 사이의 큰 물결 때문에
통행하지 못해 레안드로스에게서 받은 미움[8]은
내게서 받은 미움보다 더하지 않았을 것이다.   75

그녀는 입을 열었다. "당신은 이곳이 처음이군요.
인류의 첫 보금자리[9]로 선택되었던 이곳에서
내 미소가 당신을 놀라게 했군요.   78

그러나 '여호와여, 주의 행사로 나를 기쁘게 하셨으니.'라는
〈시편〉[10]의 빛이 당신의 마음을 덮고 있는
안개를 걷어 낼 것입니다.   81

내게 부탁하며 내 앞에 있는 그대,
더 알고 싶은 것을 말하세요. 나는 당신의
모든 질문에 대답을 하려고 여기에 왔어요."   84

나는 말했다. "물과 숲이 내는 소리는
내가 생각한 것과 다릅니다.
내가 들은 이야기[11]와 상반되는군요."   87

그러자 여인은 대답했다. "나는 그대가
의아하게 여기게 된 이유를 말할 것이오.
당신의 마음을 덮고 있는 안개를 걷어 주지요.   90

오직 자신의 기쁨만을 따르는 최고선께서
선하고, 선한 기질을 가진 인간을 창조하여
영원한 평화의 보증으로 그에게 이곳을 주셨지요.   93

그러나 인간의 잘못으로 여기에 잠시만 머물렀고
그의 죄로 인해 그의 순수한 웃음과 즐거운 놀이는
눈물과 고통으로 변했지요.   96

아래 영역에서 물과 대지의 증발을
생성하며 할 수 있는 한
태양의 열기를 향해 오르려고 상승하는 혼란들[12]이   99

인간에게 괴로움을 주지 않도록
이 산은 하늘을 향해 아주 높이 솟아 있고
닫힌 곳[13] 안에서는 이런 혼란으로부터 자유롭지요.   102

지금, 모든 공기는 최초의 운동[14]과 같은 운동으로
어떤 것에 의해서 이 하늘의 운동이 중단되지 않는 한
회전하며 움직이기에,   105

이러한 공기의 움직임과 공기의 움직임이
자유로운 산꼭대기와 부딪쳐, 나뭇잎으로 가득 찬
숲에서 소리가 나는 것입니다.   108

바람에 흔들린 초목은 주위의 공기를
자신의 흔들린 힘으로 채우고
그 공기를 돌려 모든 곳으로 퍼지게 합니다.   111

그리고 다른 땅[15]은 기후와 토양에 따라서
알맞은 다른 여러 힘들을 가진
다른 초목들을 뿌리 내리게 하며 자랍니다.   114

땅에서 이 말을 듣는 자들은
씨를 뿌리는 것 없이도 자라나는
식물을 보고도 놀라지 않을 것입니다.   117

당신이 있는 성스러운 숲은
모든 종류의 씨로 가득 차 있고
세상에서 자라지 않는 열매가 맺히는 것을 알아야 합니다.   120

그대가 보는 이 물은 강물이 줄었다 불었다 하는 것처럼,
얼음이 비로 변한 수증기가 물을 대 주는 샘에서
솟아나는 것이 아니라   123

영원하고 변함없이 흐르는 샘에서 나오며
그 샘은 두 갈래로 나오는 만큼
하느님의 의지에 따라 다시 채워집니다.   126

물은 죄의 기억을 지우는 힘으로
이편에서 흐르고, 모든 좋은 행동의 기억을
강하게 하는 힘으로 저편에서 흐릅니다.   129

이쪽의 강은 레테라 불리고, 저쪽의 강은
에우노에라 합니다. 이쪽과 저쪽의 물을
다 마셔 보지 않고서는 그 힘을 알 수 없고   132

다른 어떤 맛에 이 맛16을 비길 수 없지요.
내가 더 이상 말하지 않아도
당신의 갈증은 충분히 해소되었을 거예요.   135

당신에게 내 은혜를 더 주겠어요.
내가 약속했던 것 이상의 것이라 해도
내 말을 가볍게 대하리라고는 믿지 않아요.   138

254

황금시대와 그 시절의 행복했던 순간들을
노래했던 옛 시인들이 파르나소스[17]에서
꿈꾸었던 곳이 바로 이곳일 거예요.   141

여기서 인류의 뿌리는 순결했지요.
여기에 영원한 봄과 모든 종류의 과일이 있으니,
이것이 바로 모든 시인이 말하는 넥타르[18]입니다."   144

나는 베르길리우스와 스타티우스를
돌아보았는데, 그들은 미소를 지으며
마지막 말을 듣고 있었다.   147

그리고 나는 아름다운 여인을 보려고 얼굴을 돌렸다.   148

제29곡

사랑에 빠진 여인처럼 노래를 부르며
그녀의 말을 끝맺으려고 말했다.
"용서로 죄의 가리움을 받은 자는 복 있도다!"[1]   3

몇몇은 태양을 보고 싶은 마음에
몇몇은 태양을 피하고 싶은 마음에
숲의 그림자 사이를 홀로 배회하는 님프들처럼   6

그녀는 연안을 지나가면서 강을 거슬러
가기 시작했다. 그녀의 작은 발걸음에 맞춰
나는 천천히 그녀를 따라갔다.   9

그녀와 내 발걸음이 백 걸음이 채 되기도 전에
양쪽의 둑은 똑같은 평행선으로 급히 굽었다.
나는 둑을 따라 동쪽으로 몸을 돌려 갔다.   12

아직 많이 가야 할 길을 얼마 가지 않아서
그녀는 완전히 몸을 내게로 돌리며 말했다.
"나의 형제여, 잘 보고 들으세요."   15

그때 갑자기 한 섬광이
숲의 모든 곳을 지나갔다.
나는 그것이 번개가 아닐까 하는 의심이 들었다.   18

그런데 번개는 나타나자마자 빠르게 사라지지만
내가 보고 있는 섬광은 더 지속되었고 더 찬란하게 빛나고 있었다.
나는 속으로 말했다. '도대체 이것을 무엇이라 할 수 있을까?'   21

찬란하게 빛나는 대기 사이로 감미로운 멜로디가
퍼져 가고 있었다. 올바른 열의가 솟아나 나는
이브의 경솔한 태도를 꾸짖었다.   24

온 땅과 하늘이 그분의 말씀에 순종하는데
이세 막 창조된 유일한 여자가
그분의 너울 아래에 있는 것을 참지 못하였구나.   27

그 여자가 그분의 너울 아래에서 온 마음을 다해 그분을 섬겼더라면
더 빨리, 더 긴 시간 동안
형언할 수 없는 기쁨을 맛보고 있었을 텐데.   30

영원한 기쁨의 첫 과일들 사이[2]로
앞으로 걸어가며
완전한 기쁨을 만끽하고 아직도 다가올 기쁨을 바라는 동안   33

푸른 가지 아래의 공기는 마치 불처럼 우리 앞에서
벌겋게 타오르고 있었고
그 감미로운 소리는 이제 노래처럼 되었다.   36

오, 거룩한 처녀들이여, 그대들 때문에
나는 배고픔과 추위와 밤샘을 참고 견뎠는데
지금 당신들에게 도움을 청해야 하는 합당한 이유가 있습니다.   39

지금 헬리콘[3]을 나를 위해 샘솟게 하고,
우라니아[4]는 그의 동료들과 함께 나를 도와
홀로 생각하기 어려운 것들을 시로 만들어 주시오.   42

조금 멀리서 황금으로 된 일곱 그루의 나무와
비슷한 형체가 우리에게 나타났다. 그러나
멀리 있었기 때문에 잘못 본 것이었다.   45

내가 그들에게 더 가까이 다가갔을 때
인간의 감각을 속일 수 있는 실제의 사물이
거리 때문에 그의 성질을 잃어버리지 않게 되었다.   48

이성적인 판단의 요소들에 제공되는 힘(분별력)은
그들이 촛대[5]인 것을, 목소리들은
"호산나"[6] 노래를 부르고 있다는 것을 알았다.   51

위에서 아름답게 정돈된 촛대들이
한밤중에 구름 한 점 없는 하늘에
떠 있는 보름달보다 더 밝게 불타오르고 있었다.   54

나는 너무 놀라서 선한 베르길리우스를
돌아보았고, 그는 나만큼이나 놀란 듯한
시선으로 나에게 응답했다.   57

그래서 나는 높이 떠 있는 것들을 다시 바라보았다.
그것들은 갓 결혼한 신부보다
더 천천히 우리를 향해 움직이고 있었다.   60

그때 여인[7]이 내게 외쳤다. "왜 당신은 살아 있는
빛만 열심히 보고
그 뒤에 오는 것들을 보지 않지요?"   63

그제야 나는 마치 그들의 보호자처럼
그들을 따라오는 사람들이 보였다. 하얀 옷을 입고 있었는데
지상에서는 이처럼 순백한 것을 본 적이 없었다.   66

강물은 내 왼쪽에서 빛나고 있었고
거울처럼 내 왼쪽 옆구리를
비추어 주고 있었다.   69

둑에 도달했을 때 강만이 나를 그 형태로부터
갈라놓았고, 나는 그것을 더 잘 보기 위해서
발걸음을 멈췄다.   72

먼저 앞장서서 나아가는 불꽃들이 보였고
그들 뒤의 공기를 색칠하고 있었는데
그 빛나는 줄무늬들은 붓으로 그려 놓은 듯했다.   75

이렇게 그들은 하늘 위에서 일곱 개의 줄무늬로
갈라져 남아 있었는데, 태양이 만든 아치와
델리아가 만들어 내는 띠의 색들과 같았다.[8]   78

이러한 깃발들은 내 눈으로 볼 수 있는 것보다
더 길게 뒤로 뻗어 있었다. 그리고 그 양쪽의 끝과 끝이
열 걸음 정도 되어 보였다.   81

내가 방금 묘사했듯이 이렇게 아름다운 하늘 아래,
스물네 명의 노인[9]이 둘씩 짝을 지어
백합으로 만든 왕관을 쓰고 오고 있었다.   84

그들은 모두 노래하고 있었다. "아담의 딸 중에
그대는 복되도다. 당신의 아름다움은
영원히 축복받으리라!"[10]   87

내 앞, 저편의 둑에 있던
꽃들과 신선한 풀들은
하느님으로부터 선택된 자들이 지나가자 자유롭게 되었고   90

하늘에서 별들이 따라오는 다른 별들로
빛나는 것처럼 그들에 이어 네 마리 동물이 따라오는데
모두 머리에 푸른 나뭇잎의 왕관이 씌워져 있었다.   93

각각의 동물은 여섯 날개를 가지고 있었고
깃털은 눈으로 가득 차 있었는데
아르고스[11]의 눈들이 아직도 살아 있다면 그와 같을 것이다.   96

독자여, 그들의 모습을 묘사하기 위해 더 이상
시구를 쓰지 않겠다. 이 이야기를 그만하고
다른 내용을 위해 시구를 써야 한다.   99

그러나 〈에제키엘〉을 읽어 보라.[12]
추운 곳에서 바람, 구름, 그리고 불과 함께
오는 그들을 보았던 것처럼 묘사했다.   102

그의 책에서 당신들이 읽을 것과 똑같은
동물들이 보였는데, 다만 날개의 깃털은
그와는 좀 다르고 요한의 깃털에 대한 묘사와 같았다.[13]   105

이 네 마리 동물 사이의 공간은
두 바퀴가 달린 승리의 전차가 차지하고 있었다.
그리고 그리핀[14]이 목에 전차를 끌며 오고 있었다.   108

그리핀은 양쪽의 날개를 하늘로 향해 높이 펼쳤는데, 각각
날개 한가운데 빛나는 띠와 양쪽의 세 줄 무늬 띠 사이로 펼쳐
이 때문에 띠의 어떤 것도 찢어지거나 해를 입지 않았다.   111

날개는 시야에서 사라질 만큼 높이 솟아 있었고
새에 해당되는 부분은 황금색이었고
다른 나머지 부분은 하얀색에 빨간색이 섞여 있었다.   114

아프리카누스[15]나 아우구스투스[16]도 이렇게 아름다운
전차를 타고 로마에서 행진한 적이 없었을 것이며
태양의 전차라도 그와 비교할 수 없을 정도였다.   117

그러나 궤도를 벗어난 태양의 전차는
테라[17]의 전심을 다한 기도로 불에 탔으니
제우스는 신비롭게도 정당함을 보여 주었다.   120

262

세 여인들은 오른쪽 바퀴 옆에서 원을 그리며
춤을 추면서 오고 있었다. 한 여인은
불 속에서는 알아보기 힘들 만큼 얼굴이 빨갰다.   123

두 번째 여인은 살과 뼈가
초록 에메랄드로 만들어진 것 같았다.
세 번째 여인은 하늘에서 갓 내린 눈과 같았다.   126

때로는 하얀 여인이, 때로는 빨간 여인이
춤을 이끌었고, 이 빨간 여인의 노래로
다른 여인들은 빨랐다 느렸다 하는 춤의 박자를 맞췄다.[18]   129

전차의 왼쪽 옆에는 네 명의 여인이 자주색 옷을 입고
춤을 추고 있었는데, 그들 중
머리에 세 개의 눈을 가진 여인의 박자를 따라 하고 있었다.[19]   132

이 무리의 뒤로 다른 옷을 입고 있는
두 노인[20]이 지나가는 게 보였는데
엄숙하고 품위 있는 자세는 모두 같았다.   135

그들 중 하나는 자연이 더 사랑하는
피조물들을 위해 태어나게 만든
위대한 히포크라테스의 추종자 중 하나처럼 보였다.[21]   138

다른 하나는 이와 반대로 보였는데
이쪽 강둑에 있던 내가 두려움을 느낄 정도로
날카롭고 번뜩이는 칼을 쥐고 있었다.[22]   141

그리고 공손한 모습의 네 사람이 보였다.[23]
모든 이들 맨 뒤에 있던 노인은 혼자 걸어오면서
잠을 자고 있는 듯 예리한 얼굴을 하고 있었다.[24]   144

이 일곱 노인들은 먼저 간 노인들처럼
비슷하게 옷을 입었으나
머리 주변에는 백합이 아니라   147

장미꽃과 다른 빨간색의 꽃들을 두르고 있었다.
그들을 조금 멀리서 본 자는 그들 머리 위에
불꽃을 두르고 있는 것처럼 보였을 것이다.   150

내 앞에 전차가 있었을 때
천둥소리가 들렸고 하느님으로부터 선택된 자들은
앞으로 더 나아가는 것이 금지된 듯   153

맨 앞에 있던 깃발[25]과 함께 그 자리에 멈춰 섰다.   154

❦ 제30곡 ❦

최고 천상계의 일곱 별[1]은
질 줄도 모르고 뜰 줄도 모르며
죄의 장막이 아니면 어떤 안개도 알지 못했다.   3

거기서 가장 낮은 별[2]은
누구에게든지 항구로 인도하는 키잡이로 사용되어
우리 모두에게 그의 의무를 다하였다.   6

일곱 개의 별이 멈췄을 때
처음에 그리핀과 그 별들 사이에 있었던 진실한 사람들[3]은
마치 그들의 평화를 향하듯이 전차를 향해 몸을 돌렸다.   9

그리고 노인 중 하나가 마치 하늘에서 보내온 사람처럼
"오시오, 신부여, 레바논에서부터."[4]라고 노래하며 세 번 외쳤다.
다른 모든 사람들도 따라 외쳤다.   12

축복받은 사람들이 최후의 천사들 나팔 소리[5]에
각자의 무덤에서 일어나 새롭게 갈아입은 몸에서
나오는 목소리로 "할렐루야!"를 노래하듯이   15

하느님의 수많은 영원한 사절들과 일꾼들이
권위 있는 노인의 목소리에 화답하며
하느님의 전차에서 일어났다.   18

모두가 말했다. "오시는 이여, 복되도다!"[6]
그리고 꽃들을 높이 던졌고 그 주위의 사람들은
"오, 백합을 우리 손 가득히 주소서!"[7]라며 이어서 말했다.   21

나는 이미 동쪽의 하늘이 온통 장밋빛으로
물들어 가고 나머지 하늘은 아름다운 밝은 빛으로
장식되는 하루의 시작을 보았다.   24

그리고 떠오르는 태양의 얼굴은
짙게 드리워진 안개로 희미하게 가려져
눈으로 오랫동안 바라볼 수 있었다.   27

이렇게 천사들의 손에서 뿌려져서
전차의 안과 밖에서
쏟아져 내리는 꽃으로 된 구름 속에서   30

한 여인[8]이 나타났다. 그녀는 하얀 너울 위에
올리브 가지로 만든 관을 썼고 푸른 망토 아래에
살아 있는 불꽃같이 붉은색의 옷을 입고 있었다.   33

그리고 그녀의 존재에
놀라서 두려움에 떨었던 내 영혼이
이제 더 이상 그렇지 않을 정도로 많은 시간이 지났지만[9]   36

내 눈으로 그녀를 알아보기 전에
그녀에게서 나오는 신비한 힘 때문에
오래된 사랑의 위대한 힘을 느꼈다.   39

유년 시절이 지나가기 전에
이미 나를 아프게 했던 지고한 사랑의 덕이
내 눈에 부딪치자, 나는   42

두렵거나 아플 때
어머니에게로 달려가는 어린아이처럼
불안해하며 베르길리우스에게 말하기 위해서   45

왼쪽으로 몸을 돌렸다. "떨리지 않는 피는 내게
한 방울도 남지 않았습니다. 오래된 불꽃의
흔적을 저는 알고 있습니다."[10]   48

그러나 베르길리우스는 이미 우리를 떠나고 없었다.
더없이 사랑하는 아버지,
나의 구원을 위해 내 영혼을 맡겼던 베르길리우스여,   51

옛날의 어머니가 잃어버린 모든 것[11]도
깨끗해진 두 뺨이
눈물로 얼룩져 더러워지는 것을 막지 못했을 것이다.   54

"단테여,[12] 베르길리우스가 떠났다고
그렇게 빨리 울지 마세요. 아직은 울지 마세요.
다른 칼 때문에 당신은 울어야 하기 때문이지요."   57

여기에 기록해야 하는 내 이름을
부르는 소리에 몸을 돌렸을 때
전차의 왼쪽 옆에서 그녀를 보았다.   60

마치 뱃머리와 고물에서
부하들을 감독하고 일을 열심히 하도록
격려하려고 움직이는 제독처럼   63

처음에 천사들이 던지는 꽃의 구름 속에 가려져 있다
내게 나타난 여인은 강 이편에 있는
나를 응시하고 있었다.   66

미네르바의 잎사귀를 두른 머리에
가려진 너울로 인해
그녀를 온전하게 볼 수 없었지만   69

더 중요한 것을 마지막에 말하려고 남겨 둔 것처럼
여전히 당당한 어조와 위엄 있는 태도로
계속해서 말했다.   72

"여기를 잘 보세요! 그래요, 바로 나예요. 베아트리체예요!
어떻게 당신은 산에 오르는 것을 허락받았는지요?
여기에 인간의 행복이 있다는 것을 당신은 알지 못했나요?"   75

나는 강의 맑은 샘물 아래로 시선을 떨구었다.
그러나 강에 비추어진 내 모습을 보았을 때 부끄러움으로
머리가 숙여져서 풀밭으로 고개를 돌렸다.   78

마치 어머니가 아들에게 엄하게 보이듯이
그녀도 내게 그렇게 보였다. 엄격한 모정은
그렇게 쓰기만 했다.   81

그녀가 침묵을 하자, 천사들은 바로
"오, 여호와여, 내가 주께 피하오니."라는 노래를 불렀다.
그러나 "나의 발."이란 구절 이상을 넘지는 않았다.[13]   84

이탈리아의 등줄기 위, 숲의 살아 있는 서까래 사이에서
북동쪽의 차가운 바람에 날리고
쌓여 얼어붙은 눈은   87

그늘을 잃어버린 땅[14]이 숨을 쉬어
마치 초가 불에 조금씩 조금씩 녹아내리는 것처럼
녹아내려 똑똑 떨어지듯이   90

이와 같이 하늘에서 등록된 악보에 영원히 맞춰
부르는 천사들의 노래를 듣기 전까지
나는 눈물과 한숨 없이 있었다.   93

마치 그들이 '여인이여, 왜 그를 그렇게 꾸짖나요?'라고
말하는 것처럼 내게 연민을 느끼는 것 같은
그들의 감미로운 멜로디를 들은 후에   96

내 마음 안에 단단하게 묶어 놓은 얼음이
물과 숨[15]으로 변하여 걱정과 더불어 가슴에서부터
입과 눈에서 쏟아져 나왔다.   99

전차의 왼쪽 옆에 항상 멈춰 서 있던
그녀는 전심을 다하는 피조물[16]들에게
말문을 돌렸다.   102

"하느님의 영원한 빛으로 당신들은 깨어 있으니
밤도 잠도 그의 길을 완성하는 세상의 어떠한 순간도
당신들에게서 숨길 수 없지요.   105

그래서 내 대답은 강의 저쪽에서
울고 있는 사람에게 고통은 죄에 비례한다는 것을
알게 해 주려는 거예요.   108

하늘의 운행을 통해서만
모든 씨앗이 별들과 동행하며
각자의 목적에 가는 것은 아닙니다.   111

우리의 눈으로도 닿을 수 없는 높은 곳에서
수증기에서 비를 내리게 하시는
하느님의 가득한 은총을 통해서   114

이 사람은 이렇게 젊은 나이에
이러한 능력을 받았지요. 그의 모든 선천적인 기질은
감탄할 만한 것을 이룰 것입니다.   117

나쁜 씨앗으로 심고 경작되지 않은 토양에서는,
토양이 더 비옥하고 풍요로울수록
열매는 더 거칠고 무익합니다.   120

잠시 동안 내 존재로 그를 지지했었지요.
내 젊은 눈으로 그를 보면서
나와 함께 그를 바른 길로 인도했어요.   123

그러나 삶의 두 번째 문턱에 이르렀을 때
내 삶은 바뀌었고[17] 이 사람은 나를 잃고는
다른 사람에게 의지했지요.   126

내가 육신에서 영혼으로 올랐을 때
나의 아름다움과 덕은 더 커졌지만 그는
나를 덜 사랑하고 내게서 기쁨을 덜 찾았지요.   129

어떠한 약속도 지키지 않는
선의 허상만 따라다니면서
잘못된 길로 그의 발걸음을 돌렸답니다.   132

그를 위해 하느님에게서 좋은 영감을 얻을 수 있게 기도하고,
꿈을 통해서, 또 다른 방법으로 그를 불렀지만
그에게는 전혀 중요하지 않았지요.   135

그는 아주 깊게 심연으로 빠져들었지요.
길 잃은 사람들을 보여 주는 것 외에 이제는
그를 구하기 위한 다른 모든 방법은 충분하지 않았답니다.   138

그래서 나는 죽은 자들의 문턱을 방문했고
여기 위까지 그를 인도했던 이에게
눈물로 청원을 했습니다.   141

만일 그가 눈물로 쏟아 내는
참회를 하지 않고
레테의 강을 건너고 달콤한 물을 맛본다면   144

하느님의 지고한 의지는 깨질 것입니다."   145

제31곡

"오, 거룩한 강 저편에서 계신 그대여."
그 칼날을 날카롭게 느끼고 있던 내게
그녀는 직접 칼끝을 돌렸다.   3

잠시의 망설임 없이 말을 이었다.
"말해 보세요, 내 말이 맞는다면 말해 보세요.
내가 그대를 생각한 것만큼 당신의 진실한 고백이 필요해요."   6

내 모든 힘이 빠져나가 어찌할 바 모르는 채 서 있었고
내 목과 입으로 말을 밖으로 뱉기도 전에
말은 입안에서 멈췄다.   9

그녀는 잠시 참다가 말했다.
"무슨 생각을 하세요? 내게 대답해 보세요,
당신의 죄의 기억은 아직 이 강물로도 씻기지 않았으니까요!"   12

당황스러움과 두려움이 모두 섞여서
눈으로 보아야 들을 수 있을 정도로
내 입에서 아주 약하게 "네."라는 말이 흘러나왔다.   15

너무 시위를 팽팽하게 당기면
화살과 활을 부러뜨리고
과녁도 맞히지 못하는 것처럼   18

그렇게 나는 걱정의 짐에 눌려서
눈물과 한숨을 터뜨렸고 나의 목소리는
제풀에 사라진 것이다.   21

그러나 그녀는 내게 말했다. "더 이상 열망할 것이
아무것도 없게 하는 선을 당신이 사랑하도록 이끌고
당신에게 영감을 주던 나를 향한 열망 속에서   24

가로막고 있는 웅덩이들이 무엇이며
가로질러 있는 사슬들이 무엇이기에
하느님을 향해 가려는 희망을 버려야 했나요?   27

다른 사람들이 갈망하는 모습에서
어떤 향락이나 어떤 이득이 보였기에
그들을 그렇게 바라보았나요?"   30

괴로운 한숨을 쉰 후,
나는 대답하기 위해서 힘겹게 내 목소리를 찾았고
입술은 겨우겨우 말을 만들어 냈다.   33

나는 울면서 말했다. "당신의 모습이 내게서
사라졌을 때 거짓된 즐거움을 가진
세상의 선들이 내 발걸음을 돌렸지요."   36

그러자 그녀는 말했다. "당신이 고백한 것을
침묵했거나 부정했다고 해도 당신의 죄가 덜 드러나지는
않을 것이에요. 심판관은 모든 것을 다 아시는 분이십니다!   39

그러나 죄의 고백이 죄인의 입에서 흘러나왔을 때
우리의 법정에서는 칼날을 가는 숫돌이 반대 방향으로 돌아
칼날을 무디게 하듯 하느님의 심판이 관대해질 것입니다.   42

그럼에도 불구하고 지금
당신이 당신의 죄를 부끄러워할 때까지, 그리고
언젠가 세이렌의 노래를 들으면서 당신이 더 강해질 때까지   45

눈물의 씨앗을 버리고 내 말을 들어 주세요.
그러면 어떻게 세상에 묻힌 내 육신이 당신이 가던
반대되는 길로 인도하게 되었는지 알게 될 거예요.   48

276

자연이나 예술은 내가 갇혀 있었던,
지금은 땅속에서 흩어져 버린 내 필멸의 육신과 같은
아름다움을 당신에게 보여 준 적이 없을 거예요.   51

내 죽음으로 인해 그 놀라운 아름다움이
당신에게 부족했다고 하더라도 세상의 다른 어떤 무언가가
당신의 욕망을 불러일으킬 수 있었단 말인가요?   54

처음 거짓된 화살에 찔렸을 때
당신은 더 이상 헛된 것이 아닌 나의 뒤를 따라
높은 곳을 향해 일어나야 했어요.   57

또 다른 화살들인 아주 짧게 즐길 수 있는
아름다운 여자나 헛된 세상의 좋은 것들을 기다리면서
당신의 날개를 아래로 접지 말아야 했어요.   60

갓 태어난 어린 새는 두 번째, 세 번째 화살로
기대해 보지만 깃털을 가진 큰 새 앞에
그물을 치거나 활을 쏘는 것은 헛된 일이지요.”   63

부끄러워하며 고개는 바닥으로 떨군 채
입을 다물고 자기 잘못을 들으며 깨닫고
뉘우치면서 가만히 서 있는 어린아이처럼   66

나도 그렇게 있었다. 그리고 그녀는 말했다.
"내 말을 들었을 때 고통을 느낀다면 수염을 들어 보세요.
그리고 나를 본다면 더 큰 고통을 느낄 거예요."[1]   69

우리 땅[2]이나 이아르바스의 땅[3]의 바람에
뿌리째 뽑힌 단단한 참나무가
힘을 쓴 것보다도 더 힘들게   72

나는 그녀의 명령에 따라 턱을 들었다.
그녀가 '수염'이란 말로 얼굴을 들라고 명령했을 때
나는 바로 그녀의 쓴 질책을 느꼈다.   75

얼굴을 들었을 때 나는
꽃을 뿌리는 일을 마친
최초의 피조물인 천사들을 보았다.   78

아직도 머뭇거리는 나는
한 몸에 두 본성을 가진 짐승[4]을 향해
몸을 돌린 베아트리체를 보았다.   81

그녀는 베일에 가려져 있었고 강 저편에 있었지만
그녀가 살아 있었을 때보다 더 아름다워 보였고
세상의 다른 모든 여자들보다 더 아름다웠지만   84

참회의 쐐기풀이 나를 아프게 찔렀다.
그녀를 향한 사랑을 더 빼앗아 간 다른 모든 것들을
이제는 더 증오하게 만들 정도였다. 　　　　87

죄에 대한 양심이 내 가슴을 치는 순간
나는 기절하며 쓰러졌다. 그 뒤에 일어난 일은
그 원인을 내게 준 그녀만 안다. 　　　　90

내 마음이 밖에서 힘을 찾았을 때
처음에 혼자 나타났던 여자가 내 위에서 몸을 구부리고
말했다. "나를 붙드세요, 꼭 붙드세요!" 　　　　93

그녀는 나를 강으로 데려가서 목까지 강물에 잠기게 했고
마치 배처럼 가볍게 미끄러지며
물 위로 날 끌면서 걸어갔다. 　　　　96

축복의 강둑 건너편에 가까이 이르렀을 때
설명도 할 수 없고 기억조차 할 수 없는 감미로운 목소리로
부르는 "나를 씻어 주소서."[5]란 노래가 들려왔다. 　　　　99

아름다운 여인은 팔을 벌려 내 머리를 감싸 안았고
내가 물을 마실 수밖에 없을 정도로
깊은 곳으로 나를 잠기게 했다. 　　　　102

그리고 물에 젖은 나를 밖으로 건져 올렸고
춤을 추는 네 명의 여인들이 있는 곳으로 데려가니
여인들은 각자의 팔로 내 위를 덮었다.[6]   105

"여기에서 우리는 님프, 하늘에서는 별이지요.
베아트리체가 세상에 내려가기 전에
우리는 그녀의 시녀로 창조되었지요.   108

그녀의 눈앞까지 당신을 인도하겠어요. 더 깊이 보는 그곳의
세 여인이 당신의 눈을 열어 그녀의 눈 안에 있는
기쁨으로 가득 찬 빛을 보게 할 것입니다."   111

그렇게 노래를 시작했다. 그리고 나를
그리핀의 가슴까지 데리고 갔다. 베아트리체는
우리를 향해 있었다.   114

그들은 말했다. "할 수 있는 한 자세히 그녀의 눈을 보세요.
이미 당신에게 사랑의 화살을 쏘았던
에메랄드 같은 눈 앞에 당신을 데리고 왔으니."   117

불꽃보다 더 뜨겁게 타오르는 수많은 열망은
나의 눈을 그리핀을 응시하는 베아트리체의 빛나는 눈으로
향하게 하였다.   120

거울 속의 태양과 다름없이 그녀의 눈에
비춰진 두 모습의 짐승은 때로는 이 모습으로
때로는 저 모습으로 아른거렸다.   123

독자여, 생각해 보라. 그 자체는
같은 모습으로 있으면서 비추어지는 그의 모습만
변하는 것을 보고 내가 얼마나 놀랐는지를.   126

배가 불러지면 더 갈증이 나는[7]
그런 음식을 맛보았던 내 영혼이
기쁨과 놀람으로 가득 채워지는 동안   129

다른 세 여인들은 더 기품 있는 천사의
모습으로 나타나더니 천사의 노래에 맞춰서
춤을 추며 노래를 불렀다.   132

그들의 노래는 이러했다. "베아트리체여,
그대의 거룩한 눈을 당신의 충실한 자에게 돌리세요.
당신을 보기 위해 그는 먼 길을 달려왔잖아요!   135

당신의 은총으로 당신의 입술을
그에게 보여 주세요. 그래서 그대가 감춘
두 번째의 아름다움[8]을 볼 수 있게 해 주시길."   138

오, 영원히 살아 있는 빛의 광채여,
이 공간에 당신이 모습을 드러내었을 때
파르나소스의 그늘 밑에서 파리해질 때까지 있었던 자,   141

어두운 정신을 갖고 있지 않다 할 정도로 그 샘물을 마신 자라도,
오직 당신을 둘러싼 조화로운 하늘에
나타난 당신의 아름다운 모습을   144

어떻게 그려 낼 수 있단 말인가?   145

제32곡

마침내 십여 년 동안의 갈증[1]을 풀려는 마음에
나의 눈은 그녀를 집중해서 바라보았다.
모든 다른 나의 감각은 무기력해졌다.   3

아무것도 보이지 않게 말의 눈가리개를 댄 것처럼
이쪽과 저쪽 눈 양가를 막고 있었다. 거룩한 미소에 이끌려
옛날 나를 사로잡던 그 매력에 취해 있었다!   6

그때 내 왼쪽에 있던 여신들에게
억지로 눈을 돌렸는데
"너무 응시하는군요!"라는 그들의 말을 들었기 때문이다. 9

눈을 돌리자, 태양의 강한 빛이 눈에 들어오면
잠시 동안 아무것도 보이지 않는 것처럼
내 눈도 그러했다.   12

그리고 덜 강한 빛
–내게서 억지로 시력을 빼앗아 간 강한 빛에 비해서–에
익숙해졌을 때,   15

태양과 일곱 개의 촛대의 불꽃을 앞에 두고
오른쪽으로 돌며 나아가는
영광스러운 행렬을 보았다.   18

병사의 무리가 살기 위해 후퇴하려고
방패 아래에서 모두가 한 번에 행진을 뒤로 움직이기 전에
선두가 군기를 따라 도는 것처럼   21

앞으로 나아가는 하늘 왕국의 무리도 그랬다.
전차가 방향을 틀기도 전에 먼저
우리 앞을 완전히 지나쳐 갔다.   24

그러자 일곱 여인들은 바퀴 근처로 돌아갔다.
그리핀은 거룩한 전차를 움직이면서도
깃털 하나 움직이지 않았다.   27

나를 이끌고 강을 건너게 해 준 아름다운 여인과
스타티우스와 나는 더 작은 원을 그리며 도는
전차의 바퀴를 따라갔다.[2]   30

뱀의 말을 믿어 버린 여인의 죄 때문에
이제는 황폐해진 높은 숲을 지나가고 있는 동안
우리의 걸음은 천사들의 노래에 맞추고 있었다.　　　　33

아마도 시위를 떠난 화살이 도달한 거리보다
세 배 정도 될 만큼 걸었을 때
베아트리체는 전차에서 내렸다.　　　　36

나는 "아담."[3] 하고 중얼거리는 소리를 들었다.
모두 가지에서 잎과 작은 가지가 다 떨어진
한 나무를 둘러쌌다.　　　　39

나무는 인도 사람들이 감탄할 만큼
그들의 숲에서 우뚝 솟아 있었고
나뭇가지는 위로 올라갈수록 더 넓어지고 있었다.　　　　42

"오, 그리핀, 이 달콤한 맛이 나는 나무를
부리로 쪼지 않으니 축복받으셨나이다.
이 나무는 배의 통증을 일으키는 원인이 되리니."　　　　45

이렇게 견고한 나무 주위에서 사람들은
모두 외쳤다. 그리고 두 본성의 동물은
"모든 정의의 씨는 이렇게 보존되나니."　　　　48

외치더니, 끌고 오던 전차의 키를 돌려
그 헐벗은 나무 발치까지 끌고 가더니
그 기둥에 기대 놓고 나무의 가지로 잡아맸다.   51

물고기자리 뒤에서 빛나는 빛[4]과
커다란 빛이 섞여 아래로 떨어질 때
우리 세상의 나무들은   54

부풀어 오르기 시작하고,
태양이 다른 별 아래[5]에 그의 말들을 매어 두기 전에
저마다의 색으로 새롭게 단장하는 것처럼   57

장미꽃보다는 덜 붉고 제비꽃보다는 더 보랏빛으로
꽃을 피우면서 전에는 헐벗은 가지들을 가졌던 나무가
새롭게 태어났다.   60

그때 사람들이 불렀던 찬양은
세상에서 불린 적도 없었고 끝까지 들을 수 없었기에
무슨 찬양인지 난 알 수가 없었다.   63

깨어 있기에 비싼 대가를 치른 그 눈들,
시링크스의 이야기를 듣는 동안 어떻게 매서운 눈들이 잠들었는지
내가 그릴 수만 있다면[6]   66

모델을 앞에 놓고 그리는 화가와 같이
어떻게 잠이 들었는지 잘 그렸겠지만
잠은 잠을 그릴 수 있는 자가 그리는 것이기에　　　69

난 그저 내가 깨어난 순간부터 말할 수 있다.
눈부신 빛이 잠의 너울을 찢고
나를 불렀다. "일어나라, 무엇을 하느냐?"　　　72

천사들이 그 열매를 열망하고
하늘에서 영원한 혼인 잔치[7]를 베풀어 주는
사과나무 꽃[8]을 보여 주려고　　　75

베드로, 요한, 야고보는 인도되었고
그 광경에 압도되었다가,[9] 더 깊은 잠도
깨우는 소리에 정신을 차리고[10]　　　78

모세와 엘리야가 사라져
그들의 무리가 줄어든 것과
그들의 선생의 옷이 바뀐 것을 보았던 것처럼[11]　　　81

나도 그렇게 잠에서 깨어나
전에 강둑을 따라 나의 발걸음을 인도했던 경건한 여인이
위에서 나를 보고 서 있는 것을 보았다.　　　84

나는 온통 의심에 사로잡혀 물었다. "베아트리체는 어디 있나요?"
그러자 그녀는 대답했다. "저기요,
새로 태어난 나뭇잎 아래, 나무의 둥치 위에 앉아 계세요.   87

그분을 둘러싼 저 무리[12]를 보세요.
모든 다른 무리는 그리핀을 따라
더 깊고 더 감미로운 노래와 함께 하늘로 올라가네요."   90

그리고 그녀가 말을 더 했는지는 나는 모르겠다.
나의 정신을 모두 빼앗아 간 여인에게
내 눈은 이미 고정되었기 때문이다.   93

두 모습의 짐승에게 매였던
전차를 그곳에서 지키려고 남은 것처럼
그녀는 진실의 땅에 홀로 앉아 있었다.   96

일곱 님프들이 북풍도 남풍도
끌 수 없었던 촛불들을
손에 들고 그녀를 에워쌌다.   99

"당신이 죽은 후에 이 숲에서 잠시 머물다가
그리스도께서 로마인으로 있는 그 로마[13]의 시민으로
항상 나와 함께 있을 거예요.   102

그러니 죄인으로 살아가는 세상에 도움이 되도록
이 전차를 잘 보아 두세요. 그리고 세상에 돌아가면
조금 후에 볼 것을 그대로 글로 쓰세요."[14]   105

이렇게 베아트리체는 말했다. 그리고 나는
그녀의 명령에 전심을 다해 경건하게
나의 마음과 눈을 그녀가 원하는 곳으로 돌려 바라보았다.   108

그때 제우스의 거룩한 새가 높은 곳에서
나무로 떨어지며 새로 돋은 꽃과 잎,
그리고 껍질을 찢어 내는 것을 보았는데   111

제일 높은 하늘에서
그 짙은 구름을 뚫고 떨어지는 번개도
그 새보다 그렇게 빠르지는 않았을 것이다.   114

그리고 모든 힘을 다해 전차를 들이받았다.
전차는 폭풍을 만난 배처럼 파도에
이쪽저쪽으로 흔들리듯 휘청거렸다.[15]   117

그리고 모든 좋은 먹이는
먹어 보지도 못한 여우가
승리의 전차 속으로 뛰어 들어가는 것을 보았다.   120

그러나 나의 여인은 그 부끄러운 잘못을 꾸짖으며
그 살점 없는 뼈가 감당할 수 있는 한
재빨리 도망치게 했다.[16]   123

다음에는 처음에 나무로 갔던 독수리가
하늘에서 새롭게 내려와 전차 안으로 내려앉았다.
거기에 몇 개의 깃털을 남겼다.   126

그리고 회한이 서린 마음에서 나오는 목소리처럼
하늘로부터 한 음성이 들려왔다.
"오, 내 작은 배여, 불행한 짐을 실었구나!"[17]   129

그러자 두 바퀴 아래에서 땅이 열리는 듯했고
꼬리를 전차 위에 넣으며
나오는 용을 보았다.   132

마치 침을 다시 안으로 말아 넣은 말벌처럼
독이 든 그 꼬리를 말아 넣은 용은 전차의 깊은 곳을
자기 쪽으로 당겨 떼어 버리고는 유유히 사라져 버렸다.[18]   135

비옥한 땅에 잡초가 숨이 막힐 정도로 무성한 것처럼
전차에 조금 남은 부분은
아마도 자비롭고 건전한 의도로 남겨진   138

290

깃털들로 덮이기 시작했는데
이쪽과 저쪽의 두 바퀴, 그리고 키를 덮는 시간이
열린 입에서 한숨을 내뱉는 시간보다 더 짧았다.[19]   141

그렇게 변해 버린 거룩한 구조물은
여기저기 머리를 밖으로 내밀었는데
키의 위에 셋, 각 네 모서리마다 하나씩 있었다.   144

처음 셋은 황소의 머리처럼 뿔이 있었으나
다른 넷은 오직 이마에 뿔 하나만 있었다.
이러한 괴물과 비슷한 것은 누구도 본 적이 없을 것이다.[20]   147

그 위에는 뻔뻔스러운 창녀가 산의 높은 바위처럼
태연하게 앉아 있었고 유혹하는 시선으로
주변을 둘러보며 바라보는 듯했다.   150

그리고 그 여자 옆에 서 있는 한 거인이 보였는데
그 여자를 빼앗기고 싶지 않은 듯했고
여러 번 그들은 입을 맞췄다.   153

그러나 그 창녀가 음탕한 눈을 내게로 돌리자
그 잔인한 애인은 그 여자를
머리부터 발끝까지 후려쳤다.   156

그리고 질투와 잔인한 분노로 몹시 흥분한 거인은
나무에서 일곱 개의 머리를 가진 괴물을 풀어 숲으로 끌고 갔는데
숲이 날 가로막는 장벽이 되어서   159

그 창녀와 전에 본 적이 없는 그 괴물을 볼 수가 없었다.[21]   160

제33곡

"오, 하느님이여, 이방인이 들어왔습니다."[1]라고 말하며
눈물을 흘리면서 셋이서 혹은 넷이서 혹은 번갈아
입을 맞추어 감미롭게 시편을 부르기 시작했다.   3

그리고 베아트리체는 십자가 아래의
성모 마리아 못지않은 고통스러운 표정으로
비탄에 젖은 한숨을 쉬면서 노래를 듣고 있었다.   6

그러나 다른 여인들이 잠시 침묵을 하고
말할 수 있는 시간을 주자, 갑자기 그녀는 벌떡 일어나더니
불처럼 붉게 되어 그들에게 말했다.   9

"조금 뒤에 너희는 나를 보지 못할 것이다.
그러나 사랑하는 나의 자매들이여,
얼마 안 가서 나를 다시 보게 될 것이다."[2]   12

그리고 그녀는 일곱 여인 모두를 오게 하여 앞에 세우고
나와 여인 그리고 남아 있는 현자[3]에게 눈짓하여
그녀 뒤를 따르게 했다.   15

그렇게 앞으로 나아갔다. 그리고 열 번째 발걸음을
땅에 디뎠을까 했을 때
그녀의 시선이 나를 향해 꽂혔다.   18

그리고 평온한 모습으로 내게 말했다.
"더 빨리 오세요. 내가 당신과 이야기하려면
내 말이 잘 들리는 곳에 있어야지요."   21

내가 시키는 대로 가까이 다가가자
내게 말했다. "형제여, 나와 함께 걷는 동안
왜 내게 물어보지 않는 거죠?"   24

존경하는 어르신에게 다가가
앞에서 말할 때 너무 떨려서
제대로 된 목소리를 입 밖으로 내지 못하는 것처럼   27

나는 우물거리며 말하기 시작했다.
"여인이여, 당신은 내 필요함을 아시고
또한 그것을 어떻게 만족시킬 수 있는지 아십니다."   30

그러자 그녀가 내게 말했다. "이제는 당신이
두려움과 부끄러움에서 자유로워지고
더 이상 꿈꾸는 사람처럼 말하지 않길 바랍니다.   33

뱀이 깬 그릇은 전에 있었다가
지금은 더 이상 없지만[4] 이것에 대해 죄 있는 자들에게
하느님의 복수는 죽(粥)을 두려워하지 않을 것[5]을 알아 두세요. 36

전차에 깃털을 남겨, 그것 때문에 전차가 괴물이 되게 하고
거인의 전리품이 되게 한 독수리는
언제까지나 후계자가 없지는 않을 거예요.[6]   39

실은 내가 분명히 보았기에 말하는 것이니,
모든 장애물과 모든 가로막힘에서 피한 별들이
가까이 와서 우리에게 틈을 주려고 해요.   42

세상에 하느님께서 보내신 오백과 열과 다섯(D.X.V)[7]이
그 창녀와, 그녀와 더불어
죄지은 거인을 죽일 거예요.   45

아마도 내 애매한 이야기가 테미스나 스핑크스의 말과
비슷하여 그들이 했던 것처럼 혼란스럽게 하여
당신을 많이 설득하지 못한 것 같군요.   48

그러나 이제 곧 나이아데스가 되어
양이나 곡식을 바치는 일 없이
이 어려운 수수께끼의 사실들을 풀 것입니다.[8]   51

당신은 내 말을 잘 기억하고 죽음으로 향해
달려가는 삶을 사는 저 세상 사람들을 위해
내가 당신에게 말한 것을 글로 쓰세요.   54

이 말들을 쓸 때, 여기서 지금 당신이 본 것처럼
두 번씩이나 벗겨진 나무의 모습을
잊지 말고 기억하세요.   57

그 나무를 약탈하거나 파괴한 자 누구든지
하느님을 모독하는 죄를 짓는 것이니
오직 그의 목적을 위해 그 나무가 만들어졌기 때문입니다.   60

최초의 영혼이 그 나무의 열매를 깨물었기에
죄를 짊어질 그분이 오시길
고통 속에서 오천 년 이상 갈망했지요.[9]   63

이 나무가 왜 이리 높은지, 특별한 이유로
나무 꼭대기에서는 구부러져 자라는지 이해하지 못한다면
그것은 당신의 재능이 잠들어 있기 때문입니다.   66

엘사의 강물이 하는 것처럼 헛된 생각들이 당신의 정신을
굳게 하지 않았다면, 피라무스가 뽕나무에게 한 것처럼
그 생각의 욕망이 당신의 정신을 물들여 어둡게 하지 않았다면[10] 69

오직 이러한 상황만으로도
나무의 도덕적인 의미가
하느님의 정의임을 알았을 것입니다. 72

그러나 당신의 정신이 돌처럼 굳어지고
어두워져 보이기에
내 말의 빛이 당신을 혼란스럽게 만드는군요. 75

순례자가 종려나무의 잎을 지팡이에 감아 가지고 가는 것처럼
정확히 기억을 못해 쓰지 못한다면
내가 당신에게 말한 것을 그려서라도 당신 안에 담아 가세요." 78

나는 말했다. "인장이 새겨진 초가
그 새겨진 모양이 변하지 않는 것처럼
지금 당신의 인장이 내 머리에 새겨졌습니다. 81

그러나 내가 열망하는 당신의 말은 어찌하여
내가 따라가면 갈수록 내 시야에서 더 멀어지고
내 시야를 넘어 높이 날아다니는지요?" 84

그녀는 말했다. "왜냐하면 당신이 따라다녔던 그 학파를
얼마나 이해하고 있는지, 그리고 그 학파의 교리가
내 말을 따르기에 얼마나 불충분한지 알게 하려는 것이지요.   87

제일 높이 움직이는 하늘에서 땅이 멀리 있는 것만큼
당신들의 길이 하느님의 길에서 멀리 떨어져 있음을
당신에게 보여 주려고 하기 때문이지요."[11]   90

그래서 나는 그녀에게 대답했다.
"나는 당신으로부터 멀리 있었거나 그것 때문에
양심에 가책을 느낀 기억은 없는 것 같습니다."   93

그러자 그녀는 미소를 지으며 대답했다.
"당신이 기억을 하지 못한다면
오늘 레테의 물을 마신 것을 기억해 보세요.   96

연기로 불이 있음을 추론하듯이
당신의 망각은 당신의 열망이 내가 아닌
다른 곳에 가 있었다는 것을 나타내는 확실한 증거지요.   99

진실로 지금부터 내 말이
당신의 단순한 눈으로도 알 수 있을 만큼
벌거벗은 듯 확실해질 거예요."   102

그리고 더 빛나고 더 천천히 움직이던 태양은
이쪽저쪽에서 보는 시각에 따라
그의 위치가 바뀌는 자오선의 궤도에 이르렀다.[12]   105

앞장서서 다른 사람들을 이끄는 사람이
흔적이나 새로운 것을 발견했을 때
멈춰 서는 것처럼 일곱 여인들이   108

마치 푸른 나뭇잎과 거무스름한 가지 아래에
흐르는 차가운 강물 위에 드리워진 높은 산의 그림자처럼
어두워진 그림자 가장자리에 발을 멈췄다.   111

여인들 앞에 있는 강물은 유프라테스와 티그리스 강이
하나의 샘에서 솟아나는 것처럼 보였다.[13]
마치 헤어지기 싫어 천천히 멀어지는 친구들 같았다.   114

"오, 빛이여, 오, 인류의 영광이여,
같은 샘에서 흘러나오고 이쪽과 저쪽으로
갈라져 가는 이 두 강은 무엇입니까?"   117

이런 질문을 하는 내게 그녀는 대답했다.
"마텔다에게 설명해 달라고 부탁하세요."
이 시점에 아름다운 여인이 비난을 피하려는 자처럼 대답하였다. 120

"나는 그에게 이미 이것저것을 설명했어요.
그리고 레테의 물은 그의 기억을 지우지 않은 것이
확실할 거예요."   123

그러나 베아트리체는 말했다.
"아마도 커다란 걱정이 기억을 자주 없애고
그의 정신의 눈을 흐리게 했나 봅니다.   126

저기로 흘러가는 에우노에 강을 보세요.
당신이 평상시에 했던 것처럼 강으로 그를 인도하세요.
약해진 그의 힘을 다시 소생시키세요."   129

고귀한 영혼이 변명을 말하지 않고
다른 이들의 의지가 밖으로 드러나자
자신의 의지처럼 행하듯이   132

그렇게 아름다운 여인은 내 손을 잡고
움직이면서 우아하게 스타티우스에게 말했다.
"그와 함께 오세요."14   135

독자여, 만일 내가 쓸 수 있는 더 광범위한 공간이 있었다면
적어도 나는 마셔도 마셔도 더 마시고 싶은
그 물의 달콤한 맛을 조금이라도 묘사했을 것이다.   138

그러나 이 두 번째 노래에 준비된 모든 지면을
이제는 거의 다 채웠으니 내 작업의 고삐는
더 가도록 허락하지 않는다.   141

모든 것을 소생케 하는 이 성스러운 강에서
돌아왔을 때 나는 다시 꽃을 피우고
새로운 나뭇잎으로 다시 살아난 새로운 나무처럼   144

깨끗해졌고 별들을 향해 올라갈 준비가 되었다. 15   145

옮긴이 주

《 제1곡 》

1 〈연옥〉의 제1곡은 3월 27일 부활절 일요일 새벽에 연옥에 도착하면서 시작된다. 지옥에 들어선 날은 예수의 수난일인 성금요일(聖金曜日)이고, 이와 대조를 보이는 연옥에 도착한 날은 재생과 천국으로 들어가기 위한 준비의 시간으로 부활절이다.

2 어두운 지옥에서 나와 새로운 상황과 다시 찾은 자유 등을 묘사하고 있다. 또한 은유법을 사용하여 시인의 재능을 작은 배로, 그 시의 주제는 바다로 표현하였다.

3 그리스신화에 나오는 서사시의 뮤즈로, 이름의 뜻은 '아름다운 목소리'이다. 제우스와 므네모시네의 딸로, 뮤즈 중에서 으뜸이며 뛰어난 지혜와 지도력을 가지고 있다. 두루마리와 철필, 명판으로 상징되는 칼리오페는 손에 든 명판에 무언가를 쓰는 모습으로 묘사되었다. 오늘날에는 금관을 쓰고 두루마리나 책을 들고 있는 모습으로 묘사된다.

4 마케도니아 왕 피에로스와 에우히페 사이에서 태어난 아홉 명의 딸들로 피에리데스라고 불렸다. 피에로스는 불경하게도 그의 딸들에게 뮤즈라는 이름을 붙여 주었다. 이 소식을 들은 뮤즈는 피에리데스에게 노래 시합을 청했다. 이 시합에서 전혀 경합이 되지 않을 정도로 뮤즈의 노래가 압도적이었으며, 결국 시합에서 패한 벌로 피에리데스는 까치로 변해 버렸다.

5 사랑을 주관하는 금성을 말한다. 하늘의 금성은 천사단을 움직인다고 했던 《향연》(II v 13)에서 영향을 받은 것으로 보인다. 또한 금성은 아침의 별로, 그리스도인 예식의 아침을 의미하며 인간의 삶의 빛과 희망을 상징한다.

6 금성의 빛이 강하여, 이미 지고 있는 물고기자리의 빛을 가려 어둡게 하고 태양이 떠오른 곳을 밝게 비춘다는 의미이다. 즉, 아침이 오고 있다는 뜻이다.

7 아담과 이브를 가리킨다.

8 네 개의 별은 인간이 보지 못했던 하늘에서 빛나고 있는 신비의 별들이다. 이 별들을 최초의 인간인 아담과 이브가 볼 수 있었던 것은 연옥의 정죄산 꼭대기에 있었기 때문이다. 이것은 기본적인 덕인 신중, 정의, 용기, 절제를 의미한다.

9 아담과 이브가 쫓겨나고 그의 후손들은 연옥의 반대편인 북반구(북극)에 살아야 했기 때문에 이 별들을 볼 수도 없고 감탄할 수도 없다.

10 북극성을 가리킨다.

11 마르쿠스 포르키우스 카토는 대(大)카토의 증손자이고 소(小)카토라고 불렸다. 스토아학파의 철학자이자 로마공화정 말기의 정치인으로 율리우스 카이사르와 대적하여 로마공화정을 수호했다. 그는 당시 부패가 만연한 로마의 정치

상황에서 곧고 청렴결백한 인물로 유명했다. 카이사르와 폼페이우스의 야망에 맞섰으나 카이사르의 내전이 발발하자 도망가는 폼페이우스에 합류했다. 카이사르가 탑수스 전투에서 승리하자 카토는 우티카에서 플라톤의 《파이돈》을 읽으며 배를 갈라 자살했다고 한다. 여기 31행부터 사람의 형상이 나타나고 대화와 드라마틱한 장면으로 채워진 인간의 역사가 시작된다. 단테는 자살한 그를 림보에서 나와 연옥을 수호하는 사람으로 묘사하였는데, 그것은 그가 정신적인 덕을 지닌 자로 모든 고대 사람들로부터 훌륭하다고 인정받고 존경받는 자이기도 하며, 목숨을 버리면서까지 정치적 자유를 지킨 것이 연옥에서 죄인들이 정신적 자유를 추구하는 것과 상응한다고 보았기 때문이다.

12 법대로 하면 한 세상에서 다른 세상으로 넘어갈 수 없다. 즉, 지옥에서 연옥으로 갈 수가 없다는 이야기다.

13 베아트리체를 가리킨다.

14 마르치아는 카토의 아내이다. 루카누스의 《파르살리아》(II 326-349)에 따르면 마르치아는 카토의 신부였는데 카토는 그의 친구 호르텐시우스에게 주었다. 호르텐시우스가 죽자 마르치아는 첫 번째 남편인 카토에게 다시 아내로 받아달라고 요청한다. 단테는 《향연》(IV xxviii 13-19)에서 이 이야기를 마지막 삶에서 인간의 영혼(마르치아)을 하느님(카토)에게 부탁하는 비유로 설명했다.

15 카토는 기원전에 죽었기에 마르치아와 함께 림보에 있었다. 그리스도의 죽음으로 기원전에 죽은 사람들 중 정의로운 사람들은 그리스도와 함께 지옥에서 연옥으로 올라왔는데 이때 받아들였다는 법은 구원받은 영혼들과 죄인들을 구분하여 분리하는 기준을 뜻한다. 그래서 림보에 있는 마르치아와는 어떠한 소통도 할 수 없다.

16 연옥의 입구에 있는 천사를 의미한다.

17 충격에 따라 구부러지는 성질을 가진 갈대를 선택한 이유는 겸손하고 소박한 모습을 상징하기 때문이다. 겸손만이 하느님이 내린 처벌을 겸허하게 받아들이고 죄를 뉘우칠 수 있는 자세이기 때문이다.

18 되돌아올 수 있는 사람을 본 적이 없는 곳으로 단테의 상상에서 존재하는 연옥의 해안이다. 만약에 있었다면 해안가에 도착했던 오디세우스였겠지만 그는 돌아오지 못하고 침몰하였다.

19 〈지옥〉(26곡 142행)편을 모방했는데 〈지옥〉편에서는 하느님을 가리킨 것처럼 여기서는 카토를 가리킨다.

20 〈지옥〉(26곡 91-142행)에서 나오는 비극의 신화 오디세우스의 항해와 상응한다. 오디세우스는 도착하고자 했던 섬에 도착하지 못했다. 하느님에게서 재능을 부여받았으나 겸손하지 않아 절제하지 못했기 때문에 그에 대한 벌로 폭풍우를 만나 연옥의 해안에서 침몰하였다. 그러나 단테는 하느님에게 받은 재

능을 겸손하게 사용하여 지옥을 여행하고, 카토가 말한 대로 갈대로 끈을 매고 죄를 깨끗이 씻으며 자신을 절제하여 구원을 준비한다.

제2곡

1 이미 태양은 지면서 예루살렘의 하늘 서쪽 수평선을 건드리고(자오선이 예루살렘 도시의 천정으로 솟아오른 하늘), 태양의 반대편에 있던 밤은 천칭자리를 찾을 수 있는(마치 사람이 손에 저울을 들고 있는 것처럼 밤을 이미지화했다.) 갠지스 강으로부터 나온다(하늘의 동쪽 수평선에). 그러나 밤의 길이가 낮의 길이보다 더 길어지는 추분이 시작될 때 밤으로부터 나온 천칭자리는 더 이상 밤의 별자리가 아니게 된다(손에서 저울을 떨어뜨린다.). 이때부터 밤의 하늘에서 사라진 천칭자리는 봄과 여름 6개월 동안 볼 수 있다. 이렇게 돌려서 말한 것을 이해하기 위해서는 단테의 예루살렘은 우리가 사는 반구의 중앙에 있고 동쪽으로 갠지스 강과 서쪽으로 카디스가 경도 180도로 펴져 있다는 것을 기억할 필요가 있다. 태양이 카디스로 질 때 갠지스 강에서 밤이 솟아 나온다. 같은 순간, 연옥의 해안에 단테가 있는 반대편 반구의 중앙에는 태양이 솟아오른다. 그러니까 지금은 정오 6시간 이전인 아침 6시경이다.

2 틀림없는 화살은 하늘의 중앙, 즉 자오선으로부터 산양자리를 내보낸다. 이때 태양이 있는 숫양자리와 산양자리는 90도의 거리가 있다. 태양이 수평선에 있을 때 산양자리는 천정인 하늘의 중간에 있다. 태양이 상승함에 따라 산양자리는 하늘의 중앙에서 서쪽으로 기울기 시작한다. 산양자리가 자오선을 모두 떠날 때 이 시기의 양자리에 있는 태양은 수평선에서 9도 높이에 있다. 이 말은 산양자리에서 숫양자리로 지나간 시간이 약 30분보다 조금 더 경과했음을 뜻한다.

3 보는 것과 다르게 육체의 실체가 없다. 〈지옥〉(6곡 36행)에서 이미 암시했던 허구의 이 육체의 신비를 〈연옥〉(2곡 31-33행)에서 단테는 다시 한번 말하며 〈연옥〉(25곡 79행 이하)에서 설명한다. 이 장면은 《아이네이스》(VI 700-702)에서 아이네이아스가 그의 아버지 안키세스를 베르길리우스가 말하는 극락정토에서 만나는 모습과 같다.

4 그에 대한 문서는 조금밖에 남아 있지 않다. 시에나와 볼로냐의 문서에서 그의 이름과 관련된 사항을 볼 수 있으나 그의 식업이 드러나지 않았고 신원에 대한 것도 모두 가설로 되어 있다. 단지 1200년대의 무제의 연가에서 피렌체의 시인들을 통해서 알 수 있는 것은 그가 1200년대 말기의 음악가란 것이

다. 이 곡에서 단테가 말한 것처럼 그는 역사적인 실존 인물로서 가수로 추측
된다.

5 카셀라가 죽은 지 오래되었는데 이제야 연옥에 도착한 것에 대해 의아하게 생
각하고 있다.

6 1299년 12월 25일(1300년 2월 22일)에 보니파키우스 8세에 의해 성년(聖年)의
날이 공포된 때부터 1300년 3월 27일(1300년 4월 10일) 단테가 카셀라를 만난
날까지를 말한다.

7 《향연》(III)을 여는 첫 곡이다. 단테의 〈두 번째 사랑〉의 여인을 찬미하는 노래
이다.

8 카토를 말한다.

제3곡

1 아침이 떠오르는 곳에서 멀리 있음을 의미하며, 지리학적 간격은 세상의 삶에
서 베르길리우스가 분리된 거리를 의미한다. 베르길리우스가 묻힌 무덤이 있
는 나폴리는 단테의 지리학으로 예루살렘에서 45도(태양의 3시간 정도)에 위치
한다. 만일 연옥에서 태양이 조금 떠올랐다면 연옥에서 정반대에 위치한 예루
살렘은 태양이 조금 지고 있는 상태이다. 그러니 예루살렘에서 45도에 위치
한 나폴리는 저녁기도를 드리는 시간인 15시에서 18시로 추측된다.

2 기원전 19년에 그리스 여행에서 돌아오는 길에 브린디시에서 죽었다. 그리고
아우구스투스 황제는 브린디시에 묻힌 시인의 유해를 운구하여 나폴리로 옮
겨 묻었다.

3 삼위일체를 가리킨다.

4 인간의 지성은 하느님에 대해, 하느님의 것에 대해, 존재에 대해 사실 그대로
만족하고 하느님의 본질이나 그의 이유에 대해 더 이상 알려고 하지 말고 알
려고 해도 이해할 수 없다고 말한다. 이것은 토마스 아퀴나스 《대이교도대전》
(I 3)을 따른 것이다.

5 베르길리우스는 만일 인간이 하느님에 대해 모든 것을 확실하게 알았다면 마
리아가 이 세상을 구원하고 믿음을 주기 위해서 온 그리스도 예수를 낳을 필
요도 없었다고 말한다. 그래서 인간의 지성으로 모든 것을 알고자 하는 열망
이 얼마나 헛된 것인지 말하고 있다. 베르길리우스는 그가 있는 림보의 사람
들을 보고 "우리는 버림받았고 우리의 유일한 형벌은 희망 없는 희망 속에서
살아가는 것이다."라고 말했다(〈지옥〉 4곡 41-42행).

6 스베비아의 만프레디는 페데리코 2세와 비앙카 란차 사이의 서자로 1232년에 태어났다. 열여덟 살에 아버지가 죽고 그의 형 쿠라도 4세의 시칠리아 왕국의 집권당을 다스렸으며 형이 죽자 팔레르모의 왕이 되어 통치하였다. 교회에서는 그를 횡령자로 판단하고 여러 번 파문하였다. 만프레디는 교황들의 명령을 무시하고 경멸하면서 그의 아버지의 꿈에 따라 이탈리아반도의 왕이 되기 위해 이탈리아반도에 대해 영향력을 확대해 나갔다. 이에 위협을 느낀 교황 우르바노 4세는 샤를 앙주에게 도움을 청했고, 1266년 샤를 앙주가 나폴리를 공격하여 일어난 베네벤토 전투에서 만프레디는 서른네 살의 나이로 전사하였다.

7 페데리코 2세의 어머니, 루제로 달타 빌라의 딸이고 엔리코 6세와 결혼하였다. 마지막 노르만 왕조이며, 만프레디가 교회의 결정에 반대하여 통치했던 시칠리아 왕국의 유산을 엔리코에게 결혼 지참금으로 가져갔다. 여기서 만프레디가 페데리코 2세의 아들이라 하지 않고 코스탄차의 손자라고 한 것은 그가 페데리코 2세의 서자이기 때문이라는 해석이 있고, 코스탄차는 천국에 있는(〈천국〉 3곡 118행) 반면 페데리코 2세는 지옥에 있기(〈지옥〉 10곡 119행) 때문이라는 해석도 있다.

8 증조할머니의 이름과 같은 코스탄차로 만프레디의 딸이며, 아라곤의 피에트로 3세와 결혼하여 두 왕을 낳았다. 아버지의 뒤를 이은 아라곤의 자코모와 시칠리아의 왕 페데리코였다.

9 만프레디는 교회에서 여러 번 파문을 당했다. 그래서 세상 사람들은 그가 지옥에 있을 것이라고 생각하지만 그는 구원을 받아 연옥에 있음을 딸에게 알려달라고 단테에게 부탁하는 것이다.

10 1254년에서 1266년까지 코센차의 대주교 바르톨로메오 피냐텔리이다. 그는 클레멘스 4세가 만프레디를 상대한 싸움을 지지하기 위해서 샤를 앙주에게 보낸 사람이다.

11 만프레디가 전사했을 때 샤를 앙주의 군인들은 군대 관습에 따라 돌을 던져 무덤을 만들었다고 한다. 리코발도 페라라에 따르면, 베네벤토 근처의 칼로레 강 성 제르마노 다리에 묻혔다고 하며, 다른 주석가들에 의하면 공공의 길에 묻혔다고도 한다.

12 클레멘스 4세가 코센차의 대주교를 보내 그 무덤을 파헤쳐서 시신을 꺼내 베르데 강에 버렸다고 한다. 이때 파문당한 사람이나 이교도의 시신을 운반할 때처럼 촛불을 끈 채 운반했다고 한다.

13 '아직도 한 가닥의 희망이 있다. 혹은 '아직 희망이 더 고갈되지 않았다.'라는 의미이다.

14 연옥에서는 영혼들이 많은 기도와 정화로 구원을 얻을 수 있다고 한다. 중세

의 전통 신학 교리에서는 세상 사람들이 죽은 자들의 명복을 빌며 기도와 덕을 행하면 연옥에서 벌 받는 시간이 줄어들고 구원을 빨리 얻을 수 있다고 생각했다.

제4곡

1 영혼이 강한 감정(기쁨이나 고통)을 받으면 그 순간에는 다른 감각들은 기능할 수 없다고 단테는 말하고 있다. 이것은 플라톤이 주장한 '인간 안에 여러 영혼이 산다.'라는 오류 의견에 반대되는 것이다. 플라톤은 인간 안에 욕망, 분노, 이성의 영혼이 있다고 주장하였다(《티마이오스》 69). 반면 단테가 말한 것처럼 아리스토텔레스는 그의 책 《영혼에 관하여》에서 여러 다른 기능들은 한 영혼 안에 있다고 반박하였다.

2 만프레디의 영혼을 가리킨다.

3 태양이 이미 수평선에서 50도 위로 떠올랐다. 이것은 태양이 뜬 지 3시간 20분이 지났음을 말한다(태양의 궤도 15도는 1시간을 의미). 그러므로 지금 시간은 9시 20분이다. 그들이 여정을 시작할 때가 태양의 1시간쯤, 즉 아침 7시쯤이라고 본다면, 산에 오르고 영혼들의 무리를 만나고 만프레디와 대화를 하면서 두 시간 정도가 지났을 것이라고 추정할 수 있다.

4 우르비노의 공국령에 있는 작은 도시이다. 경사가 몹시 급한 산악 지형이다.

5 리구리아에 있는 도시로, 이곳에 도착하려면 기울어진 경사를 내려가야 한다.

6 에밀리아의 아펜니노 산맥에 있는 도시이다. 접근하기 어렵고 험하지만 유일한 길이다.

7 페리니 산의 정상의 이름이다.

8 원의 4분의 1은 90도이고 그곳 가운데에 이르는 선은 45도가 된다. 경사가 이 각도보다 높다는 것은 경사가 가파르다는 뜻이다.

9 게자리의 회귀선이 있는 북반구에서 동쪽을 바라볼 때 태양은 바라보는 사람의 오른쪽(남쪽)에서 떠오르는 것을 볼 수 있다. 그러나 반대편 산양자리의 회귀선이 있는, 현재 단테가 있는 남반구에서 동쪽을 바라볼 때 태양은 바라보는 사람의 왼쪽(북쪽)에서 올라오는 것을 볼 수 있다.

10 제우스와 레다 사이에서 태어난 자식들이다. 별자리에서는 쌍둥이자리이다.

11 쌍둥이자리가 지금 태양과 같은 자리에 있다면(거울을 동반한다.), 즉 지금이 하지라면 북쪽(곰자리)으로 더 가까이 회전하는 황도대의 붉게 물든 부분(홍옥색의 황도대)을 볼 수 있다는 말이다. 즉, 단테는 춘분 무렵에 여행을 하고 있는

데 만약에 하지일 때 했다면 북쪽으로 더 가 있는 태양을 보았을 것이라고 말한다. '빛을 위아래로 비추는 거울'의 의미는 두 반구의 적도에서 위아래, 즉 태양의 빛이 두 반구에서 떠오르고 지고 있다는 의미이다.

12 예루살렘에 있는 산 이름이다.

13 연옥에 있는 정죄산(淨罪山)이다.

14 낮의 태양(파에톤의 전차)의 길은 이곳(연옥의 정죄산)에서는 이쪽(보는 사람의 왼쪽), 즉 북쪽으로 향하여 지나가며, 저곳(예루살렘의 시온 산)에서는 저쪽(보는 사람의 오른쪽), 즉 남쪽을 향하여 지나간다.

15 연옥의 중심과 예루살렘의 중심은 정반대편에 있다. 그래서 여기 연옥에서는 태양이 북쪽에서 보이지만 예루살렘에 있는 사람들, 즉 히브리 사람들은 따뜻한 쪽, 즉 남쪽에서 태양이 보인다.

16 피렌체 사람으로 산 프로콜로 구역 시민이다. 산 마르티노에 있는 알리기에리의 집과 가까이에 살았다. 이름은 두초 디 보나비아이고 벨라콰는 별명이며 류트를 제작하는 사람이었다. 1298년에는 살아 있었고 1302년에는 이미 죽은 것으로 추측되며 게으른 것으로 유명했다.

17 참회를 하며 쉬는 한숨, 즉 회개를 의미한다.

18 이쪽 연옥에서 자오선에 이르렀을 때 정오가 되는 것이고, 반면 모로코, 즉 카디스의 지역(가장 서쪽인 곳)은 밤이 된다. 밤을 의인화해서 모로코 해안에 밤이 되었다는 것을 말한다.

제5곡

1 〈시편〉 50편에 나오는 첫 구절로 기독교 예식에서 많이 알려진 것 중 하나이다. 탁월한 회개의 시편으로 다윗 왕이 자기의 죄에 대해 하느님에게 용서를 구하는 기도이다.

2 떨어지는 유성이나 여름의 번개를 가리키는데, 이 두 현상은 중세 과학에서는 수증기가 불타 생기는 것으로 보았다.

3 야코포 델 카셀로를 말한다. 파노의 구엘파의 유명한 가문 출신으로, 1260년에 태어났고 정부와 군부에서 요직을 역임했다. 1288년 아레초와의 전쟁에서 피렌체를 도우러 온 마르키지아의 구엘파와 함께했다. 1296년 볼로냐의 집정관이었으며, 볼로냐를 시매하려고 하는 에스테 가문이 아주 8세와 적이 되었다. 1298년 밀라노 행정 장관직으로 불려 가던 중 에스테의 영토 페라라를 피하기 위해 바다를 통해 베네치아에 가서 한때 롬바르디아의 영토였던 파도바

를 지나가려고 했다. 베네치아와 파도바 사이에 있는 오리아고에 도착했을 때 파도바 사람들의 동의하에 후작이 보낸 자객들에 의해 살해당했다. 시체는 다시 파노로 옮겨져 산 도메니코 성당에 묻혔다.

4 1300년대에 아농의 카를로 2세가 지배했던 나폴리 남쪽 왕국을 말한다.

5 북쪽으로는 로마냐와 남쪽으로는 나폴리 사이에 있는 마르케의 앙코나 지역을 말한다.

6 파도바의 영토를 가리킨다. 전설에 의하면 트로이의 장군 안테노르가 파도바를 건설했다고 한다. 하지만 단테는 안테노르를 배신자의 원형이라고 보았다. 그것은 야코포가 믿었던 파도바 사람들이 그를 배신하고 아초 8세와 손을 잡고 야코포를 죽였다고 생각하기 때문이다.

7 에스테 가문의 아초 8세를 말한다. 단테는 그를 항상 경멸하는 어조로 표현했다(〈지옥〉 12곡 111~112행).

8 베네치아와 파도바 사이에 오리아고에서 멀지 않은 도시.

9 〈지옥편〉(27곡)에서 단테가 지옥에서 만난 사람으로, 사기죄로 벌을 받고 있는 귀도 다 몬테펠트로의 아들, 본콘테이다. 그는 1250년경에 태어나서 아버지에게 전쟁에 대한 교육을 받고 영향력 있는 지휘관이 되었다. 1287년 아레초에서 구엘파 사람들을 쫓아내었고 1288년 시에나를 상대로 토포에서 피에베의 기습을 지휘했다(〈지옥〉 13곡 121행). 1289년 단테도 참전한 캄팔디노 전투(〈지옥〉 22곡 1~6행)에서 부상을 입고 도망치다 죽었다. 그의 시신은 발견되지 않았다고 한다.

10 본콘테의 아내와 그의 가족을 말한다. 후에 그의 형 페데리코는 1300년에 아레초의 집정관이 되었으나 어느 누구도 그를 기억하지 않았다 한다.

11 1289년 6월 11일에 기벨리나와 구엘파 사이에서 전투가 벌어졌던 발다르노의 벌판이다.

12 아르키아노 강은 카센티노를 지나면서 아르노 강으로 합류하여 흐르며 이름이 바뀐다.

13 아르노 강을 말한다. 바로 바다로 흘러 들어가는 강들을 '왕의 강'이라고 불렀다.

14 죽는 순간에 팔을 엇갈려 가슴 위에 십자가 모양을 만들었다.

15 물이 불어나 흐르면서 휩쓸고 다니는 돌이나 나무 등 퇴적되는 쓰레기를 의미한다.

16 이 영혼의 신원은 확실하지 않다. 그러나 고대 주석가들에 따르면, 시에나의 톨로메이 가문의 사피아라는 여인이라고 추측한다. 마렘마의 넬로 판노키에스키와 결혼하였는데, 그는 1284년 탈리아 구엘파 대표였으며 1322년까지 그의 행적이 알려졌다. 그녀는 남편에 의해서 마렘마의 한 성의 창문에서 떠밀려 살해되었다고 추측된다. 이유는 남편의 질투심 때문이라고도 하고 넬로 판

노키에스키가, 1297년에 로프레도 카에타니와 결혼이 깨진 마르게리타 말도 브란데스키와 결혼하려고 했기 때문이라고도 한다.

제6곡

1 원래 아랍의 주사위 놀이이다. 중세 시대에 도시의 광장이나 길에서 탁자나 식탁 등을 기대어 놓고 놀이를 했다고 한다. 세 개의 주사위를 던지고 그 주사위의 조합의 수를 맞추는 것이다. 이때 던지면서 '차라'라고 외쳤다고 한다. 차라는 '0(아무것도 아님, 없음)'의 뜻을 가진다.

2 도박에서 이겨 돈을 딴 사람.

3 발다르노의 베닌카사 다 라테리나이다. 벤베누토에 따르면 그는 유능한 법학자였고 볼로냐에서 법학 박사였다고 한다. 그가 시에나에서 사법관으로 있는 동안 기노 디 타코의 형제와 삼촌을 사기 강도와 폭력으로 사형선고를 내렸다. 그래서 기노는 라테리나가 로마 법정에 있었을 때 그를 살해하고 머리를 잘라 도망쳤다고 한다. 기노 디 타코는 도시에서 추방된 시에나의 귀족이었고 마렘마에서 라디코파니의 성에 정착했다. 그는 노상강도였고 아마도 1303년에 죽은 것으로 추측된다. 보카치오의 《데카메론》(X 2)에 등장한다.

4 옛 주석가들에 의하면 이 영혼은 아레초 기벨린당의 대표 피에트라말라의 구초 데이 타를라티라고 한다. 피에트로, 벤베누토에 따르면 구엘파 보스톨리 군대에 쫓겨 물에 빠져 죽었다고 한다.

5 카센티노의 백작 귀도 노벨로의 아들이다. 피에트라말라의 타를라티를 도와주어 1289년 혹은 1291년에 비비에나에서 아레초의 보스톨리의 군대에 의해서 죽임을 당했다.

6 13세기 중반에 피사에서 영향력을 행사하던 사람이다. 많은 중요한 공공기관에서 임무를 맡다가 갑자기 1286년 프란체스코 수도회의 수도사가 되었다. 마지막 10년간을 피렌체의 산타 크로체에 있었는데 그곳에서 단테와 만난 적이 있다. 1300년쯤에 사망했다. 아들의 죽음은 그를 더 강하게 보이게 했다. 그 이유는 옛 주석가들에 따르면 그가 아들이 죽었을 때 복수를 하지 않고 평화를 지키는 것으로 기독교인의 인내를 보여 주며 아들의 장례를 치렀기 때문이다.

7 가노 델리 스코르니시아니는 마르후고의 아들이다. 다른 주석가들은 이 영혼이 가노의 형제인 파리나타 델리 스코르니지아니라고 보기도 한다. 〈지옥〉(33곡 13행)에서 언급되었듯이 도시의 패권을 두고 다투는 동안 1288년 니노 비스콘

티의 당파에 속했다는 이유로 백작 우골리노에 의해서 죽임을 당했다.

8 만고나의 백작 나폴레오네 델리 알베르티의 아들이다. 나폴레오네는 형인 알렉산드로와 서로를 죽였다(〈지옥〉 32곡 55-60행). 오르소는 그의 사촌, 알렉산드로의 아들 알베르토에 의해 죽임을 당했다. 알베르토는 조카 스피넬로에 의해서 죽임을 당한다.

9 투랜의 귀족으로 프랑스의 왕 필리프 3세의 주치의이다. 필리프 3세는 그를 왕궁의 최고 책임자로 임명하였는데 그는 1276년 왕위 계승을 해야 하는 첫 번째 여왕의 아들이 죽자 두 번째 여왕 마리아 디 브라반테가 독살하였다고 고발하였다. 이에 원한을 품은 마리아 디 브라반테는 1278년에 그를 배신의 죄명으로 교수형에 처하도록 했다.

10 단테는 이 피에르의 죽음이 브라반테의 여인 마리아에게 책임이 있다고 생각하여 지옥에 빠지지 말라고 경고하는 것이다.

11 베르길리우스의 《아이네이스》(VI 376)에 나오는 글이다.

12 죽은 자들을 위해 산 사람들이 드리는 기도가 하느님의 심판에 영향을 어느 정도 준다지만 하느님의 높은 심판의 정의는 엄격하게 행사된다는 의미이다.

13 그리스도가 오기 전, 이교도는 기도가 하느님께 닿지 않는다고 생각하여 기도의 효력이 없다고 생각했다.

14 소르델로는 가장 위대하고 유명한 이탈리아 음유시인이다. 그는 12세기 말경에 만토바의 고이토에서 가난한 귀족 가문에서 태어났다. 어린 시절은 북쪽 근경에서 보냈고 에스테의 아초 7세가 있는 페라라, 산 보니파초 가문의 리카르도가 있는 베로나, 그리고 로마노가 있는 트레비소에서 살았다. 로맨틱한 모험과 관련된 그의 연인들도 유명하다. 트레비소에서 스트라소 가문의 오타와 만나 사랑에 빠져 결혼했는데 이 일로 인해 여러 가문의 미움을 사서 이탈리아를 떠나야 했다. 음유시인이 되어 스페인과 남부 프랑스 일대를 방랑했으며 1237년경에 프로방스의 레이몽 베렝가르 4세의 궁정에 정착했다. 후에 앙주의 샤를과 사귀게 되어 그와 함께 1265년 이탈리아로 돌아왔으며 그해 샤를은 나폴리와 시칠리아의 샤를 1세가 되었다. 1,325행의 교훈시 〈명예의 엔센하멘〉, 연애시와 풍자시가 주류를 이루는 42편의 서정적 작품을 썼다. 단테는 여기서 그를 애국적 자부심이 강한 인물로 묘사했다.

15 배의 비유는 이미 플라톤의 《국가》(VI iv 488 이하)와 아리스토텔레스의 《정치학》(III iv 1276 b)에서 언급되었다. 여기서 다시 한번 이 비유를 사용하여 단테는 황제의 지휘 없이 흔들리는 정치인들을 맹렬하게 비판한다.

16 고삐는 동로마제국의 유스티니아누스 황제가 만든 〈로마법전〉을, 안장은 잘 정비된 법을 유능하게 다스릴 군주를 의미한다. 즉, 이러한 법전을 만들고도 유능한 군주가 없다면 소용이 없다는 뜻이다.

17 교회의 사람들, 즉 교황이나 추기경을 말한다.

18 〈마태복음〉 22장 21절의 "카이사르의 것은 카이사르에게 하느님의 것은 하느님께 바치라."를 암시한다.

19 이탈리아를 의미한다.

20 오스트리아 합스부르크가의 알브레히트 1세를 가리킨다. 1298년 황제로 선출되었다. 1308년에 스베치아의 군주 조반니의 배신으로 죽임을 당했다. 그는 그의 아버지 루돌프처럼 이탈리아에 오지도 않고 그저 독일 통치에만 전념하며 이탈리아를 돌보지 않았다.

21 루돌프 1세의 아들인 알브레히트 1세는 암살당하고 큰아들은 병으로 스물여섯의 나이에 죽고 만다. 그래서 단테는 그의 가문에 정당한 심판이 하늘에서 떨어졌다고 했다.

22 룩셈부르크의 하인리히 7세를 말한다. 1308년 11월 27일에 왕으로 선출되었다. 아마도 이 구절을 썼을 때 단테는 이미 그가 선출된 것을 알고 있었던 것으로 추정된다. 여기서 알 수 있는 것은 그가 이탈리아로 내려오려는 의지를 표명하지 않았던 것이다.

23 루돌프 1세와 알브레히트 1세는 독일 지역에만 관심을 갖고 통치를 하였다.

24 단테는 루돌프 1세와 알브레히트 1세가 이탈리아를 돌보지 않고 포기했다고 생각했다.

25 몬테키는 베로나 가문, 카펠레티는 크레모나 가문을 말한다. 이 가문들은 세익스피어의 〈로미오와 줄리엣〉에 등장하는 원수 가문들로 13세기 중반까지 롬바르디아 지역을 혼란스럽게 했다.

26 모날디는 페루지아의 가문이고, 필리페스키는 오르비에토의 가문인데 이 둘도 원수 가문들이다.

27 몬테 아미아타의 지역, 알도 브란데스코의 토지 소유물인 백작령이다. 이곳은 이탈리아에서 거대한 토지 소유물 중 하나이다. 알도 브란데스코는 토스카나의 남쪽 지역 모두를 지배했었다. 시에나와의 오랜 전쟁으로 백작령은 황폐해졌다.

28 로마의 황제 카이사르라기보다는 이탈리아를 통일할 군주를 가리킨다.

29 예수 그리스도를 말한다.

30 집정관 클라우디우스 마르켈루스를 말한다. 루카누스의 《파르살리아》(I 313)에서는 카이사르의 적대자로 나오는 반면 베르길리우스의 《아이네이스》(VI 855)에서는 2차 포에니 전쟁에서 시라쿠스의 정복자이고 나라의 구원자로 등장하고 있다. 단테는 그를 로미제국을 와해시킨 장본인이라고 생각해서 카이사르의 적대자로 묘사하고 있다.

31 아테네와 스파르타를 말한다. 그들은 처음으로 시민으로 살아가기 위한 법을

만들었고 민주주의 최초의 모범으로 간주된다.

32 정성스럽게 만들었으나 깨지기 쉬운 법을 만들었다는 의미이다.

《 제7곡 》

1 부둥켜안는 것이 낮은 자에 대한 존경의 표시라면, 소르델로가 베르길리우스에게 존경을 표하기 위해 붙잡은 곳은 가슴 아래 부분으로 무릎 혹은 허리 또는 발을 껴안았을 것이다. 이러한 비슷한 상황이 다시 〈연옥〉(21곡 130행)에 나오는데 스타티우스가 베르길리우스에게 존경을 표하기 위해 발을 껴안으려고 한다.

2 이 언어는 베르길리우스와 소르델로의 공통적인 언어를 생각한다면 이탈리아어라고 할 수 없고 라틴어라고 추측된다.

3 신학적인 세 가지 덕성은 믿음, 소망, 사랑을 말한다.

4 '안녕하세요, 여왕님'이란 뜻으로 성모 마리아에게 바치는 기도이다. 저녁기도 후에 소리 내어 낭독하는데 예수 그리스도를 볼 수 있는 자격을 달라고 간청하는 기도이다.

5 루돌프 1세는 1273년 독일과 이탈리아에서 선출된 왕이며 1291년에 죽었다. 주변국과의 이해관계로 독일을 다스리는 데만 전념했고 이탈리아에는 내려온 적이 없을 정도로 소홀했다고 한다. 그래서 제국의 통일을 이루지 못했기 때문에 단테는 그가 태만의 죄를 지었다고 생각한다. '다른 이를 통해 다시 살리려는 시도'에서 다른 이는 황제의 권한을 이탈리아에서 회복하려고 한 하인리히 7세를 암시한다고 하나 이 〈연옥〉편이 이 사건들이 종결되기 전에 쓰여서 이 부분은 논란이 되고 있다.

6 보헤미아의 왕 오토카르 2세이다. 그는 1253년부터 1278년까지 재위하였다. 루돌프 황제를 인정하지 않고 숙적이 되었다. 루돌프는 오토카르를 상대로 전쟁을 하였는데 오토카르는 전투에서 전사하였다.

7 보헤미아의 왕위를 물려받은 벤체슬라우스 2세를 말한다. 1270년에 태어났고 1278년에 보헤미아의 왕위를 물려받았다. 루돌프와 화해했으며 그 징표로 루돌프의 딸을 아내로 받아들였다. 1305년에 젊은 나이로 죽었는데 악습을 행한 것으로 알려져 있다.

8 나바라의 왕 엔리케 1세를 말한다. 1270년에 그의 형 데오발도 2세에게서 왕위를 물려받았다. 그의 딸 조반나는 프랑스의 미남 왕 필리프 4세와 결혼했다. 이것 때문에 나바라 왕국은 프랑스에 귀속되었다.

9 코가 작은 사람은 1270년부터 1285년까지 재위한 프랑스의 왕 필리프 3세를 가리킨다. 프랑스의 왕 루이 9세의 아들이며 샤를 앙주의 조카이고 미남 왕 필리프와 카를로 델 발로이스의 아버지이다. 1245년에 태어나서 아라곤의 페드로 3세에 패하여 도망치다가 1285년에 죽었다.

10 필리프 3세는 도망치다가 병으로 죽었다. '백합'은 파란색 바탕에 금색의 백합이 그려진 것으로 프랑스 왕가를 상징하는 문장이다.

11 가슴을 치는 자는 필리프 3세이고 한숨을 쉬는 자는 엔리케 1세를 가리킨다.

12 미남 왕 필리프 4세를 가리킨다.

13 샤를 앙주 1세를 가리킨다. 그는 강하고 다부진 코를 가졌다고 한다. 단테의 이야기에서 주요 인물 중 하나이다. 프랑스의 왕 루이 8세의 아들이며 루이 9세의 동생이다. 1220년에 태어나 프로방스의 백작의 딸 베아트리체와 결혼하였고 백작의 작위를 얻었다. 1265년에 교황 클레멘스 4세가 만프레디에 의해 점령되었던 나폴리를 재정복하기 위해서 불러들였다. 첫 번째는 벤베누토에서, 그다음으로 콘라딘의 타리아코초에서 승리를 거두어 권력을 얻었다. 그러나 시칠리아의 만종 사건으로 서시칠리아를 잃어버리고 그의 적수 페드로 3세가 죽은 같은 해인 1285년에 죽었다.

14 아라곤의 페드로 3세를 가리킨다. 1276년에 왕좌에 올랐고 만프레디의 딸 코스탄차와 결혼하였다. 그리하여 시칠리아 만종 사건 후에 시칠리아의 왕권을 받았다. 여기 〈연옥〉에서는 그의 적수인 샤를 앙주 1세와 함께 화음을 맞춰 노래 부르고 있다.

15 아라곤의 페드로 3세의 네 아들 중 첫 번째 아들 알폰소이다. 그는 아버지로부터 왕위를 계승했으나 1285년부터 1291년까지 6년밖에 통치하지 못했다. 스물일곱의 젊은 나이에 죽었다.

16 아라곤의 페드로 3세의 차남과 셋째이다. 형 알폰소가 죽자 차남 자코모가 왕위를 이어받아 1291년부터 1321년까지 재위하였다. 셋째 페데리코는 시칠리아를 유산으로 받아 1296년부터 1337년까지 통치하였다. 넷째 페드로는 아버지보다 먼저 아주 어린 나이에 죽었다.

17 인간의 덕성은 아버지에게서 자식에게로 물려지는 것이 드문 일인데 그 덕성은 하느님께서 인간 개개인에게 주는 것이기 때문이다. 이에 관해서는 샤를 앙주 2세의 장남 샤를 마르텔이 단테에게 왜 단 씨앗에서 쓴 열매가 나오는지에 대해 설명한다(〈천국〉 8곡).

18 아라곤의 페드로 3세를 가리킨다.

19 샤를 앙주 1세를 가리킨다. 여기서 풀리아와 프로엔차가 이미 슬퍼했다는 이야기는 페드로 3세의 아들들인 자코모와 페데리코가 그들 아버지의 능력에 미치지 못했으며 샤를 앙주 1세도 마찬가지라는 뜻이다. 그의 아들 샤를 앙주

2세는 그 아버지에 비해 왕의 자질을 갖추지 못했다고 한다. 그래서 그 지배 아래에 있던 풀리아와 프로방스 사람들은 1285년 샤를 앙주 1세가 죽었을 때 슬퍼했다고 한다.

20 코스탄차는 만프레디의 딸(〈연옥〉 3곡 115-116행 참조)이며 시칠리아와 아라곤 의 왕들의 어머니이고 아라곤의 페드로 3세의 부인이다. 베아트리체와 마르 게리타는 샤를 앙주 1세의 부인들로 베아트리체는 프로방스의 백작 라몽 베 렌게르의 딸이며 1267년에 죽었다. 마르게리타는 브르고뉴 영주의 딸로 1268 년 샤를 앙주 1세와 결혼해서 그의 두 번째 부인이 되었고 1300년에는 아직 살아 있었다. 나무는 씨앗보다 못하다는 이야기는 아버지에 비해 자식들의 자 질이 부족한 것을 말하고 코스탄차가 다른 여인들보다 더 남편을 자랑스럽게 여긴다는 것은 샤를 앙주 1세보다 페드로 3세가 더 낫다는 말이다.

21 헨리 3세로 1206년에 태어났다. 실지왕(失地王)으로 불리는 그의 아버지 존으 로부터 1216년에 왕위를 이어받았다. 인정은 많았으나 통치력이 부족한 왕 으로 1272년까지 재위하고 죽었다. 여기서 '단순한 삶'이라고 표현했는데 이것 은 여러 가지로 해석할 수 있다. 그를 겸손한 자 또는 착한 자로 평가하는 사람 도 있지만 소르델로는 용기가 없는 자로 평가했다. 빌라니는 단순하고 선한 심 성을 가졌으나 가치가 적은 자로 그를 평가했다. 아마도 단테는 두 가지 성격을 다 말한 빌라니의 해석을 묘사하고 싶었던 것 같다. 그리고 그가 혼자 앉아 있 는 이유는 그의 영토가 신성로마제국에 속하지 않았기 때문이라는 의견이 있 다.

22 열매는 헨리 3세의 아들 에드워드 1세를 암시한다. 1240년에 태어나 1272년 에 헨리 3세에게서 왕위를 물려받았고 1307년까지 재위하고 죽었다. 키가 컸 기 때문에 '다리 긴 왕'으로 불리기도 했으나 그가 영국의 법을 개혁했기 때문 에 '영국의 유스티니아누스'라고 불리기도 했다.

23 굴리엘모가 제일 낮은 곳에 앉은 것은 그의 계급과 권력이 그곳에 앉은 사람 들 중 가장 낮기 때문이다. 굴리엘모 7세는 1254년부터 1292년까지 몬페라토 의 후작으로 있었으며 '긴 칼'이라고도 불렸다. 그는 밀라노까지 그의 영토를 확 장하였으나 알렉산드리아에서 일어난 반란을 진압하지 못해 결국 죽을 때까지 철창에 갇혀 있었다. 후에 그의 아들 조반니가 복수를 하고자 알렉산드리아에 대항하여 싸웠기 때문에 몬페라토와 카나베세의 두 지역 사람들을 고통스럽게 했다. 몬페라토는 포 강의 오른쪽 강변에서 알피노 리구레까지 퍼져 있으며 카 나베세는 포 강의 왼쪽 강변부터 알프스 카라이까지 퍼져 있다.

제8곡

1 '빛이 끝나기 전에 너는(하루가 끝나기 전에 너는)'이란 의미로 성 암브르조의 찬송의 시작 부분이다. 오늘날까지도 로마교회에서 불리고 있다. 하느님에게 밤의 유혹으로부터 보호를 요청하는 그날의 마지막 기도이다.

2 단테는 〈지옥〉(9곡 61~63행)에서처럼 그가 나타난 장면에 집중하게 하기 위하여 독자들을 재촉한다. 다른 경우, 글의 비유적인 너울 아래에 있기에 너울의 중요성을 숨겼다. 그러나 이번에는 이 너울이 너무 얇아서 거의 투명하기에 쉽게 통과한다고 했다. 이 말은 비유의 너울이 너무 얇아서 진실을 보지 못하고 그냥 지나치기 쉽다는 말이고 그래서 독자들을 재촉하여 진실에 눈을 집중하라고 한다.

3 두 천사가 갖고 있는 불에 달구어진 칼은 아담과 이브가 에덴에서 쫓겨난 후 에덴의 입구를 지키는 지의천사(아홉 천사 중 제2위에 속하며 지혜가 뛰어난 천사) 손에 있는 것이다. 왜냐하면 인간은 더 이상 에덴으로 들어갈 수 없기 때문이다. 반면 여기의 두 천사는 뱀을 쫓아내고 영혼들을 그 꽃밭의 계곡에 머물 수 있게 한다. 롬바르디에 따르면 칼이 짧게 잘린 것은 그리스도의 죽음 후, 그 출구가 인간에게 다시 열렸기 때문이라고 본다. 그리스도의 죽음 후, 뱀은 영원한 패자가 되었고 상징의 칼은 뱀을 쫓아내는 것으로 충분하다고 할 수 있다. 다른 주석가인 라나와 많은 옛 주석가들은 칼은 하느님의 심판의 상징이고 칼이 짧게 잘린 것은 하느님의 자비의 상징이라고도 본다.

4 희망의 색으로, 구원의 천사들의 날개와 옷의 상징이다.

5 거리가 멀어서 정확하게 보이지 않았던 것이다.

6 피사 사람으로 이름은 우골리노 비스콘티이다. 조반니와 게라르데스카의 백작 우골리노의 딸의 아들이다. 사르데냐의 갈루라에서 판사를 했기에 그를 갈루라의 판사라고 불렸다. 1285년 기벨린당의 할아버지와 함께, 구엘파 당의 대표자로 피사의 정부에 참여하였다. 그러나 그는 곧 추방당하였는데 우골리노와 대주교 루지에리 사이에 합의에 의한 것으로 보인다(〈지옥〉 33곡 13행 참조). 구엘파 추방자들의 대표였고 1288년부터 1293년까지 5년 동안 피사와 전쟁을 하였다. 토스카의 구엘파 탈리아의 대장이었던 해에 피렌체 구엘파에 여러 번 방문했다. 그곳에서 캄팔디노 전투에 참전한 단테를 알게 되었을 것이다. 피사와 구엘파 사이의 푸체키노의 평화 후 니노는 도시에 다시 들어갈 수 있었으나 밖에 남길 더 원했다. 피사에서는 기벨린당이 더 우세했기 때문이라고 한다. 1296년에 사르데냐에서 죽었다.

7 비스콘티의 유일한 딸이다. 1300년에 그녀는 아홉 살이었다. 아버지의 죽음으로 어머니를 따라 망명했다. 1308년 아직 어린 나이에 트레비조의 영주 카

미노의 리자르도와 결혼하였다. 음모로 남편이 죽자(〈천국〉 9곡 49-51행 참조) 1312년에 과부가 되었다. 1339년보다 앞서 피렌체로 갔는데, 구엘파 당에 대한 아버지의 공훈으로 보조금을 받아 생활을 할 만큼 가난하게 살다가 그곳에서 죽었다.

8 에스테가의 베아트리체이다. 오비초 2세의 딸이다. 니노의 죽음으로 페라라로 돌아왔다. 1300년에 밀라노의 영주 갈레아초 비스콘티와 결혼했다. 1302년 비스콘티가 쫓겨나자 그를 따라 망명했으며 빈궁하게 지냈다. 아들 아초가 실권을 다시 잡자 베아트리체는 밀라노로 다시 돌아갔으며 1334년에 죽었다. 니노는 아내의 배신에 기분이 상했으면서도 아내에 대한 연민 같은 것을 느끼는 어투로 말한다. 이 시대의 과부들은 하얀 너울을 쓰고 다녔다. 베아트리체는 새로 결혼을 하자 하얀 너울을 벗었다.

9 권력을 유지하던 갈루라의 비스콘티의 군대(문장은 '수탉')가 했던 것처럼 권력을 잃어버린 밀라노의 비스콘티의 군대(문장은 '독사')는 그녀의 무덤을 아름답게 지키지 못한다는 말이다. 그녀의 무덤은 독사와 수탉 문장으로 장식되었다고 한다.

10 아침에 보았던 네 개의 별이 기본적인 덕성인 신중, 정의, 용기, 절제를 상징하듯이 세 개의 별은 신학적인 덕성인 믿음, 소망, 사랑을 상징한다. 몇몇 주석가들은 이 별자리가 시인의 상상의 별자리가 아닌 실제 별자리인 아르고자리라고 생각했다. 네 개의 별은 아침에 걸맞게 활동적인 생활에 적합한 덕이며 세 개의 별은 밤에 잘 맞는 관조적인 것에 적합한 덕이다.

11 페데리코 1세의 아들 코라도이다. 옛사람인 코라도는 오비초 2세의 아들이고 적어도 1253년까지 살았다고 한다. 단테는 망명 중에 말라스피나 가문의 신세를 진 적이 있다고 한다.

12 '7년이 지나기 전'에라는 의미이다.

제9곡

1 티토노스는 라오메돈의 아들이고 트로이의 왕 프리아모스의 형제이다. 새벽의 여왕 아우로라(오로라 혹은 에오스)는 그에게 사랑에 빠져 그를 납치하여 에티오피아로 갔으며 그의 아내가 되었다. 아우로라는 티토노스에게 영생을 주도록 제우스에게 청하고 제우스는 그 청을 들어주었지만, 영원한 젊음을 유지하게 해 달라는 청을 잊고 하지 못해서 티토노스는 결국 점점 노쇠하게 되었고 나중에는 매미로 변했다고 한다.

2 원래 그날의 하늘에 있는 별자리는 춘분의 아우로라를 동반한 물고기자리라고 보는 경우가 많다. 그러나 여기 구절에서 보듯이 '꼬리로 사람을 치는 냉혈동물'은 물고기자리를 나타내기보다는 전갈자리를 나타내는 것이 맞을 것이고, 또한 이 물고기자리는 〈연옥〉(1곡 21행)에서 말한 것처럼 아침의 수평선에서 보일 때 환하게 빛나지 않는 반면 전갈자리는 새벽에 환하게 비춘다. 그래서 새벽에는 전갈자리가 더 잘 어울린다고 단테는 생각한 것 같다.

3 밤의 시간에서 지난 시간을 말한다. 밤의 시간대는 저녁 6시부터 자정까지, 그리고 자정에서부터 동트기 전의 6시까지이다. 두 걸음은 밤 8시를 말하고 세 번째 걸음이 날개를 접고 있다는 말은 거의 밤 9시에 도달하고 있다는 의미이다.

4 이 일은 전날 밤의 일이다. 1~6절까지 보면 새벽 시간을 알리고, 7~12절을 보면 그 전날 밤의 시간을 알리며, 시간의 이중성을 나타낸다. 1~6절을 보면 아침 6시 조금 전임을 알 수 있는데 이것은 이탈리아의 시간이고 이 시간과 일치하는 연옥의 시간은 밤 9시를 향해 간다. 이것은 다음과 같이 계산된다. 연옥과 정반대에 있는 예루살렘의 시간은 아침 9시쯤 되어 갈 것이고 예루살렘보다 3시간 느린 이탈리아는 아침 6시가 좀 안 되는 시간으로 추측된다. 이렇게 시간의 이중성을 교차함으로써 동시에 두 공간에 존재하며 여행했던 과거와 이탈리아에 있으며 그것을 기억하는 현재를 보여 주고 있다.

5 여기서 말하는 제비는 오비디우스의 《변신 이야기》(VI 412 이하)에서 나오는 이야기를 가져온 것이다. 아테네의 왕 판디온의 두 딸인 프로크네와 필로멜라의 이야기인데 프로크네의 남편, 트라키아의 왕 테레우스가 그녀의 동생 필로멜라를 겁탈하였고 이것을 폭로할까 두려워 혀를 잘랐으나 필로멜라는 자신의 사연을 옷감에 수를 놓아서 프로크네에게 알렸다. 이에 프로크네는 자신의 아들이 남편 테레우스와 너무 닮은 모습에 분노하여 아들을 죽여 테레우스에게 식사로 대접했다. 자기가 먹은 것이 그 아들인 것을 안 테레우스는 화가 나서 두 자매를 죽이려고 하나신들이 그녀들을 제비와 꾀꼬리로 변신시킨다. 단테의 〈연옥〉(17곡 19~20행)에 따르면 필로멜라가 제비라고 하나 전통적인 신화에서 더 많이 알려진 것은 필로멜라가 꾀꼬리로 변신하고 프로크네는 제비로 변신한 것이다. 테레우스는 후투티로 변신하였다고 한다.

6 전통적으로 중세 시대에는 영혼이 민감한 인상으로부터 제일 멀어질 때인 새벽에 꾸는 꿈이 예언의 능력이 있다고 믿었다(〈지옥〉 26곡 7행 참조). 단테는 아비켄나의 학설에서 영향을 받은 것으로 보인다(나르디의 《논문과 주석》 p.56과 라이몬드의 《은유》 p.100 참조).

7 로마 황제의 성스러운 상징으로 《신곡》에 항상 나온다. 여기서는 루치아의 모습으로 소개된다(같은 곡 55~57행).

8 그는 트로스와 칼리로에의 아들이며 일로스, 아사라코스와는 형제지간이다. 가니메데스는 인간 중에서 가장 아름다운 용모를 지녔으므로 제우스가 그에게 연정을 품었다. 제우스는 독수리의 모습을 하고 그를 납치해 천상으로 데려가서 신들의 술을 따르는 시종으로 삼았다고 한다(오비디우스의 《변신 이야기》 X 115-161과 베르길리우스의 《아이네이스》 V 254-255).

9 아킬레우스의 어머니 테티스는 아들의 스승인 케이론이 아킬레우스를 돌보던 테살리아에서 잠자고 있던 아들을 데리고 와서 스키로스 섬에 숨겼다. 트로이 전쟁에 연루되지 않게 하기 위해서였다. 오디세우스가 그를 속여(〈지옥〉 26곡 61-62행 참조) 아킬레우스의 신분을 밝히고 그를 트로이 전쟁으로 이끌었다.

10 스타티우스의 《아킬레우스》(I 247 이하)에서 영감을 얻어 쓴 부분으로, 아킬레우스가 잠이 든 채 어머니 품에서 스키로스 섬으로 옮겨 온 후 잠에서 깨어 모든 새로운 것에 놀라는 모습을 묘사하였다.

11 시라쿠사의 성모이다. 이 시의 시작에서도 등장했으며 단테를 구원하려는 마음을 가진 복된 세 명의 여인 중 하나이다(〈지옥〉 2곡 97행 이하). 루치아는 은총을 상징하는 성녀이며, 단테를 돕기 위해 두 번 나타난다. 첫 번째는 죽음의 숲과 경사지 사이에서였고 두 번째는 연옥의 문 앞에서이다.

12 연옥의 입구는 회개의 성사를 의미하므로 이 세 계단 역시 회개의 요소를 의미한다(토마스 아퀴나스의 《대전》과 피에트로 롬바르도의 《주석》 참조). 첫 번째 계단에서 하얀 대리석은 모든 죄를 낱낱이 비추는 양심을, 두 번째 계단은 그 죄에 대한 고백을, 세 번째 계단은 죄에 대한 형벌을 달게 받으려는 선한 의지를 말한다.

13 세 가지의 죄, 갈망하고 말하고 행동하는 데에 대한 죄를 반성하는 것을 말한다.

14 이탈리아어로 죄는 'peccato'라고 쓰는데 그 첫 글자 P자를 이마에 새긴 것이다. 7번의 둘레를 지나면서 하나씩 없어질 것이다. 일곱 개의 P는 교만, 시기, 분노, 나태, 탐욕, 탐식, 욕정을 가리킨다.

15 이것은 성경에 나오는 롯의 아내가 소돔에서 나올 때, 뒤를 돌아보지 말라는 경고를 무시하고 뒤를 돌아봄으로써 소금 기둥이 되어 버린 이야기(〈창세기〉 19장 26절)와 지옥에서 나오면서 뒤를 돌아보아 부인을 잃어버린 그리스 신화의 오르페우스와 에우리디케의 이야기와 〈누가복음〉 9장 62절과 관련되어 있다. 예전의 것, 즉 땅의 소유물(죄)에 집착해서 다시 돌아보는 자는 죄를 용서받는 은혜를 잃어버린다는 말이다.

16 단테는 이 문의 중요성과 소리의 질을 잘 표현하기 위해서 루카누스의 《파르살리아》(III 153-155)를 인용한다. 카이사르는 루비콘 강을 건너 로마로 들어오고 나서 타르페이아라는 절벽에 있는 사투르누스 신전의 보물을 가지려고 했

다. 호민관 메텔루스는 이를 반대하고 저지하려고 했지만 메텔루스의 동료 코타가 소용없는 저항이라고 설득하여 메텔루스를 멀리 보내고 카이사르는 성전의 문을 열었다고 한다.

17 하느님에게 감사를 드리는 엄숙한 찬송가이다. 큰 축일이 있을 때 로마교회에서 오늘날까지도 사용한다. 단테는 구원의 왕국에 들어온 영혼이 있는 곳, 연옥에서 이 노래를 상상한다. 이 말은 '하느님이여, 우리는 당신을 찬양합니다.'란 뜻이다.

제10곡

1 여행을 시작했을 때 달은 만월이었다(〈지옥〉 20곡 127행 참조). 그때보다 4일이 지났고 하현에 있기 때문에 달은 이지러졌다. 만월에서 4일이 지나고 약 4시간 후면 달이 지고 해가 뜬다(만월일 경우, 해가 뜰 때 정확하게 달이 지고 달은 해에 비해 매일 약 50분씩 늦게 진다.). 그래서 지금은 아침 10시쯤이라고 추정할 수 있다.

2 기원전 5세기 그리스의 유명한 조각가이다. 동시에 페이디아스의 경쟁자이기도 했다. 그를 칭송하는 라틴 작가들을 통해서 중세 시대에 알려졌다.

3 천사 가브리엘을 말한다. 가브리엘은 하느님이 이스라엘 민족이 고대하던 구세주를 보내기로 결정하고 마리아에게 성령으로 잉태하였음을 알리러 왔다.

4 34–45행은 성모영보의 장면으로(〈누가복음〉 1장 26–38절 참조), '아베'란 뜻은 〈누가복음〉(1장 28절)에 보면, '은혜를 받은 자여, 평안할지어다. 주께서 너와 함께하시는도다.'란 의미로 마리아에 대한 천사 가브리엘의 인사이다. 그리고 전에 인간에 의해 닫혀 있던 하느님의 사랑의 문을 열기 위해 열쇠를 돌리는 여인은 동정녀 마리아를 말한다.

5 가브리엘이 전하는 소식에 대한 마리아의 대답으로 〈누가복음〉(1장 38절)에 나오는 구절이다.

6 구약성경 〈사무엘 하〉(6장 1–7절)에 나오는 다윗의 이야기로 하느님의 성궤(하느님이 모세에게 만들도록 한 것, 〈출애굽기〉 24–25장 참조)를 다윗성으로 가져오는 도중에 생긴 일들을 묘사한 것이다. 이 성궤는 황소가 끄는 수레에 실리고 야효와 웃사라는 사람이 몰았는데 나곤의 타작마당에 이르러 소들이 뛰니 그때 웃사가 손을 들어 하느님의 성궤를 붙들였다. 하느님이 진노해서 바로 그곳에서 웃사를 치니 웃사가 그 궤 옆에서 죽었다. 이 성궤는 제사장들만 만질 수 있기 때문이다.

7 사실 조각이기 때문에 귀로는 들리는 게 전혀 없지만 눈으로 보았을 때는 노래를 정말 부르는 것처럼 그 조각상들이 실제같이 너무나 생생하다는 의미이다.

8 이스라엘 왕 다윗을 말한다. 그는 성궤가 다윗성에 도착했을 때 기뻐서 옷을 벗어 던지며 춤을 추었다고 한다(〈사무엘 하〉 6장 12–15절).

9 미갈은 이스라엘의 초대 왕 사울의 딸이며 다윗의 아내이다. 다윗이 춤을 추었을 때 그것을 성의 창문에서 보고 다윗을 업신여겼고 그로 인해 죽는 날까지 자식이 없었다(〈사무엘 하〉 6장 16–23절).

10 교황 그레고리우스 1세는 트라야누스 황제의 덕에 감동하여 이미 죄인으로 선고된 트라야누스의 영혼을 구원하기 위해 기도했다고 한다. 그리하여 기도로 하느님의 결정을 바꾸는 위대한 승리를 했다는 말이다. 단테는 이것을 믿었고, 황제는 정의로운 영혼들 사이, 다윗 왕 옆에 앉아 있다(〈천국〉 20곡 43–48행).

11 98년부터 117년까지 로마의 황제였고 오현제 중 한 사람이다. 로마제국의 영토를 최대 판도로 넓혔다. 그는 정의롭고 자비를 베푼 황제로 알려졌으며 그에 대한 일화는 많이 전승되었다.

12 73–93행에 나오는 이 장면은 황제 시대의 로마 건축물에서 볼 수 있다. 위대한 황제 앞에 무릎을 꿇고 있는 가엾고 작은 여인의 형상이 있는데, 이 과부는 로마 지배하에 있는 지역의 상징으로 볼 수 있다. 이 시대에는 과부가 가장 낮은 계층으로서 그 누구로부터도 보호받을 수 없는 대상인데, 자비롭고 정의로운 황제가 그러한 과부의 부탁을 들어준다는 내용의 일화를 새겨 놓은 것이다. 그레고리우스 교황은 아마도 이 개선문에 새겨진 조각을 보고 감동을 받아 그를 위해 기도를 하지 않았을까 한다.

13 하느님을 가리킨다.

14 그들의 정신적인 눈이 병들어 앞이 보이지 않고, 앞으로 간다고 믿으나 뒤로 간다는 말로, 세상의 이익과 명예 등을 찾으며 좇는다는 의미이다.

15 로마와 그리스의 건축물에서 사용되었고 설교대나 문에서 자주 볼 수 있는 기둥의 형상이다.

제11곡

1 토스카나 지역에서는 알도브란데스코 가문이 커다란 영향력을 가지고 있었다. 일데브란디노의 아들 굴리엘모는 소아나의 첫 백작이었다. 그는 시에나

의 코무네에게는 잔인한 적이었지만 그의 영토에서는 용감하고 도량 넓은 주인으로 명성이 높았다. 1254년에 죽었으나 단테가 젊은 시절에도 토스카나에서는 그의 명성이 기억되고 있었다.

2 모든 인간의 태생은 같다. 많은 사람들은 신이 인간에게 생명을 불어넣었던 흙을 가리킨다고 하는데, 아마도 제일 많이 해석된 것으로는 모든 사람의 어머니인 이브를 가르킨다고 보는 견해일 것이다.

3 아들 움베르토 알도브란데스코는 아버지의 정책을 계속해서 이어 나갔다. 1259년에 캄파냐티코 근처에서 시에나와 전투하다 전사했다. 위대한 가문에서 태어나 오만을 상징하는 인물로 단테가 선택한 움베르토는 이전에 저지른 오만과 죄에 대해 회개하고 그 값을 치르고 있는 인간의 모습을 보여 준다.

4 프랑스어이며 세밀화란 뜻이다.

5 단테 시대에 유명한 세밀화가. 구비오에서 태어났으며 1268년에서 1271년까지 볼로냐에 머물며 일을 하였고 1295년에 로마로 갔으며 1299년에 죽었다. 바사리의 견해에 따르면 교황에게 인도되어 도서관에 있는 많은 책들의 세밀화를 그렸다고 한다. 로마에 있는 성 베드로 성당의 사제관에 오데리시가 작업하고 세밀화를 그린 두 개의 훌륭한 미사 전서가 보존되어 있다.

6 13세기 후반에서 14세기 초반에 활동한 세밀화가이다.

7 치마부에를 일컬어 페포의 조반니 혹은 페포의 첸나라고 했다. 1240년경에 태어나 1300년 초반에 죽었다고 한다. 조토의 스승이며 피렌체파 화가의 스승으로 일컬어지고 있다. 그의 작품은 비잔틴 예술의 전통을 이어받았으며 우아함, 자연스러움, 현실감 등이 깃들어 있다. 작품으로 산프란체스코 성당의 〈십자가형〉 〈묵시록〉 〈성모〉 등의 벽화가 있고 피렌체의 산타 크로체의 〈십자가형〉과 산타 트리니타의 〈성모〉가 있다.

8 조토 디 본조네는 1266년에 태어나 1337년에 죽었다. 토스카나의 위대한 그림의 창조자라고 불리는 피렌체의 화가이며 단테의 친구이기도 하다. 치마부에게게서 미술을 배웠고 이탈리아 르네상스 미술의 선구자 중 한 사람으로서 비잔틴 양식에서 벗어나 르네상스 미술의 선구자로서 피렌체파를 형성하였다. 투시법을 사용하여 공간 묘사를 했으며 생동감 있는 색채를 사용하여 종교예술의 신경지를 개척하였다. 마사초, 피에르 프란체스카, 미켈란젤로까지 그의 영향을 받았으며 파도바와 아씨시의 프레스코화가 알려져 있다. 단테의 유명한 초상화를 그린 것으로 알려져 있다.

9 한 귀도는 귀도 카발칸티로 피렌체 사람이며 단테의 친구이다(〈지옥〉 10곡 63행 참조). 청신체 형식의 시를 쓰던 일파의 한 사람이다.

10 다른 귀도는 귀도 귀니첼리로 볼로냐 사람이고 단테는 그를 새로운 사랑의 시와 그의 친구들의 아버지라고 불렀다. 청신체 형식의 시를 쓴 일파였고 청신

체의 아버지라 불렸다. 이런 귀도를 그의 제자들이나 추종자들이 능가했다고 하며 단테는 카발칸티가 귀니첼리를 능가한다고 생각했다.

11 많은 사람들은 이 구절을 읽었을 때 단테가 자신을 생각하며 썼을 것이라고 말한다. 그러나 주석가들은 이 구절은 보편적인 의미라고 해석한다. 다음 구절에서 보듯이 명성은 바람의 숨결 같고 있다가 사라지며 오래가지 못한다. 단테 자신이 두 귀도보다 시에 대한 명성이 더 있다고 생각한다 해도 이미 태어나 이길 자가 자신을 이길 수 있기에 그의 명성도 사라질 것이라고 생각하므로 단테가 자신을 암시한다는 것은 모순으로 보인다. 또한 지금 단테가 있는 곳은 세상에서 오만의 죄를 짓고 연옥에서 죗값을 치르고 있는 곳이므로 단테는 이 구절을 보편적인 의미로 쓴 것으로 보인다.

12 아기들이 빵(pane, 파네)과 돈(denari, 데나리)을 발음할 때 발음이 잘 안 되어 내는 소리를 말하는 것이다.

13 고대 천문학자들에 따르면 하늘은 별들이 고정되어 있거나 타원형, 혹은 삐뚤어졌다. 그래서 하늘은 모든 것에 비해서 더 느리게 움직이는데, 《향연》(II xiv 11)에서는 서쪽에서 동쪽으로 1도씩 움직이는 데 100년이 걸린다고 했다. 한 바퀴를 도는 데는 360세기가 걸린다.

14 만프레디 시대에 시에나에서 권력을 가졌던 기벨리나파 사람으로, 몬타페르티 전투(1260년)에서 시에나 사람들의 대표였다. 이 전투에서 승리한 후 피렌체를 파괴하려고 했으나 파리나타가 반대했다. 콜레 발 델사의 전투(1269년)에서 시에나가 피렌체에게 완전히 패한 뒤 그는 포로로 잡혀 처형되었다.

15 연옥 이전 지역을 말한다.

16 시에나의 중심에 코무네 건물 앞에 있는 부채 모양으로 된 큰 광장을 말한다.

17 피렌체 사람들에 의해서 단테는 추방을 당하며 고통스러운 망명 생활을 했다. 이때 그는 핏줄이 떨리는 듯한 모욕을 느끼는 수모를 당할 테지만 이웃을 위해 희생하면 그와 같이 하느님의 용서를 더 빨리 받을 수 있다는 이야기다.

18 연옥으로 가기 전에 연옥 이전 지역에서 머물러 기다려야 하는 것을 면제받았다는 말이다.

제12곡

1 역사상 첫 오만한 자(〈연옥〉 19곡 46행)로 지옥의 루키페르를 가리킨다. 그는 모든 창조물 중에 가장 아름답고 고귀하게 지어졌으나 하느님에게 반역하여 하늘로부터 쫓겨나는 첫 천사가 되었다(〈지옥〉 34곡 18행 참조).

2 그리스 신화에서 루키페르와 상응하는 인물로 우라노스와 가이아의 아들이다. 그는 오십 개의 머리와 백 개의 팔을 가지고 있었고 제우스와 전쟁을 했던 거인 중 하나이다. 그래서 제우스에게 번개를 맞아 에트나 산 아래에 묻혔다 (〈지옥〉 31곡 98행 참조).

3 팀브라이오스는 아폴로를 가리키는데 트로아스의 팀브라 도시에 있는 신전에서 아폴로를 이렇게 불렀다. 이 이름은 베르길리우스의 《아이네이스》(III 85)와 스타티우스의 《테바이스》(I 643)에서도 불렸다.

4 미네르바를 가리킨다.

5 제우스를 가리킨다.

6 바벨탑을 가리킨다.

7 인간의 언어를 흩어지게 만든 바벨탑을 센나르에 세운 사람으로 하느님 앞에 인간의 오만한 모습을 보여 준 인물이다. 그는 하느님도 인정한 힘센 사냥꾼이라고 한다(〈창세기〉 10장 8–12절 참조).

8 그리스 신화에 나오는 탄탈로스의 딸이자 테베 암피온 왕의 부인이다. 자녀를 잃고 우는 어머니의 원형이다. 니오베는 일곱 명의 아들과 일곱 명의 딸을 두었는데, 쌍둥이(아폴론과 아르테미스)를 둔 레토보다 아이를 많이 낳았다고 자랑했다. 이에 화가 난 아폴론은 그 자만심을 벌하기 위해 니오베의 아들들을 활로 쏘아 모두 죽이고, 아르테미스는 그녀의 딸들을 모두 죽였다. 니오베는 고향 프리기아의 시필루스 산의 바위가 되어 그 위에 눈이 녹아내릴 때마다 슬피 울었다고 한다.

9 이스라엘의 초대 왕으로 사울은 전투 전에 공식적으로 인정되지 않는 제사를 행하고, 성전의 원칙에 따라 아말렉을 파멸시켜야 하는데도 이를 지키지 않는 등 종교적 의무를 이행하지 않았기 때문에 하느님의 분노를 일으켜 버림받았다(〈사무엘상〉 15장 3–11절 참조). 그는 블레셋 전쟁에서 그의 아들 셋의 죽음을 보면서 적의 손에 죽임을 당하지 않기 위해 길보아 산에서 자결을 한다(〈사무엘상〉 31장 1–4절 참조). 사울 다음으로 왕위를 이어받은 다윗은 사울의 죽음을 슬피 애도하며 길보아 산에는 비도 이슬도 내리지 않는다고 말했다(〈사무엘하〉 1장 21절).

10 리디아의 염색공 이드몬의 딸로 베 짜는 기술이 뛰어났던 아라크네는 아테나에게 내기를 걸었다. 내기에서 아테나는 존엄한 신들을 묘사한 태피스트리를 짰지만 아라크네는 신들의 애정 행각을 묘사한 태피스트리를 짰다. 아테나가 격노하여 태피스트리를 갈기갈기 찢어 버리자 아라크네는 절망에 빠져 스스로 목을 매달았다. 아테나는 그녀를 불쌍히 여겨 밧줄을 풀어 주었다. 그러자 밧줄은 거미줄이 되고 아라크네는 거미로 변했다(〈지옥〉 37곡, 《변신 이야기》 VI 5–145 참조). 거미류가 속해 있는 아라크니다(Arachnida)라는 주형강의 명칭은

아라크네의 이름에서 유래된 것이다.

11 솔로몬 왕의 아들로 이스라엘의 왕이다. 솔로몬 왕이 죽자 북쪽 10개의 지파
    가 르호보암에게 반기를 들고 여로보암 1세를 새 왕으로 이스라엘 왕국을 세
    웠고, 남쪽의 두 지파는 르호보암을 왕으로 유다 왕국을 세워 이스라엘이 남
    과 북으로 갈라졌다. 르호보암(재위 기원전 931-기원전 913년경)은 분열 유다 왕
    국의 첫 왕으로 여호와를 저버리고 우상숭배를 시작했다. 세금을 가볍게 해
    달라는 백성들의 요구를 거절하고 아도람을 보내 세금을 거두려고 했지만 백
    성들이 아도람을 돌로 쳐 죽이자 르호보암은 예루살렘으로 도망쳤다(〈열왕기
    상〉 12장 8절).

12 신화의 인물로 예언가 암피아라오스의 아들이다. 암피아라오스는 테베의 전
    쟁에서 자기가 죽을 것을 예견하고 숨어 있었으나 그의 아내 에리필레스가 값
    비싼 목걸이를 갖기 위해 남편이 숨은 곳을 공개했다. 암피아라오스는 예언대
    로 전쟁에 나가 죽고(〈지옥〉 3, 4곡 참조) 아들 알크마이온은 아버지의 죽음에
    복수하기 위해 어머니를 죽였다. 그 목걸이는 헤파이스토스가 만든 것으로 카
    드모스와 결혼하는 하르모니아에게 선물한 것이다. 신이 소유해야 하는 것을
    인간인 에리필레스가 소유함으로써 인간의 오만함을 드러내었다.

13 아시리아의 왕(기원전 705/704-기원전 681년)으로, 사르곤 2세의 아들이다. 선
    지자 이사야는 하느님이 이스라엘 민족을 벌하기 위해 그를 도구로 썼다고 생
    각했지만 산헤립 왕은 자기의 힘이 자기 스스로에게서 났다고 생각하는 오만
    함을 보였다. 그래서 그는 그의 신전에서 기도하던 중 그의 아들들에 의해 살
    해되는 벌을 받았다(〈열왕기하〉 19장 37절, 〈이사야〉 37장 38절 참조).

14 토미리스는 헤로도토스의 《역사》에 나오는 키루스 2세를 죽인 마사게타이족
    의 여왕이다. 키루스 2세가 마사게타이족을 정벌할 때 그녀의 아들을 포로로
    잡았는데 그녀의 아들은 수치심에 못 이겨 자살했다. 이에 분노한 토미리스 여
    왕은 키루스 2세를 죽여 피가 가득 찬 주머니에 그의 머리를 담갔다고 전한
    다.

15 아시리아의 왕 네부카드네자르가 유대의 도시 베툴리아를 공격하기 위해 보낸
    장군이다. 이때 홀로페르네스는 하느님을 조롱하는 오만의 죄를 범한다. 이스
    라엘의 아름다운 과부 유디트는 그를 유혹하여 잠들게 한 다음 목을 베었다. 아
    시리아 군대는 자신들의 장군의 목이 걸린 것을 보고 도망쳤다.

16 트로이에 있는 바위 이름으로, 여기서는 트로이를 가리킨다.

17 해가 여섯 시간을 지났다는 의미로 현재의 시간은 정오가 되어 있음을 말한
    다. 단테와 베르길리우스가 회개의 왕국에 들어왔을 때가 약 9시쯤 되었고 첫
    번째 둘레에 도착했을 때는 10시쯤이고 거기서 2시간쯤 보냈다. 그들이 두 번
    째 둘레로 올라갈 순간은 하루의 반, 즉 정오가 된다. 신화에서 시간은 해의

시녀로 불렸다(《연옥》 22곡 118–119행 참조).

18 피렌체를 가리킨다.

19 루바콘테 다리로 오늘날에는 그라치에의 다리라고 불린다. 다리의 이름은 1237년에 이 다리의 건축이 시작되었던 당시 집정관의 이름 루바콘테 디 만델라를 따랐다(《빌라니》 VI, XXVI). 1944년 제2차 세계대전 중에 완전히 무너졌다가 현대적 모습으로 재건되었다.

20 단테가 피렌체에 있었을 때 피렌체를 떠들썩하게 만들었던 두 사건으로 부정부패와 관련되어 있다. 첫 번째 사건은 콤파니(《크로니카》 I 19)에 의해서 서술되었는데 코무네의 공문서를 1299년 니콜라 아차이올리가 발도 아굴리오니와 공모하여 빼내고 그와 반대되는 중요한 증언 부분이 적힌 페이지를 없애버렸다. 그러나 공중인은 이 둘을 의심하여 공소하였고 둘은 무거운 벌금형을 받았다. 두 번째 사건은 1283년에 일어났다. 곡물을 재는 스타이오는 나무로 만든 통판이나 용기로 되어 있었다. 코무네에서 배분한 것으로 소금을 측정하기 위해서 사용하였다. 키아라몬테지의 가문 도나토가 스타이오를 사용해 소금 협회에서 정상적으로 소금을 받은 후에 미리 준비해 둔 스타이오를 사용하여 소금을 조금씩 빼내서 사람들에게 분배하였다. 사람들에게 적게 주고 막대한 수입을 올린 것이다. 이 사건이 발각되고 그는 처벌받았다(《천국》 14곡 105행 참조).

제13곡

1 연옥의 정죄산은 지옥과 흡사한 원뿔 모양이다. 그래서 올라갈수록 좁아지기 때문에 둘레의 형태도 더 좁아지며 굽어 있다.

2 베르길리우스가 길을 안내해 줄 존재를 찾지 못해서 태양을 바라보며 기도하는데, 엄격한 음률을 맞추어 신실한 태도로 하는 이 기도는 하느님을 바라보지 않고 태양을 향해 있다. 즉, 하느님보다는 이성을 상징한다. 이렇게 바라본 이유는 연옥에서 항상 여정의 안내자인(《연옥》 1곡 107–108행 카토의 말 참조) 태양은 분명 하느님이 창조한 것이 분명하고 다른 길로 인도하지 않기 때문이다.

3 이 말은 가나안 혼인 잔치에서 예수의 어머니 마리아가 한 말이다. 잔치에서 포도주가 떨어지자 마리아는 예수에게 알렸고 예수는 물을 포도주로 만드는 첫 번째 기적을 행하였다(《요한복음》 2장 1–11절). 이것은 시기에 반대되는 사랑을 보여 주는 예이다.

4 두 번째 예는 파쿠비우스의 비극 《크리세스》에서 쓰인 유명한 고대의 신화를 인용한 것이다. 여기서 두 친구 오레스테스와 필라테스가 나오는데 이 둘은 서로 친구 대신 죽으려고 하였다. 오레스테스는 아가멤논의 아들로 아르테미스 상을 가지기 위해 필라테스와 함께 타우리스로 향해 갔다. 이때 그들은 발각되어 토아스 왕에게 인도되는데 왕은 오레스테스를 죽이려고 한다. 그러나 토아스 왕이 오레스테스가 누군지 모르자 필라테스는 자기가 오레스테스라고 하며 친구를 구하려고 한다. 오레스테스는 친구의 희생을 원치 않아 그 또한 자기가 오레스테스라 밝힌다. 단테는 키케로의 《선과 악의 끝에서》(V xxii 63)에서 나오는 일화를 읽은 것으로 추정된다. 이것은 시기에 반대되는 우정과 관용을 보여 주는 예이다.

5 〈마태복음〉(5장 44절)과 〈누가복음〉(6장 27–28절)에서 나온 구절로 산에서 예수가 제자들에게 가르쳤던 사랑에 대한 내용이다.

6 채찍과 재갈은 말을 다루는 것에서 인용한 비유이다. 시기의 죄를 정화하기 위한 두 가지 방법인데 세 개의 예는 사랑을 권유하는 채찍이고, 〈연옥〉(14곡)에 나올 시기의 벌은 반대되는 소리여야 하며 시기를 억제하는 재갈을 의미한다.

7 죄를 사면 받는 종교적인 의식이자 축제일을 가리킨다.

8 연옥의 정죄산 꼭대기에서 흐르는 강으로, 위에서 맑은 물이 흘러내려 레테의 강에 침례하면 과거의 죄에 대한 기억이 지워진다는 것을 암시한다.

9 하느님의 도시, 즉 천국을 말한다.

10 사피아는 〈연옥〉(11곡 109행)에 나오는 프로벤차노 살바니의 아주머니 되는, 살바니의 가문 중 한 여자이다. 몬테리조니 근처에 카스틸리오네의 군주 기니발도 사라치노의 부인이다. 그녀는 조카 프로벤차노 살바니가 권력을 잡는 것을 시기하였다. 1269년 6월 19일 콜레 발 델사에서 치러진 전투에서 조카 살바니가 피렌체에 패하자 그녀는 조카의 불행을 기뻐하였다.

11 이탈리아의 대중 동화를 인용했다. 지빠귀는 추위를 싫어하여 겨울에 숨어 지내는 새인데 봄이 오기 직전에 추위가 풀려 날이 잠시 따뜻해지면 밖으로 나와 "주여, 당신이 두렵지 않습니다. 이제 겨울은 끝났습니다."라고 외치듯 날아다닌다는 것이다.

12 시에나에서 성인으로서 평판이 높은 인물이었다. 키안티의 캄피에서 태어났고 늦은 나이까지 빗을 파는 상인으로 시에나에서 살았다. 나중에 프란체스코파의 수도사가 되었는데 1289년, 그의 죽음 후에 사람들은 그를 성인처럼 존경하였다. 1328년부터 시에나 사람들은 일 년에 한 번 그를 기리는 축제를 연다.

13 사피아는 단테에게 그녀의 일가는 헛된 희망에 사로잡혀 있는 시에나 사람들 사이에 있다고 말한다. 시에나 사람들은 탈라모네 항구를 기점으로 바다로 진출하려고 이곳을 개발하고자 했다. 이 항구는 몬테 아르젠타리오 근처에 있는

데 이곳을 사려고 했으나 실패하였다. 또한 그들은 시에나를 관통하는 지하의 강이 있다고 믿고 그것을 디아나라고 부르며 그것을 찾으려고 했으나 찾지 못하였다. 즉, 시에나 사람들은 탈라모네란 항구를 가지려는 헛된 희망 때문에 디아나 강을 찾는 것에 쓴 돈, 체력, 에너지, 자원보다 더 잃고 더 허비할 것이라고 말한다. 이런 헛된 바람 때문에 이 항구에 있을 미래의 시에나 함대 대장이나 배의 선장 그리고 항구의 일들에 대한 투자자나 기업가 등에 대한 환상을 갖게 된다. 즉, 헛된 바람에 돈, 건강을 허비할 뿐 아니라 모든 커다란 환상도 잃어버린다고 말하는 것이다.

제14곡

1 펠로로는 시칠리아의 동북쪽에 있는 파로(Faro)의 곶을 가리킨다. 베르길리우스 《아이네이스》(III 411-417), 루카누스 《파르살리아》(II 437-438)에서 소개된 것처럼 중세 시대에는 시칠리아가 처음에 이탈리아반도에 붙어 있다가 지구의 움직임에 따라 떨어져 나갔다는 전설을 믿었다. 그래서 아펜니노 산맥에서 펠로로가 잘렸다고 말하는 것이다. 여기서 말하는 지리적 범위는 아펜니노 산맥에서 제일 높다는 팔테로나 산에서 시작해서 아르노 강까지 흘러내린 곳까지를 말한다.

2 인간을 짐승으로 변신시키는 마녀로, 〈지옥〉(26곡)에 등장한다.

3 아르노 강 유역에 사는 주민들을 열거하기 시작한다. 돼지에 비유한 카센티노 사람들은 아르노 강의 상류에 거주하였다. 단테가 그들을 돼지에 비유한 이유는 이 카센티노 지역에 포르치아노란 성이 있는데, 돼지를 뜻하는 이탈리아어 'Porco(포르코)'와 발음이 비슷하기 때문이다. 단테는 아르노 강 유역에 사는 사람들의 도덕적 부패에 대해 말하고 있다.

4 여기서 말하는 개들은 아레초 사람들을 말한다. 그들은 힘이 약하면서도 피렌체에 대항했다. 지형적으로 볼 때 아르노 강의 흐름은 아레초가 있는 구역에서 팔꿈치를 굽힌 모양처럼 다시 올라갔다가 내려온다. 그래서 방향을 틀었다고 말하는 것이다.

5 불행한 강물이라고 하는 것은 아르노 강을 둘러싼 지역에서 많은 전쟁이 일어났기 때문이고, 개에서 변한 늑대는 돈에 대한 욕심이 많은 피렌체 사람들을 가리킨다.

6 기만에 가득 찬 여우는 피사 사람들을 가리킨다.

7 풀치에리 다 칼볼리이며 리니에리의 손자이다. 로마냐의 다른 영주들처럼 다

양한 자치도시의 공적인 일들을 했다. 밀라노, 파르마, 모데나, 볼로냐에서
대중의 대표나 집정관을 맡았었고, 1303년에는 피렌체의 집정관을 맡았는데,
뇌물을 받고 흑당을 지지하며 백당을 잔인하게 박해하였다. 단테가 망명을 하
게 된 이유 중 하나이다.

8 피렌체를 가리킨다.

9 많은 기록은 없다. 그러나 라벤나의 오네스티 귀족 가문의 조반니 델 두카로
  추측한다. 기벨린당에 속했고 오랜 기간 베르티노로에서 살았다. 트라베르사
  로와 마나르디 가문과 관계를 맺었다.

10 지상에서 필요한 재산을 가리키는데, 이것은 나 혼자만 가질 수 있는 재산이
   다. 남들과 나누면 그 재산이 줄어들기 때문이다.

11 칼볼리 가문의 사람으로 리니에리 데 파올루치 다 칼볼리다. 포를리의 구엘파
   당의 힘 있는 가문이었다. 여러 번 체세나, 라벤나, 파르마에서 집정관을 하
   였고, 1276년 귀도 다 몬테펠트로에게 패했다. 1296년에 포를리에 들어온 기
   벨린당의 오르델라피가 이끈 많은 시민들에게 죽임을 당했다.

12 토스카나 – 로마냐의 아펜니노에 있는 발보나의 영주이다. 구엘파 당원이었
   고 피렌체의 집정관이었다. 1279년에는 아직 살아 있었다.

13 베르티노로의 영주였다. 1170년에 산 바라노 전쟁에서 파엔티니의 죄수였고
   1228년까지는 아직 살아 있었다. 귀도 델 두카와 두터운 우정을 나눈 친구
   였다.

14 트라베르사로의 귀족 가문의 사람이다. 기벨린 당원이고 페데리코 2세 시대
   에 살았다. 1218~1225년에 라벤나의 영주였고 1225년에 죽었다.

15 몬테펠트로의 카르페냐의 백작 중 하나이다. 구엘파 당원이고 1251년 라벤나
   의 집정관이었다. 1289년경에 죽었다.

16 람베르타치 가문이었다. 볼로냐의 기벨리나파의 대표였고, 전쟁에서 용감
   했으며 현명한 정치인이였다. 에밀리아 도시 중 볼로냐를 최고로 만들었다.
   1259년 사망했다.

17 평범한 집안에서 태어났지만 파엔차에서 명성을 날렸다. 1240년 페데리코 2세
   에 대항하여 도시를 지켰고, 1248년에는 피사의 집정관이었으며, 1249년에는
   시에나의 집정관이었다.

18 파엔차와 라벤나 사이의 평지에 위치한 프라타 혹은 프라다의 귀도를 말한다.
   12세기 말에서 13세기 초중반까지 살았던 것으로 추정된다. 그에 대한 기록은
   1184년과 1228년에 문서로 남겨져 있다.

19 토스카나의 우발디니 귀족 가문 사람이다. 그는 토스카나 사람이었지만 로마
   냐에 위치한 그의 가문의 성에서 살았다. 그래서 귀도 델 두카는 '우리와 함께
   살았던'이라고 말한 것이다. 1293년에 사망하였다.

20 페데리고 티뇨소는 리미니 사람으로 추정된다. 동료들은 그의 귀족 친구들을 가리키며, 그의 집은 항상 정직하고 선한 사람들에게 열려 있었다고 한다.

21 라벤나의 귀족 가문이다. 그중 가장 많이 기억되고 있는 사람은 98절에서 말한 피에르 트라베르사로이다.

22 라벤나의 또 다른 귀족 가문이다. 13세기 초중반에 권력이 있었던 가문이다.

23 로마냐 지방을 말한다.

24 포를리와 체세나 도시 사이에 있는 로마냐의 성 브레티노로이다. 브레티노로의 영주는 아리고 마나르디이며, 이 성에 귀도 디 카르페냐와 귀도 델 두카가 살았었다.

25 1200년에 쫓겨난 마나르디 가문을 암시한다.

26 루고와 라벤나 사이의 성과 커다란 마을들을 말한다. 단테 시대에는 말비치니 백작이 영주였는데 가문을 이을 수 있는 남자 후손이 없었고 세 명의 여자만이 있었다. 그중 한 명은 폴렌타의 귀도 노벨로와 결혼했고 라벤나에 단테를 초청하였다.

27 성의 이름이다. 몬토네 계곡에 있다. 포를리의 오르델라피 백작의 혈통을 말한다.

28 성의 이름이다. 이몰라 근처에 있다. 바르비아노의 백작들을 말한다.

29 파가니 가문은 파엔차의 영주 가문이었고, '악마'는 마르기나르도 파가니 다 수시나나를 가리킨다(〈지옥〉 27곡 49-51행 참조). 피렌체에서 1245-1250년경에 태어난 것으로 추정되고 13-14세기 이탈리아의 정치가와 지휘관으로 있었다. 파엔차와 이몰라의 집정관이었고, 포를리와 이몰라의 지휘관으로 있었다. 1302년에 죽었고 그의 가문은 소멸되었다.

30 파엔차의 판톨리니 가문의 우골리노이다. 그는 라모네와 세니오의 성들의 영주였고 용감하고 덕이 있으며 고결한 사람으로 평가되었다. 그는 1278년에 죽었는데 아들 둘을 남겼으나 1300년대 초반에 그의 아들들이 후손을 남기지 못하고 죽었다.

31 동생 아벨의 제사만을 하느님이 기쁘게 받자 형 카인은 동생 아벨을 시기하여 죽인다. 하느님에게 벌을 받으며 그가 하느님에게 한 말이다(〈창세기〉 4장 14절).

32 두 번째 시기의 예이다. 오비디우스의 《변신 이야기》(II 708-832)에 나오는 이야기로 아테네의 왕 케크롭스의 딸 아글라우로스가 그의 자매 헤르세에게 향한 헤르메스의 사랑을 질투하여 이 둘을 방해하려고 신의 말을 따르지 않아 벌을 받고 돌로 변하였다.

《 제15곡 》

1 아침이 시작할 때(아침 6시)부터 세 번째 시간(아침 9시)까지 지난 만큼 저녁(오후 6시)까지 시간이 남아 있으므로 연옥은 지금 오후 3시이다. 연옥과 대척점에 있는 예루살렘은 새벽 3시이고 예루살렘에서 45도 위치에 있는 이탈리아는 밤 12시, 즉 자정이다.

2 천사를 가리킨다.

3 〈마태복음〉 5장 7절과 〈마태복음〉 5장 12절을 인용하였다.

4 시기의 죄를 말한다.

5 지상의 재산을 말한다.

6 하늘의 기쁨(하느님의 사랑)을 나눌수록 사람들 각자는 더 많은 사랑을 갖게 되고 최고의 천상계에서 서로 더 사랑하게 되고 하느님의 사랑이 더 커진다는 이야기로 사랑은 나눌수록 커진다는 이야기다. 나누어진 선은 더 이상 네 것도 내 것도 아니고 우리의 것이다. 이것은 성 아우구스티누스의 《신국론》(XV 15)에서 다루어진 것으로 중세 기독교의 근본 개념이다. 신성한 장소는 축복받은 영혼들이 모인 장소를 말한다(〈연옥〉 26곡 128행과 〈천국〉 25곡 127행 참조).

7 단테 시대에는 빛을 반사하는 물체에만 태양의 광선이 비춘다고 생각했다. 그런 것처럼 천상에서는 하느님의 말로 표현할 수 없고 끝없는 선이 하느님을 사랑하는 자에게 나아간다고 말하는 것이다.

8 이는 〈누가복음〉 2장 48절로 예수가 열두 살 때 유월절의 절기를 지키기 위해 예루살렘에 가서 그 모든 전례를 마치고 집에 오는 길에 예루살렘에 머물렀는데 부모가 이를 알지 못하고 하룻길을 간 후에 알게 되어 사흘 동안 찾았다. 사흘 후에 예루살렘의 성전에서 선생들과 앉아 질문하고 대답하는 예수를 만나게 된다. 이때 예수의 어머니 마리아가 했던 말이다(〈누가복음〉 2장 41~52절 참조).

9 아테네를 말한다. 아티카 지역의 도시 아테네를 두고 아테나와 포세이돈은 누가 인간에게 더 유용한 선물을 줄 것인가를 두고 내기를 했다. 포세이돈은 말과 샘을, 아테나는 올리브나무를 주었다. 말이 투쟁과 슬픔을 상징하는 반면, 올리브나무는 평화와 풍요를 상징한다. 제우스에게서 결정권을 받은 인간들은 아테나를 선택하여 아테나가 내기에서 이기게 되었다. 이로써 아테나는 그 도시를 갖게 되고 도시의 이름은 아테네가 되었다.

10 아티카 지방을 통일한 아테네의 참주이다. 그의 딸을 좋아하는 한 청년이 사람들 앞에서 딸을 껴안자 그의 아내가 화가 나서 그를 벌하길 청했지만 그는 그 청년을 용서했다고 한다. 이런 이유에서 그를 용서의 상징으로 보았다.

11 그리스도인으로 최초의 순교자가 되었던 성 스테파노를 말한다. 그의 설교에 화가 난 유대인들은 그를 기소해 사형선고를 내리고 예루살렘 성 밖으로 끌어 내 돌로 쳤다. 군중이 던진 돌에 맞아 죽으며 그는 하느님에게 그들을 용서해 달라는 기도를 했다(〈사도행전〉 7장 54~60절 참조).

12 리그는 거리의 측정 단위이다. 이 단위는 시대에 따라, 나라에 따라 측정 기준 이 조금씩 달라 정확한 거리를 말할 수 없으나, 옛 주석가들에 의하면 리그는 프랑스에서 사용된 측정 단위로 한 리그가 약 3마일이라고 한다. 단테는 약 2킬 로미터 정도의 거리를 걸은 것이다.

13 하느님의 사랑을 말한다.

제16곡

1 '하느님의 어린양'이란 뜻의 라틴어이다. 기도의 시작이자 제목이다.

2 살아 있는 사람을 말한다.

3 인간의 육신을 말한다.

4 지금은 이 인물에 대해 거의 알려진 것이 없지만, 13세기 중반에 그는 싸움을 싫어하고 평화를 사랑하며 관대하고 현명한 사람이었다고 알려져 있었다. 롬 바르디아에서 태어났고, 이탈리아 북부의 궁전에서 살았다고 한다.

5 마음의 활시위를 당기지 않는 덕, 즉 이제는 더 이상 아무도 마음에 두지 않는 덕을 말한다.

6 세상의 부패에 대한 귀도 델 두카의 말에 단테는 처음에는 단순한 의심을 했 는데, 이제 그 의심의 실체가 분명해졌다는 이야기다.

7 인간의 정의를 말한다.

8 교황을 말한다.

9 이스라엘 사람들은 되새김질하지 않고 두 갈래로 갈라진 발굽을 가지지 않은 동물의 살을 먹는 것을 금했다는 모세의 십계에서 인용한 말이다. 단테가 말 하고 싶어 한 것은, 교황은 신성한 성서에 대한 학식은 많으나 지상에서의 재 산과 하늘에서의 재산을 구별할 줄 모르고, 영적인 것과 세속적인 권력을 혼 동하므로 이 세상을 부패하게 만들었다는 것이다. 겉으로는 그리스도인의 전 통을 지키지만 세속적인 권력까지 탐한다는 의미이다.

10 누 개의 태양의 의미는, 하나는 왕의 주권이고, 다른 하나는 교황의 주권을 말 한다. 하나의 태양이 다른 태양을 끄려 했고, 칼이 목자의 지팡이에 더해졌다 는 말은 교황의 권력이 왕의 권력을 차지했다는 의미이다.

11 페데리코 2세는 로마교회와 대립하여 다툼을 벌임으로써 특히 이탈리아 북쪽 에서는 구엘파 도시인 밀라노, 볼로냐, 파르마 등등과 기벨리나 도시인 크레 모나, 모데나, 에젤리노와 알베리코 등등의 도시에서, 더 나아가 이탈리아 전 체를 분쟁으로 이끄는 원인이 되었다. 단테는 이런 고통의 책임은 왕에게 있 지 않고 교회에 있다고 보았다.

12 브레시아의 백작으로 1276년에 피렌체에서 집정관을 하였고, 1277년에 구엘 파 당의 대표자였으며, 1288년에 피에첸차의 집정관이었다. 오티모에 따르면 그의 가정은 화목했으며 명예로운 정치 생활을 하며 존경을 받았다고 한다.

13 1240년경에 태어났고 1283년부터 사망(1306년)할 때까지 자신의 도시에서 장 군 대표였다. 구엘파 당이었고 피렌체 도나티 과정을 지지했다고 한다. 그는 현명하고 호탕한 사람으로 음유시인들을 집에 초대하는 것을 즐겼다고 한다.

14 레조 에밀리아의 구엘파 로베르티 가문의 사람이다. 1233년에서 1238년 사이 에 태어났는데 그의 이름은 1315년에도 문서에 나타난다. 베로나의 칸그란데 에 귀족 망명자들에게 융숭한 대접을 했으며, 레조의 흑당 구엘파에서 위대한 사람들 중 한 명이라고 문서에 소개되어 있다.

15 레위의 자손들은 사제의 직무를 맡았다. 영적인 의무에 집중을 해야 하기 때 문에 재산의 소유를 금지하였다(〈민수기〉 18장 20절 참조).

《 제17곡 》

1 분노의 죗값을 치르는 첫 번째 예로 프로크네를 환상 속에서 보고 있다. 〈연 옥〉(9곡 15행)에도 나오는 프로크네 신화에서 그녀는 자신의 여동생을 겁탈한 남편에게 분노하여 복수로 아들의 살을 남편에게 먹인다. 단테는 그녀가 분노 의 죗값으로 새가 되었다고 본다.

2 두 번째 예로는 성경 속의 인물인 하만이 나온다. 페르시아의 왕 아하스에로 스의 신하로서, 에스더 여왕의 삼촌인 유대인 모르드개를 십자가에 못 박으 려고 했던 인물이다. 모르드개가 그에게 경의를 표하지 않자 분노하여 페르 시아 왕국에 있는 유대인들을 전멸시키려고 했다. 에스더가 그 신하의 잔인 한 계획을 왕에게 밝히자 왕은 모르드개가 못 박힐 십자가에 하만을 못 박아 십자가에 매달리게 했다. 에스더는 이 대량학살로부터 유대인들을 구하였다 (〈에스더〉 3장 9절). 자기 민족을 구한 에스더는 전통적으로 교회의 형상으로 표현되었고 하만은 악마의 형상으로 표현되었다.

3 세 번째 예로는 베르길리우스에 의해 서술된 아이네이아스의 전설 속 인물을

다루었다. 이 소녀는 라티움의 왕과 아마타의 여왕의 딸 라비니아이다.

4 라비니아의 부모인 라티움의 왕과 아마타의 여왕은 사윗감으로 루툴리의 왕 투르누스를 마음에 들어했고 아이네이아스를 탐탁하게 여기지 않았다. 여왕은 도시 벽 아래에 트로이 사람들이 다가오는 것을 보고 투르누스가 죽었다고 생각하고는 분노하여 자살하였다. 나중에 라비니아와 아이네이아스는 결혼한다.

5 〈마태복음〉(5장 9절)을 인용한 구절이다.

6 하느님을 향한 선, 최고선.

7 세상의 선.

8 사람을 가리킨다. 〈창세기〉에 보면 하느님이 사람을 창조할 때 진흙으로 만들었다. 진흙은 인간의 연약함을 상징한다.

9 115-123행에서 설명한 교만, 시기, 분노를 말한다.

10 세상의 선을 말한다.

11 진실한 선, 즉 하느님을 말한다.

제18곡

1 인간의 영혼을 의미한다.

2 《아이네이스》를 쓴 시인의 고향, 즉 베르길리우스의 고향으로 민치오의 오른편 해안에 있는 마을인데 라틴어로는 안데스이다.

3 〈누가복음〉(1장 39절)에 나온 구절을 인용한 것이다. 마리아는 천사로부터 그의 친척 엘리사벳이 나이가 있는데도 아들(세례요한)을 임신한 것을 알게 된 후 에브론 산을 넘어 그녀를 만나러 간다.

4 브루투스에게 반역한 마르세유를 공략하게 한 다음에 알레르다가 있는 폼페이우스의 군대를 전멸시켰다.

5 1187년에 죽은 게라르도 2세를 말한다.

6 스베비아의 페데리코 1세를 말한다. 1162년에 밀라노를 파괴했고 빌라니에 따르면 성벽을 깎아 대지에 묻고 소금을 뿌렸다고 한다.

7 알베르토 델라 스칼라를 암시한다. 베로나의 군주였고 바르톨로메오, 알보이노와 칸그란데의 아버지이며 1301년에 죽었다. 7의 정치적 힘을 이용해 그의 서자 주세페를 수도원장으로 앉혔는데, 그는 불구(절름발이)였고 악습을 지녔다고 한다. 모세 율법에 따르면 불구자는 사제가 될 수 없다.

8 홍해가 열려 건너간 이스라엘 민족은 하느님이 약속한 땅 요르단을 보기도 전

에 사막에서 죽었다. 오랜 시간 동안 사막을 건너는 것에 지친 이스라엘 민족은 하느님의 약속을 믿지 못하고 모세에게 반란을 일으킨 후 더 이상 그를 따르려고 하지 않았다. 하느님의 약속을 믿었던 여호수아와 갈렙을 제외한 모든 이스라엘 민족은 하느님의 벌을 받아 요르단 땅을 보기 전에 사막에서 죽은 후에야 요르단 땅을 밟을 수 있었다고 한다(〈민수기〉 14장 1절-38절 참조). 이 태만함의 예는 한 사람에 대한 것이 아니라 민족 전체의 태만함을 이야기한다. 태만함의 죄로 약속의 땅(하느님)을 잃어버린 모든 인간을 의미한다.

❦ 제19곡 ❦

1 점쟁이의 대운은 두 점의 꼬리를 가진 4변형을 말한다. 이 형태는 산양자리를 선행하고 있는 물병자리의 마지막 부분과 물고기자리의 첫 부분에서 찾아볼 수 있다. 이 형태가 나타날 때는 이미 물병자리는 수평선 위에 떠올랐고 물고기자리가 떠오르기 시작했다는 것을 의미한다. 그리고 두 시간 후에 태양이 있는 산양자리가 떠오를 것이다. 그러므로 시간은 아침 4시쯤이 될 것이다.
2 세이렌의 변화는 단테가 보낸 사랑의 눈길에 있다. 이것은 청신체파의 주제이다.
3 서정시의 전통적인 레퍼토리에서 나타나는 노래의 주제 중 하나이다. 세이렌은 바다를 건너는 남자들을 유혹하여 그들을 잠들게 한 다음 죽음으로 인도했다고 한다. 세이렌은 유혹의 상징이며, 반은 아름다운 여자의 모습에 반은 새나 물고기의 모습으로 뱃사람들에게 나타나 사람들을 유혹해서 탐욕, 탐식, 음란의 죄를 짓게 만드는 요녀이다.
4 단테는 자신의 여행과 오디세우스의 실패한 여행을 대비시킨다.
5 정확하게 정의되지 않았지만 옛 주석가들은 이성 또는 철학으로 보았고, 많은 주석가들은 베아트리체 혹은 루치아, 정의 혹은 절제, 덕성으로 보기도 한다.
6 〈마태복음〉(5장 4절)을 인용한 것이다.
7 베르길리우스는 거울을 보듯 단테의 생각을 보는 능력이 있다. 그래서 단테에게 설명할 수 있는 것인데, 세이렌의 유혹에 빠져 탐욕과 탐식 그리고 음란의 죄를 지은 영혼들은 다섯 번째 둘레, 여섯 번째 둘레, 일곱 번째 둘레에서 울며 회개를 하고 있다.
8 베드로의 후계자는 교황을 의미한다. 이 말은 교회의 엄중한 의식에서 교황을 가리키는 공식적인 말이다. 여기서 말하는 교황은 하드리아누스 5세를 말한다. 피에스키의 제노바 귀족이며 라반냐 백작 가문이다. 1210년경에 태어났으

며 삼촌인 교황 인노첸시오 4세에 의해서 추기경이 되었고 1276년에 교황으로 선출되었다. 1276년 7월 11일부터 8월 18일까지 교황으로 있었다. 하드리아누스 5세가 탐욕한 자라고 기록된 문서는 찾아볼 수 없다.

9 제노바에 있는 지역이다.

10 이 삶은 영원한 삶을 가리킨다. 세상에서 더 이상 오를 곳이 없는 것을 깨달으면서 영원한 삶에 대한 열망이 일었다는 말이다.

11 교황의 권위 앞에 똑바로 서 있기에는 그리스도인의 양심이 허락하지 않는다는 의미로 단테의 공손하고 겸손한 모습을 묘사하고 있다.

12 이 말은 〈마태복음〉(22장 23-33절)에 나오는 이야기이다. 사두개인이 예수에게 일곱 명의 남편을 가진 여자가 죽으면 내세에서는 어떤 남편을 섬겨야 하는가에 대해 질문하자 예수가 대답한 〈마태복음〉(22장 30절) 구절로, 부활 때에는 장가도 아니 가고 시집도 아니 가고 하늘에 있는 천사와 같다고 했다.

13 교황 하드리아누스 5세의 형제 니콜로 피에스키의 딸이고 모로엘로 말라스피나의 아내이다. 단테가 망명 시절에 루니지아나에 머물렀을 때 말라스피나의 집에 묵었고 개인적으로 알았다.

제20곡

1 해면은 알고 싶어 하는 단테의 갈망을 뜻한다. 물은 하드리아누스 교황의 대답을 의미한다. 즉, 단테는 하드리아누스 교황과 더 이야기를 나누고자 했으나 하드리아누스 교황이 속죄하는 것에 전념하고자 하여 그 의견에 따른다는 말이다.

2 탐욕의 죄에 반대되는 덕으로 예를 세 가지 드는데, 그중에 하나가 마리아의 청빈이다.

3 두 번째 예는 로마의 집정관 카이우스 파브리키우스 루스키누스이다. 그는 그 시대의 관습이었던 뇌물을 거절했다고 한다. 한번은 기원전 282년에 산니움으로부터, 그리고 기원전 280년 피로스로부터였다. 그는 청렴결백하여 걸인으로 죽었고, 그의 장례식은 로마 공금으로 치러졌으며, 그의 딸들의 결혼식은 로마 시민들이 준비해 주었다고 한다.

4 세 번째 예는 성 니콜라스이다. 그는 리치아에 있는 미라의 주교였으며 그가 살았던 바리의 수호성인이 되었다. 성 니콜라스의 전설은 동서양의 모든 기독교인들에게 잘 알려져 있다. 성 니콜라스는 그 도시의 한 가난한 귀족이 세 딸들을 팔아야 하는 상황을 알게 되었다. 그래서 밤에 세 번이나 돈 자루를 그의

집에 놓고 갔다고 한다.

5 이 네 도시는 플랑드르의 대표적인 도시로, 여기서는 플랑드르 전체를 가리킨
   다. 여기서 암시하고자 하는 것은 플랑드르 백작을 상대로 한 필리프 4세 미
   남 왕의 파렴치한 배반이다. 프랑스인들과 플랑드르인들의 전쟁(1297-1299년)
   에서 헨트를 공격한 프랑스 왕이 백작에게 항복을 하면 자유를 주겠다고 약속
   하고 도시를 손에 넣고 나서 백작을 프랑스에 포로로 인도했다. 3년 후 1302년
   에 플랑드르인들이 반란을 일으키고 코르트레이크에서 프랑스인들을 격퇴했
   다. 예기치 않았던 이 사건을 단테는 배반한 왕에게 내린 하느님의 처벌, 즉
   심판처럼 보고 있다.

6 프랑스 카페 왕조의 첫 번째 왕이다. 938년에 태어나 996년에 죽었다. 카롤링
   거 왕조를 대신하여 카페 왕조를 개창한 인물로 987년부터 프랑스 왕이었다.

7 위그의 아들과 손자, 로베르 1세와 앙리 1세를 제외하고 모든 카페 왕조의 왕
   들은 단테 시대까지 카페라는 이름으로 불렸다. 이 왕조에서는 네 명의 필리
   프와 다섯 명의 루이가 나온다. 그들 중 루이 9세는 성인 같은 자였다. 여기서
   좋은 열매를 드물게 수확한다고 한 말은 그를 의미하는 것 같다.

8 위그와 그의 아버지 위그는 프랑스의 공작으로, 백정의 아들이라는 것은 사실
   과 다르다.

9 프로방스의 백작 레이몽드의 막내딸 베아트리스가 루이 9세의 동생 샤를 앙
   주 1세와 결혼하면서 가지고 온 지참금을 말한다. 그 결혼으로 프랑스는 부유
   한 프로방스와 합병한다.

10 이 지역들은 영국 왕의 영지였다.

11 프로방스에서 백작이 된 샤를은 1265년에 나폴리를 정복하려고 이탈리아로
   내려온다. 페데리코 2세의 손자 코라디노는 1268년 16살의 나이로 샤를에 대
   항하다가 처형당했다. 토마스는 토마스 아퀴나스를 가리키는데, 샤를 앙주는
   자신의 악행을 교황에게 이야기할까 두려워 1274년에 그를 독살했다고 한다.

12 미남 왕의 동생 샤를 발루아 왕자를 말한다. 그는 1301년에 시칠리아를 정복
   하기 위해서 이탈리아로 왔으나 실패했다. 교황 보니파키우스 8세의 원조 요
   청을 받아들여 흑당을 지지하고 단테가 속해 있는 백당을 몰아냈다. 이것으로
   그의 도시에서 많은 싸움이 일어났고 그 자신도 망명해야 했다. 프랑스 왕자
   는 1302년 봄까지 피렌체에 머물렀다.

13 배신을 의미한다.

14 시칠리아의 왕인 샤를 앙주 1세의 아들 절름발이 샤를 앙주 2세를 말한다. 그
   는 1284년 만종 사건 전쟁 동안에 나폴리 해협에서 벌어진 해전에서 나폴리
   선함을 지휘했으나 아라곤의 페테르 3세에게 패했다. 그의 배가 사로잡혔지
   만 그는 죽지 않고 왕위를 이었다. 북이탈리아의 영향이 커지자, 1305년에 그

의 어린 딸 베아트리체를 에스테 가문의 아초 8세에게 시집보내고 엄청난 돈
을 받았다고 한다.

15 교황 보니파키우스 8세(대리자)와 프랑스 왕가(백합은 프랑스 왕가를 상징)의 갈
등으로 필리프 4세가 파문당하자 콜론나와 노가레가 아나니 근처에서 교황을
잡아 가둔 후 모욕과 수모를 주었다고 한다.

16 교황에게 모욕했던 것을 계속해서 말하는데 이 모습은 예수가 십자가에 달려
두 강도 사이에서 죽을 때 모습과 같다. 유대인들은 담즙이 있는 신 포도주를
예수에게 주며 조롱을 한다(〈마태복음〉 27장 28-31절, 34절, 38절 참조).

17 교황은 이 사건이 있은 지 한 달 만에 죽는다. 마치 예수가 두 강도 사이에서
죽은 것처럼 교황의 죽음을 예수의 죽음에 비유하며, 노가레와 콜론나를 두
강도로 암시한다.

18 예수를 유대인들 손에 넘긴 빌라도처럼 미남 왕 필리프 4세도 교황을 적들의
손에 넘겨 죽게 한 것에 만족하지 못하고, 12세기에 교황 호노리오 2세의 추
진 아래 예루살렘 성지를 회복하도록 결성된 성전기사단을 1302년에 이단과
범죄로 고소한다. 기사단 대부분이 체포되거나 기소당했는데 전례에도 없는 잔
인한 고문으로 기사단의 범죄를 고백하도록 강요하였다. 기사단의 대부분을
죽이고 그들의 재산을 몰수하였으며 성전의 금고를 국왕의 금고로 바꾸었다.
1312년 교황 클레멘스 5세는 몰타 기사단으로 재산을 넘기라고 필리프 4세를
압박했으나 그는 빼앗은 돈을 돌려주지 않았다.

19 요셉에게 천사가 선언한 것에 따라 성령으로 그리스도를 잉태한 마리아를 말
한다(〈마태복음〉 1장 20절 참조).

20 마리아의 청빈함을 말한다.

21 그리스 신화에 따르면, 미다스 왕은 매우 탐욕스러워서 엄청난 재산을 가지고
있었는데도 더 많은 재물을 원했다. 그래서 그는 술의 신 디오니소스에게 손
에 닿는 모든 것을 황금으로 변하게 해 달라고 간청했다. 술에 취한 디오니소
스는 소원을 들어주었고, 미다스는 손에 닿는 모든 것을 닿치는 대로 황금으
로 만들었다. 그러나 만지기만 하면 황금이 되니 음식을 먹을 수가 없었다. 상
심한 그는 무심코 자기 딸을 안았다가 사랑하는 딸을 황금으로 만들어 버렸
다. 미다스는 디오니소스에게 다시 원래대로 되돌려 달라고 간청했으며, 디
오니소스는 그 청을 들어주었다. 미다스는 강물에 목욕함으로써 원래대로 돌
아갈 수 있었다.

22 아간이 여리고 성에서 나온 전리품을 훔쳤다가 박각되어 여호수아 밑에 따라
그와 그 가족은 돌에 맞아 죽는다(〈여호수아〉 6-7장 참조).

23 아나니아와 삽비라는 제자들이 공동으로 소유한 재산을 팔아 얼마를 감추고
나머지를 제자들 앞에 내놓았다. 그리고 베드로를 기만하였으나 그들의 행각

이 밝혀지자 그 자리에서 혼이 떠나 죽었다(〈사도행전〉 5장 1–11절 참조).

24 예루살렘 성전에 거대한 보물 상자가 있다는 것을 알게 된 시리아의 왕 셀레우코스 4세는 헬리오도로스를 보내 그것을 가져오라고 시켰다. 헬리오도로스가 성전에 들어서자 이스라엘 사람들이 모두 경악을 했는데 하늘에서 금으로 된 무기로 무장한 기사를 태운 말이 나타나 앞발굽으로 그의 옆구리를 쳤다. 대사제의 기도로 살아난 그는 이스라엘의 하느님에게 회개를 했다고 한다(〈마카베오 하〉 3장 7–40절 참조). 라파엘로는 헬리오도로스가 말 밑에 있는 장면을 로마 바티칸의 프레스코화로 그렸다.

25 트로이가 함락되기 전 트로이 왕인 프리아모스는 사위이자 트라키아 왕인 폴리메스토르에게 황금과 함께 자신의 막내아들 폴리도로스를 맡긴다. 그러나 폴리메스토르는 트로이가 무너지자 처남을 죽이고 그의 재산을 차지한다. 프리아모스의 아내 헤카베는 아들의 시체를 보고 폴리메스토르의 눈을 빼서 죽이며 복수를 했다(〈지옥〉 30장 16절 이하, 베르길리우스의 《아이네이스》 III 19–68, 오비디우스의 《변신 이야기》 XIII 429–575).

26 연옥의 산을 말한다.

27 마르쿠스 리키니우스 크라수스(기원전 115년경–기원전 53년)는 로마공화정의 군인이자 정치가로 율리우스 카이사르와 폼페이우스와 함께 삼두정치를 하였다. 파르티아와의 전쟁에서 대패하여 죽었다. 그의 머리는 파르티아의 왕 히로데스에게 전해졌는데 히로데스는 로마 역사상 최대의 부호이자 탐욕스러운 크라수스를 조롱하기 위해 그의 목에 황금을 녹여 부었다고 한다.

28 델로스는 이오니아의 섬으로, 레토가 이 섬에서 헤라를 피해 아폴론(해의 신)과 아르테미스(달의 신)를 낳았다. 이 섬은 원래 물결에 따라 움직이는 섬이었는데 제우스가 레토를 위해 고정을 시켰다는 전설이 있다. 단테가 한때의 델로스 섬처럼 물결에도 흔들리고 바다 밑에 뿌리가 없는 연옥 섬의 인상을 주려고 비유를 한 것 같다.

29 〈누가복음〉(2장 14절)에 나오는 구절로, 세상에 아기 예수를 태어나게 하여 예전의 예언들을 이루는 하느님의 은총에 대하여 베들레헴의 마구간 위에서 천사들이 부른 찬양이다.

제21곡

1 사마리아 여인이 예수에게 영생수를 구하는 사건은 〈요한복음〉에 있는 유명한 이야기다. 예수가 야곱의 우물에 멈춰 서서 사마리아 여인에게 물을 달라

하였다. 사마리아 여인이 유대인이 어찌 사마리아 여인에게 물을 달라 하느냐고 물으며 유대인은 사마리아인을 상종치 아니한다고 말한다. 예수가 대답하길, 이 우물의 물을 마시는 자는 다시 목이 마르지만 예수가 주는 영생의 물은 영원히 목마르지 아니하다고 말한다. 그때 사마리아 여인이 그 영생의 물을 달라고 요청한다(〈요한복음〉 4장 1–42절 참조). 여기서의 물은 하느님의 은총을 의미한다. 이 물은 정신과 마음을 위로해 주는 신의 수준의 것으로 인간의 본성을 넘어서는 것을 말하며, 야곱의 우물의 물은 인간이 본성적인 능력으로 도달할 수 있는 것을 의미한다. 단테가 말하고 싶은 것은 아리스토텔레스나 플라톤이 말한 것처럼 인간의 지식은 최상의 것이기에 인간은 지식에 대한 본성적인 갈증을 가지고 있으나 이런 본성적인 갈증은 절대로 인간을 만족시킬 만큼 채울 수 없고 하느님으로부터 나온 진실만이 이 갈증을 해소시킬 수 있다는 것이다.

2 죄를 씻을 수 있는 연옥의 영혼들에게 내려진 형벌을 말한다.

3 두 제자가 예수의 부활에 대해서 이야기하며 엠마오로 걸어갈 때 그들 앞에 갑자기 부활한 예수가 가까이 이르러 그들과 동행하나 그들이 알아보지 못한다(〈누가복음〉 24장 13–35절 참조). 이렇게 그 영혼이 베르길리우스와 단테 앞에 나타났다.

4 이 영혼은 푸블리우스 파피니우스 스타티우스이며 이탈리아 나폴리 출신으로 고대 로마의 시인이다. 중세 시대에 명성이 있었으며, 단테가 사랑한 자들 중 하나이다. 지금 여기서는 그가 역사적인 인물임을 나타내지 않고 이 곡의 앞부분에서는 단지 그가 연옥에서 자유로워진 자로 소개되었으며, 전 곡에서 있었던 진동과 외침의 이유를 설명해 준다.

5 베르길리우스는 천국에 오를 희망 없이 림보에 있는 상황을 이야기한다.

6 클로토는 양모를 물레에 얹어 생명을 결정하는 여신을 말한다. 여기의 여신들은 인간의 인생사를 결정하는 세 여신 중 두 여신이다. 클로토가 양모를 물레에 얹어 생명을 결정하면 그것을 잣는 라케시스는 인간의 운명을 결정한다. 인생사를 결정하는 마지막 여신 아트로포스는 이 실을 끊어서 인간의 죽음을 결정하는 여신이다. 즉, 단테가 아직 살아 있는 영혼이라는 것을 설명하는 부분이다.

7 라케시스를 말한다. 그녀는 인간의 운명을 결정하는 여신이다.

8 모든 영혼은 하느님 앞에서 다 같은 자녀이다. 그래서 자녀들은 서로 자매나 형제로 부른다.

9 지옥의 목구멍은 림보를 말한다.

10 바다에 의해 젖는 연옥의 산기슭까지를 말한다.

11 땅이 진동하고 모든 영혼이 고함을 치는 것은 다른 것들에 의해서가 아니라

오로지 하늘의 본질적인 힘에 의해서 영향을 받는 것이다.

12 연옥으로 올라가는 입구 계단을 말한다.

13 타우마스와 엘렉트라의 딸 이리스이다. 그녀는 무지개의 여신이다.

14 영혼은 하늘에 오르려는 의지가 처음부터 있는데 이것은 절대적 의지이다. 그러나 본능적, 즉 상대적 의지(죗값을 갚는 조건의 의지)는 하늘에 오르는 것을 자유롭게 하지 못한다. 절대적인 의지는 항상 선을 만들지만 상대적인 의지는 그렇지 않기에 하느님의 정의로 죗값을 갚는 고통을 참아야 한다.

15 하느님을 말한다.

16 티투스는 아버지 베스파시아누스 황제의 뒤를 이어 로마의 황제가 되었으며 (79~81년) 예루살렘을 파괴했다. 예수를 죽음으로 몰았던 유대인들에 대한 하느님의 벌로 예루살렘이 파괴되었다고 여기는 그리스도인들의 전통적인 시각과 마찬가지로 단테도 그렇게 고찰하고 있다.

17 그리스도가 십자가에서 못 박히며 입은 상처를 말한다.

18 시인의 이름을 말한다. 이 영혼은 82절부터 102절까지 자기 자신을 소개한다. 그는 푸블리우스 파피니우스 스타티우스이며 45년에 태어나 96년까지 살았다. 라틴 문학의 위대한 작가들 중 중세 시대의 서사시와 서정시의 시인으로 존경받을 만한 사람으로 꼽힌다. 단테에게도 큰 영향을 미쳤다.

19 스타티우스는 사실 나폴리에서 태어났다. 단테가 그를 툴루즈에서 태어났다고 한 것은 아마도 네로 시대에 살았던 루키우스 스타티우스 우르술루스와 혼동했기 때문인 것 같다.

20 스타티우스는 그의 서정시인 《테바이스》와 《아킬레우스》를 말하고 있다. 이 책들은 모두 중세 시대에 알려졌던 작품이다. 《테바이스》는 총 열두 권으로 테베를 상대로 일곱 명이 벌인 전쟁을 말하고 있다. 아킬레우스의 전 생애를 쓰려고 했던 그는 오디세우스가 스키로스에서 영웅을 찾고 그를 트로이에 데려오는 것까지 쓰고 완성하지 못한 채 사망하였다.

제22곡

1 시티운트(sitiunt)란 '목마르다'라는 의미다. "옳은 일에 주리고 목마른 사람은 행복하다."(《마태복음》 5장 6절)

2 데키무스 유니우스 유베날리스는 로마의 풍자시인이다. 47년경에 태어나 130년경에 사망했다. 스타티우스와 동시대 사람이다. 그의 작품은 중세 시대에 유명했고 영향을 많이 미쳤다. 단테는 그의 작품에서 영감을 받기도 했고, 여러

작품에서 그를 인용했다.

3 탐욕의 죄인들이 있는 다섯 번째 굴레이다.

4 《아이네이스》(III 56-57)에 나오는 구절이다.

5 〈지옥〉(7곡 56행)에서 말한 내용으로, 낭비의 죄를 지은 자들은 머리카락을 깎이고 지옥 네 번째 고리에서 벌을 받고 있다.

6 목가의 시들을 지은 저자는 베르길리우스를 나타낸다. 단테가 베르길리우스를 《아이네이스》의 저자가 아니라 목가의 시들을 지은 저자로 기록하고 있다. 이것은 우연히 아니라 이 네 번째 목가는 그리스도주의로 스타티우스 개종과 관련이 있기 때문이다.

7 스타티우스의 《테바이스》에서 노래된 것으로, 끔찍한 무기로 표현된 끔찍한 전쟁은 테베를 소유하기 위한 두 형제 에테오클레스와 폴리네이케스 사이에서 일어났다. 이 싸움으로 두 아들을 잃은 어머니이며 테베의 왕 라오스의 아내이자 자기 아버지 라오스를 죽인 오이디푸스의 어머니이자 아내인 이오카스테는 슬픔이 두 배가 된다는 의미이다.

8 스타티우스는 《테바이스》에서 뮤즈의 신 클레이오를 찬양하고 있어서 단테는 이를 이교도의 행동으로 간주한 것으로 보인다.

9 성 베드로를 가리킨다. 〈마태복음〉(4장 18-19절)을 보면 예수가 베드로를 제자로 삼을 때 했던 말로 '너는 사람 잡는 어부가 되리라.'라고 했다(〈천국〉 18곡 136행 참조).

10 '당신은 내게 시를 보냈고 영감을 얻게 했다.'는 의미로, 파르나소스는 시를 관장하는 뮤즈의 산이며 그 산의 동굴 속에서 나오는 물은 시의 영감을 의미한다.

11 도미티아누스(51-96년)는 로마제국의 열한 번째 황제이다. 재위 기간은 81년에서 96년이다. 그리스도 역사가들에 따르면 그는 그리스도인들에 대해 네로 다음으로 잔인한 박해를 했다고 한다.

12 《테바이스》(IX)에서 서술된 이야기로, 폴리네이케스의 도움으로 움직인 그리스 군대는 테베의 강에 이르렀다는 내용이다.

13 푸블리우스 테렌티우스 아페르(기원전 195년 또는 185년-기원전 159년)는 로마 시대의 희극 작가이자 시인이다. 북아프리카 출신의 노예였는데 그의 재능에 감복한 주인에 의해 교육을 받고 해방되어 극작가로 이름을 날렸다. 그의 희극은 중세 시대에 많이 알려졌고 읽혔다.

14 카이칠리우스 스타티우스(기원전 220-기원전 166년경)는 희극 시인이다. 중세 초기에 그의 작품은 이미 사라졌다. 단테가 그의 이름을 플라우투스, 바로의 함께 쓴 것으로 보아 호라티우스의 《아리스토텔레스의 시학》을 참고한 것으로 보인다.

15 티투스 마키우스 플라우투스(기원전 254-기원전 184년)는 로마의 희극 작가다.

16 바로는 베르길리우스의 친구로 투카에서 《아이네이스》를 같이 출판했던 루시우스 바리우스 루푸스이다.

17 풍자시인 아울루스 페르시우스 플라쿠스(34~62년)이다. 중세 시대에 그의 작품은 많이 보급되어 있었다.

18 호메로스를 가리킨다.

19 시를 관장하는 아홉 뮤즈를 가리킨다.

20 에우리피데스(기원전 480~기원전 406년)는 그리스의 비극시인이다. 열아홉 편의 비극 작품이 남아 있다.

21 기원전 4세기에 시라쿠사에 살았던 비극시인이다. 남아 있는 작품은 없으나 그 제목들이나 단문들이 남아 있다.

22 케오스의 시모니데스(기원전 556~기원전 468년경)는 고대 그리스의 서정시인으로, 테르모필레의 죽은 이들을 위해 썼던 시가 유명하다.

23 기원전 5세기의 비극시인이다. 남아 있는 작품은 없다.

24 안티고네는 오이디푸스 왕의 딸이다. 오이디푸스는 스스로 눈을 찔러 실명이 된 채 돌아다니고 두 형제는 서로 왕권을 다투다 죽는다. 왕권은 안티고네의 삼촌 크레온에게 넘어간다. 크레온이 두 형제 가운데 에테오클레스만 성대히 장례를 치러 주고 폴리네이케스의 시체는 들에 버리고 묻어 주는 자는 사형에 처한다는 포고를 내린다. 안티고네는 자신이 핏줄인 폴리네이케스를 몰래 묻어 주었는데 크레온이 이 사실을 알고 안티고네에게 생매장형을 내린다. 안티고네를 사모하던 크레온의 아들 하이몬도 안티고네를 따라 죽으려고 한다. 크레온은 아들이 죽게 된 것에 놀라서 안티고네의 생매장 처형지로 달려간다. 안티고네는 처형되기 전에 목을 맸고 하이몬은 아버지를 보고 격분하여 칼로 찌르려고 하자 크레온은 도망친다. 결국 하이몬은 자살하고 이 사실을 안 크레온의 아내 에우리디케도 자살한다.

25 테베를 공격한 일곱 왕 중 하나인 티데우스의 아내이다.

26 데이필레의 자매로 폴리네이케스의 아내이다.

27 오이디푸스의 또 다른 딸로 안티고네의 자매였다. 오이디푸스가 장님이 되고 그와 함께 다녔다고 한다. 항상 슬프고 불행했다고 하며 그녀는 가족과 약혼자까지 모두가 죽는 것을 보았다. 스타티우스는 그녀가 어머니 주검에서 우는 것을 묘사했었다.

28 그리스 신화에서 디오니소스의 아들이자 렘노스 섬의 왕인 토아스의 딸인 힙시필레이다. 테베에 대항하는 일곱 왕에게 네메아에 있는 란기아의 샘을 보여 준다. 그녀는 자기가 팔려 갔던 네메아의 왕 리코르고스의 아들 오페텔스 왕자를 길렀는데 힙시필레가 이 샘을 보여 주는 동안 오페텔스 왕자가 뱀에 물려 죽었다.

29 만토이다. 그녀는 예언자들이 갇힌 지옥의 여덟 번째 고리의 네 번째 볼제(구렁)에 있다고 했으나 여기서 단테는 그녀가 림보에 있다고 함으로써 오류를 범하고 있다. 아마도 단테가 그녀를 〈지옥〉에 이미 묘사한 부분을 잊어버렸거나 나중에 〈지옥〉 부분에 만토의 이야기를 더 첨가한 것으로 해석되고 있다. 하지만 단테는 예언가를 림보에 허용하지 않았을 것이기 때문에 단테가 잊어버렸다는 것을 허용하기 어렵다는 견해도 있다. 그나마 받아들일 수 있는 토라카의 견해로는 이 글을 복사하면서 오류를 범하지 않았을까 하는 것이다. 원래는 'La figlia di Nereo, Teti' (네레우스의 딸, 테티스)인 것을 'Nereo-〉Tereo-〉Tiresia' 로 잘못 복사했다는 것이다.

30 테티스는 네레우스의 딸들인 네레이스 중 유명한 요정으로 트로이 전쟁의 영웅 아킬레우스를 낳았다.

31 스키로스의 왕 리코메데스의 장녀이다. 아킬레우스와 사랑에 빠지지만 아킬레우스가 트로이 전쟁에 가기 위해서 그녀를 버렸다.

32 네 시간이 지나고 태양의 수레의 키를 잡고 정점으로 가고 있다는 말이다. 즉, 해가 뜬 지 네 시간이 지나고 다섯 시간째의 키를 잡고 태양의 수레는 정오를 향해 가고 있다는 의미로 아침 10시에서 11시 사이임을 알 수 있다.

33 스타티우스의 영혼을 말한다.

34 예수의 어머니 마리아는 자기 입의 즐거움보다 가나안의 혼인 잔치가 품위가 있고 부족함이 없는 잔치가 되기를 더 걱정했다. 그래서 예수에게 부탁하여 물을 포도주로 만드는 기적을 행했다. 예수의 첫 번째 기적이었다. 마리아는 모든 예에서 첫 번째 본보기로 나온다.

35 로마의 옛 여인들이 절제의 두 번째 예로 나온다. 발레리오 마시모에 따르면 여인들은 포도주가 아닌 물만 마셨다고 한다.

36 이스라엘의 예언자 다니엘과 그의 세 친구들은 이스라엘을 정복한 바벨론의 왕 네부카드네자르가 이스라엘의 젊은 귀족들에게 바벨론의 문화와 관습을 가르치기 위해서 주는 맛있는 음식과 술을 사양하고 채소와 물만 먹으면서도 보기에 더 좋았다고 한다. 하느님은 그들에게 상으로 과학, 문학의 지식을 주었고 다니엘에게는 모든 환상과 꿈을 해석할 수 있는 능력을 더 주었다고 한다(〈다니엘서〉 1장 1-20절).

37 세례요한은 광야에서 꿀과 메뚜기를 먹으며 청빈하고 절제하며 살았다. 사람들에게 회개하라고 소리치며 메시아의 길을 예비한 자이다. 〈마태복음〉(11장 11절)에서 "일찍이 여자의 몸에서 태어난 사람 중에 세례요한보다 더 큰 인물은 없었다."고 했다.

❰ 제23곡 ❱

1 《변신 이야기》에 나오는 인물 중 하나이다. 테살리아의 왕 트리오파스의 아들 에리시크톤은 농경의 여신 데메테르의 정원을 둘러보다가 떡갈나무가 너무 갖고 싶은 나머지 나무를 베어 내서 데메테르의 분노를 산다. 화가 난 여신은 기아의 여신을 불러 굶주림의 벌을 내린다. 에리시크톤은 아무리 먹어도 허기진 배를 채우지 못하자 재산을 모두 팔고 사랑하는 딸까지도 팔아 배를 채우려고 한다. 결국 끊임없는 허기짐에 자기 살까지 먹으면서 죽게 된다(《변신 이야기》 VIII 739-878).

2 로마 황제 티투스가 예루살렘 성을 포위하자(〈연옥〉 21곡 82-84행 참조), 그 성 안에 있는 이스라엘 사람들은 굶주림에 시달리게 된다. 그들 중 한 여인 마리아 엘리자는 자신의 아들을 죽여 먹었다고 한다(플라비우스 요세푸스의 《유대 전쟁사》 VI 201-213과 빈센티우스 벨로바센시스의 《거대한 거울》 X 5 참조).

3 사람의 얼굴에서 'OMO'라는 단어를 읽을 수 있다는 것은 중세 시대에 널리 퍼져 있던 생각이다. 두 'O'는 눈의 형태를, 'M'은 얼굴의 양 선과 코의 선을 나타낸다. 이 의견은 1200년대에 프란체스코 형제회의 베르톨도 디 라티스보나의 설교에서 찾아볼 수 있다(《Berthold des Franciscaner Deutsche Predigten》 Berlin, 1824, p.305 이하 참조). 'OMO'는 이탈리아 속어로 '사람(UOMO)'을 의미하는데 하느님이 인간의 얼굴에 넣었다고 생각했다. 참고로 귀는 'D', 콧구멍은 'E', 입은 'I'로 보았고 인간의 얼굴에서 'OMO DEI'라는 단어를 볼 수 있는데, 그 뜻은 하느님의 사람이다.

4 도나티 가문 사람이다. 시모네의 아들이고 코르소와 피카르다의 형제이며 단테의 아내 젬마와 먼 친척이다. 단테보다 나이가 많았고 1296년에 죽었다. 단테와 그의 관계는 이 〈연옥〉편과 여섯 개의 풍자 소네트 논쟁시에서 볼 수 있다. 단테는 이 논쟁시에서 그를 탐식가이며 도둑이라고 비난했다.

5 고통을 통해 죄를 씻고 구원을 받기 때문이다.

6 예수가 십자가에 달려 죽을 때 했던 말 '엘리, 엘리, 라마 사박다니'로 '나의 하느님, 나의 하느님, 어찌하여 나를 버리셨나이까.'의 뜻이다(《마태복음》 27장 46절).

7 포레세는 죽기 직전에 죄를 회개했으나 회개하기 이전의 시간만큼 연옥 입구에서 기다려야 한다. 죽은 지 5년도 채 되지 않은 자가 이미 여섯 번째 둘레에 와 있으니 단테는 의아해한다.

8 포레세의 아내이다. 알려진 역사적 사실들은 없으나 단테의 소네트에서 그녀는 남편에게 사랑받지 못한 것으로 표현되었다.

9 바르바지아는 사르데냐 중부 지역으로 주민들은 야만적이며 정부에 반항적이었다고 한다. 이 사르데냐의 바르바지아 여자들이 포레세가 아내를 떠났던

곳, 즉 피렌체의 바르바지아 여인들보다 더 정숙하다고 할 정도로 피렌체의 여자들은 몸을 드러내 놓고 옷을 입었다고 한다. 참고로 바르바지아는 '벌거 벗은'이란 어원을 갖고 있다.

10 옷에 대한 금지령은 1324년 이전까지는 종교적이나 민사적으로도 공식적인 문서로 남아 있는 것은 없다. 빌라니에 따르면 1324년에 사치하고 지나치게 꾸미는 것에 대한 사치 금지법이 있었다고 한다.

11 지금 연옥을 여행하는 시간은 1300년이다. 수염이 나는 시기를 15살쯤이라고 가정했을 때 이 예언은 1315년 전에 있었던 일들로 추측할 수 있다. 그사이에 피렌체에 일어난 불행한 일들로 여자들이 슬퍼할 것이라는 말이다.

12 단테의 그림자를 말한다.

13 태양의 누이는 달을 의미한다. 달의 신 아르테미스는 태양의 신 아폴론의 누 이이다. 그들은 쌍둥이 형제이며 레토의 자식들이다. 단테가 어두운 숲에서 길을 잃어버렸을 때는 보름달이었다(〈지옥〉 20곡 참조).

제24곡

1 너무 말라서 해골 같은 모습과 창백한 얼굴색 때문에 두 번 죽은 것처럼 보인다.

2 스타티우스를 가리킨다.

3 베르길리우스를 가리킨다.

4 피카르다는 13세기 중반에 피렌체에서 태어나 13세기 말에 사망한 이탈리아 의 귀족 여성으로, 산타키아라 수녀회의 수녀이다. 단테와는 개인적으로 친 분이 있으며 천국에서 첫 번째로 만나는 인물이다(〈천국〉 3곡 참조).

5 테살리아의 올리포스 산으로 그리스 신화에서 신들이 있는 곳이다. 여기서는 천국을 의미한다.

6 루카의 보나준타 오르비치아니이다. 1200년대의 토스카나의 시인이자 공증 인이었다. 이 탐식의 둘레에서 그는 단테의 두 번째 대화자가 된다. 1220년 에 태어나 적어도 1296년까지 살았고 루카 산 마르티노 교회에서 일했다. 단 테로부터 영감이 없는 기교적인 시인으로 비호의적인 평가를 받았다(《속어론》 Ⅰⅷ1 참조). 단테는 그의 시를 문체나 표현의 가치도 없고 창작의 독창성도 없 이 프로방스의 서정시를 모방한 것으로 묘사했다. 그는 단테의 시를 길 읽고 단테에게 시를 보내기도 했다.

7 교회를 두 팔로 가져 본 자는 교황을 말한다. 투르 출신의 교황은 시몽 드 브 리옹, 마르티노 4세이다. 교황으로서 1281-1285년 동안 재위했다. 볼세나 호

수에서 뱀장어를 잡아 베르나치아 백포주에 넣어서 죽인 다음 구워 먹었다가 죽었다고 한다.

8 기벨리나 귀족 가문이다. 무젤로의 성에서 이름을 가져왔다. 대주교 루지에리의 아버지이고 추기경 오타비아노의 형제이다. 두 인물 다 〈지옥〉(10, 33곡)에 나온다. 그리고 다른 형제로는 우골리노 다초가 있는데 〈연옥〉(14곡)에 나온다. 엠폴리 공의회에서 그는 피렌체의 파괴를 제안한 자들 사이에 있었다. 그는 대단한 탐식가로 알려졌으며 1291년에 죽었다.

9 보니파키우스 데이 피에스키이다. 제노바 출신으로 교황 인노첸시오 4세의 손자이다. 라바냐의 백작이고 1274년부터 1294년까지 라벤나의 대주교였고 로마냐에서 교황의 대사였다. 무엇보다도 정치가였고 쿠리아로부터 많은 중요한 직무를 맡았다. 1295년에 죽었다. 그는 탐욕가들의 배고픔을 채워 주는 데 더 열중했다고 한다.

10 마르케세 델리 아르투리오지이다. 포를리의 귀족 가문이며 1296년에 파엔자의 집정관이었다. 벤베누토의 설명에 의하면 메세르는 마시는 것 외에 할 것이 없느냐고 물으면 자기는 언제나 목이 마른 사람이라고 대답했다고 한다.

11 보나준타를 말한다.

12 단테가 루카란 도시를 좋아하게 만든 여자의 이름이다. 단테가 망명 시절에 만났던 보나코르소 라자로 폰도라의 아내 젠투카 모를라로 추정되며 백당 피렌체의 망명자들을 적대시했던 도시에서 단테를 보호하고 손님으로 대접했다고 한다. 부티는 단테가 표현하지 않았지만 그녀에게 연정을 품었을 수도 있다고 말한다.

13 굶주림과 갈증으로 하느님으로부터 주어진 고통을 느끼는 곳이 입이며 갈증으로 입이 말라 말을 잘 못한다.

14 아직 처녀란 이야기다. 그 당시에는 결혼을 하면 표시를 하기 위해 머리와 턱을 덮는 검정색 베일이나 흰색 밴드를 했고 과부는 흰색 베일을 사용했다고 한다. 여기서는 젠투카를 가리킨다.

15 단테의 《새로운 인생》(XIX 2-3)에 나오는 시이다. 단테는 새로운 문체와 주제로 시를 썼는데 이러한 양식을 청신체라고 한다. 청신체란 감미롭고 새로운 문체의 스타일이란 뜻이다.

16 청신체의 시를 정의한 말이다.

17 공증인은 시칠리아파에서 가장 권위 있는 마에스트로였던 자코포 다 렌티니를 말하고, 귀토네는 서정시에서 토스카나파의 대표였던 귀토네 다초를 말한다. 이들 세 명은 시칠리아파의 대표적 시인들로 프로방스의 전통적인 서정시파였다. 1200년대 말에 이탈리아 사랑의 서정시가 새롭게 바뀌는데 이것이 청신체이다.

18 고르니가 제시한 언어의 매듭으로, 사랑의 영감으로 써야 하는 것을 방해하는 장애물을 뜻한다.

19 피렌체를 부패하게 한 책임자로 포레세의 형제인 코르소 도나티를 말한다. 흑당의 대표자로서, 싸움을 좋아하고 폭력적인 자라는 평을 받았다. 그는 여동생 피카르다를 로셀리노 델라 토사에게 아내로 주기 위해 억지로 수녀원에서 데리고 오기도 했다. 여러 도시에서 집정관으로 있었고 1289년에 캄팔디노에서 피렌체의 동맹인 피스토이아 군대를 지휘했다. 도나티와 체르키 그리고 카발칸티의 적대심은 도시를 흑당과 백당으로 나누는 결과를 가져왔다. 보니파키우스 8세를 설득하여 샤를 발루아 왕을 피렌체에 불러들이고 잔혹한 복수를 했다. 백당을 내쫓은 후에 도시의 군주가 되었지만 많은 사람들로부터 미움을 받았다. 그는 단테를 피렌체에서 추방하는 데 한몫했고 피렌체에 더 강한 지배권을 확보하려고 했지만 1308년에 배신자로 사형선고를 받고는 말을 타고 도망치다가 살해되었다.

20 반인반마라서 두 개의 가슴으로 묘사되었다. 이 사악한 인물은 켄타우로스로 라피타에의 왕 익시온과 구름으로 변한 헤라에서 태어난 자이다. 이들은 페이리토스와 히포다메이아의 결혼식에 초대되었지만 술에 취해 폭력을 휘두르고 여자들을 납치하려고 했다. 페이리토스의 친구 테세우스가 그들과 싸워 이겼다고 한다.

21 두 번째 예로 성서에서 인용했다. 유대가 미디안을 칠 때 하느님의 계시를 받아 물가에서 물을 마시는 자세로 병사를 뽑았다. 무릎을 꿇고 마시는 자와 핥아서 마시는 자로 나누었는데 물을 핥아서 마시는 자가 삼백 명이었다. 기드온은 이 삼백 명을 이끌고 미디안에서 승리를 했다(〈사사기〉 7장 1-25절 참조).

22 그리스 신화에서 신들이 먹는 음식 또는 음료로, 먹는 사람은 누구든지 늙지 않는 불멸의 능력을 가지게 된다. 올림포스 산에서 비둘기가 신들에게 가져다주며, 호메로스 전통에서는 이것을 대지의 신성한 증거라고도 생각했다.

23 천사는 단테의 이마에 새겨진 'P'자를 지워 주고 있다.

24 〈마태복음〉(5장 6절)의 구절로 "의에 주리고 목마른 자는 복이 있나니 저희가 배부를 것임이요."라는 내용이다.

〔 제25곡 〕

1 태양은 정오에 숫양자리에 위치한다. 태양이 그 숫양자리를 지나 황소자리에 있으므로 정오보다 두 시간이 지난 때인 오후 2시이다(각 별자리마다 두 시간 차

이가 난다.). 다른 반구에서 황소자리는 전갈자리와 상응하기 때문에 새벽 2시이다.

2 오비디우스의 《변신 이야기》(VIII 445-546)에 보면 멜레아그로스가 태어났을 때, 그 집 난로에서 타고 있는 장작개비를 보고 운명의 여신들이 "이 아이의 운명은 바로 저 장작과 같을 것이다."라고 예언했다. 어머니 알타이아는 그 장작개비를 꺼내어 불을 끄고 집 안 구석 은밀한 곳에 감추었다. 멜레아그로스는 그 덕에 장성했다. 그러나 그가 그의 외삼촌들을 죽이는 사건이 일어나자 알타이아는 자기 남동생들의 복수를 위해 장작을 불에 던졌고 그 나무가 다 타자 그도 죽게 되었다. 멜레아그로스의 몸과 생명이 소멸한 것은 자기 내부가 아니라 외부의 원인에 좌우되었던 것이다. 즉, 인간의 육신은 그 외부의 원인 때문에도 소멸될 수 있다.

3 여기서부터 인간의 자연적인 육체와 정신이 어떻게 만들어지고 영혼과 육체 사이의 관계가 어떤지, 죽은 후에 육체에서 분리된 영혼의 상황 등을 설명하기 시작한다. 이 설은 아리스토텔레스의 《동물의 기원》(I, II)을 기반으로 하고 있다. 여기서의 '완전한 피'는 정액을 말한다.

4 남자의 생식기관을 가리킨다.

5 자궁을 가리킨다.

6 심장을 가리킨다.

7 태아를 가리킨다.

8 아베로에스를 가리킨다(〈지옥〉 4곡 144행 참조). 지성에 대한 그의 학설은 단테의 시대에 큰 반향을 일으켰는데, 교회로부터 처벌을 받고 토마스 아퀴나스와 논쟁을 벌이기도 했다. 그는 인간의 지성을 독립적으로 보고 육체와 영혼과 지성은 각각 다른 것으로 이해했다.

9 하느님을 가리킨다.

10 지옥의 아케론 강과 연옥의 테베레 강을 가리킨다.

11 항상 그렇듯이 처음의 예는 마리아의 삶을 다뤘다. 이미 단테가 교만의 둘레에서 겸손의 예로 들었던 수태고지이다. 천사가 그녀에게 수태 소식을 알리자 마리아의 대답이 "나는 사내를 알지 못하니 어찌 이 일이 있으리이까."라고 했다(〈누가복음〉 1장 34절).

12 디아나는 그리스 신화에서 순결의 여신이며 달의 여신이다. 그녀는 순결을 지키기 위해 숲속에 살며 숲과 동물들을 돌보았다. 헬리케는 아르카디아의 왕 리카온의 딸로 디아나를 추종하며 그 숲에서 살았다. 제우스에게 속아서 관계를 맺었는데, 디아나는 그녀가 사는 곳이 헬리케 때문에 오염되지 않을까 하여 헬리케를 쫓아냈다. 오비디우스의 《변신 이야기》(II 401 이하)를 보면 제우스의 아내 헤라의 질투를 받아 헬리케는 곰으로 변하고 나중에 죽어서 제우스

와의 사이에서 낳은 아들과 함께 큰곰자리와 작은곰자리가 되었다고 한다.

제26곡

1 성서 속에 나오는 두 도시. 하느님에 의해서 하늘에서 유황과 불이 떨어져 두 도시는 파괴되었다. 그들은 동성애와 수간 등의 죄를 지은 것으로 유명하였다 (《창세기》 19장 1–28절 참조).

2 파시파에는 태양의 신 헬리오스와 대양의 신 오케아노스의 딸 페르세이스 사이에서 태어난 딸로, 크레타의 왕 미노스의 왕비이다. 미노스는 포세이돈의 제물인 황소를 하찮게 여겨 가축우리에 집어넣었다. 화가 난 포세이돈은 왕비 파시파에가 황소와 사랑에 빠지게 했다. 눈처럼 하얀 황소를 사랑한 파시파에는 크레타의 명장 다이달로스에게 자신의 욕망을 말했다. 다이달로스가 파시파에를 위해 나무로 된 정교한 암소를 만들어 주자 파시파에는 그 안에 들어가 포세이돈의 황소와 교접했다. 이 비정상적인 교접으로 인해 파시파에는 황소의 얼굴과 인간의 몸을 한 괴물 미노타우로스를 낳았다. 여기서는 동물과의 교접을 원하는 음욕의 죄를 나타낸다.

3 학의 무리가 하나는 추위를 피해, 다른 하나는 더위를 피해 각기 다른 방향으로 간다는 것은 자연적으로 일어날 수 없는 일이다. 즉, 이 음욕의 죄를 짓고 있는 자들의 죄에 대한 부조리성을 나타낸다.

4 카이사르가 전쟁에서 승리하고 로마로 들어올 때 그를 향해 여왕이라고 부르며 비웃는 사람들이 있었다. 그것은 카이사르가 비티니아의 왕 니코메데스와 관계를 가졌다는 소문이 온 로마에 퍼져 있었기 때문이다(스에토니우스의 《황제전》 I, XLIX 참조).

5 13세기 초중반에 볼로냐에서 태어나서 1276년에 사망했다. 그는 청신체파의 시를 처음으로 쓴 사람으로 알려져 있다. 그의 시는 적은 구성수(5시와 15소네트로 구성)로 되어 있으며, 이탈리아에서 사랑의 서정시에 새로운 장을 열었다는 평을 받는다. 단테의 인생에 큰 영향을 미친 사람이다.

6 힙시필레가 해적에게 잡혀 네메아의 왕 리쿠르고스에게 팔려 오자 그는 그녀를 믿고 아들의 양육을 맡겼다. 힙시필레가 그리스 군인들에게 란기아의 샘을 알려 주기 위해 리쿠르고스의 아들을 풀밭 위에 두고 갔다가 그 아들이 뱀에물려 사망하자 리쿠르고스는 그녀에게 사형을 선고했다. 불 속에 던져진 힙시필레는 그녀를 구하기 위해 불 속에 뛰어든 그녀의 두 아들에 의해서 살아난다(스타티우스의 《테바이스》 V 718 이하 참조). 즉, 단테도 귀니첼리란 말을 듣자

바로 불 속에 들어가 반갑게 맞이하고 싶지만 힙시필레의 두 아들처럼 불 속으로 들어갈 수는 없다는 이야기다.

7 레테는 죄의 기억을 씻는 망각의 강이다.

8 여기서 말하는 새로운 기법은 그 당시 라틴어로 쓰던 시를, 방언으로 여기던 이탈리아어로 쓴 것을 말한다. 여기에서 청신체파라는 새로운 기법이 나왔는데, 사랑과 여성 찬미를 주제로 서정시를 썼다.

9 대장장이는 1180년에서 1200년까지 활동한 프로방스의 시인 아르노 다니엘을 가리키고, 모국어는 프로방스어, 즉 오크어를 가리킨다. 아르노 다니엘은 복잡한 운율 구조와 교묘한 압운, 그리고 뜻보다는 소리에 더 중점을 두어 선택한 단어들을 사용하는 시 형식인 '트로바르 클뤼스'를 뛰어나게 구사했다. 압운이 없고 정교한 단어 반복 구조를 갖고 있으며 6행 6연으로 된 '세스티나(sestina)'라는 서정시 형식을 고안한 것으로 추정된다. 그의 영향을 가장 많이 받은 단테는 이 〈연옥〉편에서 그를 자기 나라 말로 작품을 쓴 시인들의 귀감으로 내세웠다. 《신곡》에서 이탈리아어로 쓰지 않은 유일한 구절은 바로 프로방스어로 쓴 아르노의 시 구절이다. 또한 귀니첼리는 자신을 아르노보다 더 아래로 낮추는 겸손함을 보이고 있는데 이는 아르노가 방언을 훨씬 더 잘 사용하여 창작을 했다는 것을 나타내는 것이다.

10 리모주 출신으로 프로방스의 음유시인 기로 드 보르넬을 가리킨다. 리모주는 프랑스의 중서부에 위치한 지역으로 오크어로 된 시의 문학적 중심지였다. 기로는 12세기 중후반부터 13세기 초반까지 살았으며 아르노보다 더 소박한 문체를 구사하였다. 몇몇의 옛 연대기 작가들은 그를 다른 시인들보다 더 훌륭한 음유 시인이라고 평가했다. 단테는 《속어론》(II ii 9)에서 기로와 아르노 그리고 베르트랑 드 보른을 칭송하였다.

11 '우리 아버지'를 낭독해 달란 말은 주기도문을 해 달란 의미이다. 주기도문은 '하늘에 계신 우리 아버지여'라고 시작한다. 여기 연옥은 더 이상 죄를 범할 수 없는 곳이며 이곳의 영혼들은 죄를 회개했기에 주기도문의 마지막 구절 '우리를 다만 악에서 구하옵소서.'는 필요 없다는 말이다.

12 140행부터 147행까지 이 부분은 원문에서는 오크어로 되어 있으며 아르노 다니엘은 《신곡》에서 자기 모국어로 말하는 유일한 비(非)이탈리아인이다.

✿ 제27곡 ✿

1 단테는 그의 천지학을 이용해서 네 곳(연옥, 예루살렘, 갠지스, 카디스)에 중점을
   두고 시간을 계산한다. 연옥에서 해가 질 무렵일 때, '창조주가 피를 뿌린 땅'
   인 예루살렘은 연옥과 정반대편에 있기에 해가 떠오를 때이고, 에브로는 스페
   인의 강 이름으로 스페인을 가리키는데, 즉 카디스의 방향을 나타낸다. 에브
   로(카디스)가 천칭자리 아래에 있다는 것은 자정임을 말하고 카디스의 정반대
   편에 있는 갠지스는 정오임을 알 수 있다.

2 〈마태복음〉(5장 8절)의 "마음이 깨끗한 자는 복이 있나니, 저희가 하느님을 볼
   것임이요." 구절을 인용했다.

3 오비디우스의 《변신 이야기》(IV 55-166)에 나오는 이야기다. 피라무스와 티스
   베는 바벨론의 젊은 두 남녀였는데 가족이 그들의 사랑을 반대하자 함께 도
   망치기로 약속했다. 도망치기로 한 날, 도시 밖 뽕나무가 있는 곳에서 보기로
   했으나 먼저 나온 티스베는 피라무스를 기다리다 갑자기 들리는 사자 울음소
   리에 놀라 도망쳤다. 그때 그녀는 베일을 떨어뜨렸고 사자는 그것을 갈기갈
   기 찢어 놓았다. 조금 후에 도착한 피라무스는 이 찢어진 베일을 보고 티스베
   가 죽었다고 생각하고는 검으로 자결하였다. 뽕나무 아래로 돌아온 티스베는
   땅에 쓰러진 피라무스를 보고는 자결하였다. 피라무스의 피가 뽕나무의 뿌리
   에 스며들어서 그 이후로 하얀 색이던 뽕나무의 열매 오디는 검붉게 변했다
   고 한다.

4 예수가 제자들에게 말한 것으로, 최후의 날에 선택된 자들에게 할 말이다.
   "내 아버지께 복 받을 자들이여, 나아와 창세로부터 너희를 위하여 예비된 나
   라를 상속하라."라는 구절이다(〈마태복음〉 25장 34절 참조).

5 베누스(아프로디테)의 또 다른 이름이다. 바다의 거품으로 태어난 베누스를 키
   테라 섬이 바다에서 솟아올라 맞아 주었다고 한다. 섬에는 베누스의 신전이
   있으며 그녀를 섬겼다고 한다. 섬의 이름에서 키테레아라는 이름이 유래했
   다. 베누스의 별은 금성, 즉 샛별을 가리킨다.

6 야곱이 라반 밑에서 7년 동안 일을 하여 라반의 첫째 딸 레아를 아내로 얻고,
   다시 7년을 더 일하여 라반의 둘째 딸 라헬을 아내로 얻은 이야기이다(〈창세기〉
   29장 16절 이하 참조). 첫째 딸 레아는 예쁘지 않으나 다산의 복이 있고 둘째는
   예쁘나 불임이었다. 전통적인 주석을 보면 인간의 삶에서 레아는 활동적인 삶
   으로, 라헬은 명상적인 삶으로 상징되었다(라헬은 보는 인간성을 나타내는 인물이
   다.). 이 둘은 다시 마텔다와 베아트리체로 연결되는데 마텔다는 단테를 에덴
   으로 안내하고 우리가 이웃을 사랑하고 선하게 행동(지성과 사랑)하여 얻을 수
   있는 행복을 상징하고, 에덴에 들어선 단테를 인도하는 베아트리체는 하느님

의 사랑과 그것을 통해서 끊임없이 샘솟는 기쁨으로 인도하는 신의 계시를 상징한다.

❮ 제28곡 ❯

1 바람의 왕 아이올로스는 시로코(바다로부터 올라와 라벤나 해변에 부는 남동풍)를 나오게 할 때는 사슬로부터 자유롭게 한다고 한다. 신화에 따르면 아이올로스는 에오리아 섬의 동굴 안에 쇠사슬에 묶인 바람들을 가둬 둔다. 바람들이 우주를 파괴하지 않게 하기 위해서 차례로 하나씩 자유롭게 해 준다고 한다(《아이네이스》 I 52 이하).

2 로마 시대에 아드리아 해에 있던 라벤나의 옛 항구이다. 지금은 바다가 물러나서 육지가 되었다.

3 레테의 강을 말한다.

4 베아트리체의 말을 빌리면, 이 여인의 이름은 마텔다이다(《연옥》 33곡 118-119행). 단테의 시에서 나온 여러 인물 중 하나이다. 이 여인이 누구를 가리키는지에 대해서 많은 의견이 있으나 정확하게 기록된 것은 없다. 역사적으로 보자면, 5세기에 살았던 엔리코 1세의 딸이자 독일의 거룩한 여인인 마틸데, 《영혼의 은총》이란 책을 저술했으며 1310년에 사망한 핵크보른의 마틸데, 그리고 많은 고대와 현대의 주석가들이 말하는, 위임의 분쟁에서 교회를 지지했던 토스카나의 백작부인 마텔데(1046-1115년) 등으로 추정할 수 있다. 또한 비유적으로는 앞 곡에서 말한 활동적인 삶의 상징인 레아와 비슷하게 묘사되어, 교회의 사랑이나 천국의 임무에 대한 순결 등등을 상징한다고도 본다.

5 페르세포네는 그리스 신화에서 제우스와 데메테르의 딸이며 명계(冥界)의 여왕이다. 들판에서 님프들과 꽃을 따던 중 냉셰의 왕 히데스에게 납치되어 명계의 여왕이 되었다. 데메테르가 딸을 찾아 헤매 다니느라 일손을 놓자 곡물들이 시들어 갔다. 페르세포네가 하데스에게 끌려갔다는 사실을 알게 된 데메테르는 제우스를 찾아가 하데스가 딸을 돌려보내도록 해 줄 것을 요구한다. 하데스는 페르세포네를 지상에 올려 보내기 전에 석류 씨를 몇 알 먹였다. 그 결과 지하 세계의 음식을 먹은 대가로 페르세포네는 지상으로 완전히 돌아가지 못하고 지상과 지하를 오가야만 하는 처지가 되었다. 페르세포네는 한 해의 1/3은 명계의 여왕으로서 하데스와 함께 명계를 지배하고, 2/3는 지상에서 어머니 데메테르와 지내게 되었다. 사람의 관점으로 보았을 때 그녀는 젊음의 기쁨과 순결을 상실한 것을 나타내고, 그리스도인의 관점으로 보았을 때는 지

상천국의 상실을 나타낸다. 단테는 〈지옥〉편에서 영원한 통곡의 여왕이라고 말했다.

6 사랑의 여신 베누스(비너스)는 그녀의 아들 쿠피도(큐피드)의 실수로 사랑의 화살을 맞고 아도니스를 사랑하게 되었다(오비디우스의 《변신 이야기》 X 525 이하 참조). 사랑에 빠진 베누스의 눈에서 찬란하게 빛나는 눈빛보다 마텔다의 눈이 더 빛난다 했고 베누스와 비교하는 이유는 마텔다가 사랑을 상징하는 여인이기 때문이다.

7 페르시아의 왕 크세르크세스는 기원전 485년부터 기원전 465년까지 재위했다. 그는 그리스를 정복하기 위해 그리스와 소아시아 사이에 배로 다리를 만들어 그의 수많은 군사가 헬레스폰트 해협을 지나가도록 했다. 그러나 전쟁에서 패한 크세르크세스의 군대가 후퇴할 때 이 다리가 부서져 군사들은 물에 빠지고 크세르크세스는 어부의 배로 간신히 이 해협을 건너갔다고 한다.

8 세스토스(트라시아의 도시)와 아비도스(소아시아의 도시)는 헬레스폰트 해협에 끼인 두 도시인데 레안드로스란 아비도스의 청년이 세스토스에 사는 헤로란 여인을 사랑했다. 헤로를 만나기 위해 해협을 헤엄쳐 건너던 어느 날 폭풍우를 만나 레안드로스는 물에 휩쓸려 죽고 헤로는 그의 시신을 발견하고 물에 뛰어들었다.

9 에덴동산을 말한다.

10 〈시편〉 91(혹은 92)편 5(혹은 4)절이다.

11 〈연옥〉(21곡 43행)에서 보면 스타티우스는 연옥의 정죄산에는 바람이나 비 등의 자연현상이 없다고 했다. 그래서 단테는 여기서 물이 흐르고 바람이 불며 나뭇잎이 바스락거리는 소리를 이상하게 생각한다.

12 지상에서는 태양의 열로 얼음이 물로 변해 비로 내리고 비가 다시 수중기로 변하고 바람과 폭풍을 일으키는 현상을 말한다.

13 연옥은 지상과 단절되어 있다.

14 하늘 아래의 모든 운동을 동쪽에서 서쪽으로 돌리는 제일 높은 하늘에 위치한 힘이다. 하느님의 직접적인 의지에 따라 우주의 운동을 관여한다.

15 인간들이 살아가는 세상을 말한다.

16 에우노에 강물의 맛을 말한다. 레테의 강은 죄를 망각하게 하는 반면 에우노에 강은 모든 선을 기억하게 하기 때문에 강물 맛이 다른 모든 강보다 좋다.

17 뮤즈들이 사는 산 이름이다. 시인들의 노래는 이곳에서 영감을 얻는다.

18 넥타르는 신들이 마시는 술로 이 거룩한 강들의 물을 말한다.

제29곡

1 〈시편〉 31(혹은 32)장 1절로 "허물의 사함을 얻고 그 죄의 가리움을 받은 자는 복이 있도다."란 구절이다.

2 영원한 기쁨은 천국의 기쁨 혹은 행복을 가리키고, 첫 과일들은 찬란하게 빛나는 대기와 감미로운 멜로디를 가리킨다. 즉, 천국의 행복을 처음으로 찬란한 빛과 감미로운 멜로디로 미리 경험함을 말한다.

3 뮤즈들이 사는 보이오티아 산맥인데 이곳에는 아가니페와 히포크레네라는 두 개의 샘이 있다. 이 샘들은 시적 영감을 준다고 한다.

4 아홉 뮤즈 중 하나로 천문학(별자리와 그 영향)을 주재한다. 그 이름도 그리스어로 하늘을 의미한다.

5 단테는 〈요한계시록〉의 환상에서 영감을 받았다(〈요한계시록〉 1장 13절, 4장 5절 참조). 〈요한계시록〉에서 일곱 개의 촛대는 하느님의 일곱 성령을 의미한다.

6 예수가 예루살렘에 입성할 때 무리가 예수를 뒤따르고 환호하며 외쳤던 말(〈마태복음〉 21장 9절 참조)로 '구하옵나니, 이제 구원하소서.'의 뜻을 가진 히브리어이며, 하느님을 찬양하고 환호하는 말이다.

7 마텔다를 가리킨다.

8 태양은 무지개를 만들고, 델리아(델리아는 여신 디아나이다. 델로스 섬에서 태어나서 붙은 이름이다. 달을 의미한다.)는 달무리를 만드는데 그들이 나타내는 색은 여기서는 명확하게 쓰여 있지 않으나 무지개의 일곱 색으로 추측한다.

9 스물네 명의 노인들의 모습은 〈요한계시록〉(4장 4절)에서 요한이 환상에서 본 하느님 보좌 주변에 앉아 있는 스물네 명의 장로의 모습과 비슷하다. 이 스물네 명의 노인은 구약성서의 스물네 권의 책을 말한다.

10 '호산나'가 예수에 대한 인사였다면 이 구절은 예수의 어머니 성모 마리아를 찬양하는 말이다. 천사 가브리엘이 마리아에게 나타나 했던 말이다(〈누가복음〉 1장 28절 참조). 또 다른 의견으로 이 찬양은 베아트리체를 위한 것이라고도 한다. 왜냐하면 이제 곧 단테를 이끌기 위해 베아트리체가 오기 때문이다.

11 백 개의 눈을 가진 괴물이다. 제우스는 님프인 이오를 유혹하여 검은 구름으로 가리고 관계를 맺었는데 제우스의 아내 헤라는 이오를 암소로 변하게 했다. 헤라는 백 개의 눈을 가진 거인 아르고스에게 암소를 감시하도록 맡겼다. 아르고스는 잠을 잘 때도 두 개의 눈만 감고 나머지 눈은 뜨고 있었으므로 아무도 그의 눈을 속일 수 없었다고 한다.

12 〈에제키엘〉을 보면 네 마리의 동물이 나온다. 그 네 형상의 묘사에 의하면 각각 네 얼굴과 네 날개를 가지고 있었고 앞면은 사람의 얼굴이고 우편은 사자, 좌편은 황소, 뒤는 독수리의 얼굴이었다고 한다. 에제키엘의 동물들은 바벨

론 성의 앞에 보이는 사람의 얼굴과 날개를 가진 황소나 사자의 모습과 비슷
할 것이다(에제키엘(에스겔) 1장 5~11절 참조).

13　〈요한계시록〉(4장 6~8절)에서도 네 마리의 동물이 나온다. 〈요한계시록〉의 묘
　　사에 따르면 앞과 뒤로 수많은 눈이 달렸고 첫 번째는 사자와 두 번째는 소와
　　세 번째는 사람과 네 번째는 독수리와 비슷하다고 했고 그들 각각 여섯 날개
　　를 가졌는데 날개의 주변과 안은 눈으로 가득 찼다고 했다. 이것이 에제키엘
　　과 요한이 묘사한 날개의 차이점(날개의 개수)이며 이 네 마리 동물은 사대 복
　　음서를 상징하는데 사람 또는 천사는 마태를, 사자는 마가를, 소는 누가를,
　　독수리는 요한을 가리킨다.

14　얼굴과 날개는 독수리이고 몸은 사자인 동물이며, 두 개의 본성, 즉 인성과 신
　　성이 한 몸에 있는 그리스도를 상징한다.

15　푸블리우스 코르넬리우스 스키피오 아프리카누스(기원전 235~기원전 183년),
　　약칭 대(大)스키피오는 제2차 포에니 전쟁에서 싸운 로마의 장군이다. 제2차
　　포에니 전쟁 중 한니발의 군대를 아프리카의 자마 전투에서 격파한 것으로 유
　　명하다.

16　아우구스투스(기원전 63~서기 14년)는 로마제국의 초대 황제(재위 기원전 27~서
　　기 14년)로, 본명은 가이우스 옥타비우스 투리누스였으나 카이사르의 양자가
　　된 후 가이우스 율리우스 카이사르 옥타비아누스로 불렸다.

17　대지의 여신이다.

18　세 여인은 신학상의 세 가지 덕인 사랑(빨강), 소망(초록), 믿음(하양)을 나타낸
　　다. 빨간 여인이 노래를 부르며 춤을 이끄는데 그것은 빨간 여인의 상징인 사
　　랑이 이 세 가지 중 으뜸이기 때문이다.

19　네 여인은 기본적인 덕성인 신중, 정의, 강인함, 절제이다. 그중 머리에 세 개
　　의 눈을 가진 여인은 신중을 나타낸다. 자주색 옷을 입은 것은 이 기본적인 덕
　　성이 빨간색의 상징인 사랑이 있어야만 지켜질 수 있기 때문이다.

20　두 노인은 〈사도행전〉의 저자인 누가와 사도서간을 쓴 바울을 가리킨다.

21　누가는 실제로 의사였다.

22　바울은 그리스도인들에게 성령의 칼과 하느님의 말씀으로 무장하라고 말했다
　　(〈에베소서〉 6장 17절 참조).

23　공손한 모습의 네 사람은 베드로, 요한, 유다, 야고보가 쓴 서간들을 말한다.
　　공손한 모습이라 한 것은 그들이 쓴 서간이 다른 서간들에 비해서 짧고 중요
　　성이 덜하기 때문이다

24　신약성서에서 마지막 책이자 예언서이며 요한이 쓴 〈요한계시록〉을 뜻한다.
　　잠들어 있는 듯한 예리한 얼굴을 했다는 것은 요한이 환상을 보며 예언서를
　　썼기 때문이다.

25 일곱 개의 촛대를 가리킨다.

제30곡

1 하느님의 성령을 상징하는 일곱 촛대의 불을 말한다. 이 일곱 개의 별은 북두
   칠성과 비슷한 모양을 하고 있는데 북두칠성이 여행의 안내자 역할을 하듯이
   이들도 인간의 영혼을 선하도록 이끈다.

2 북극성을 말한다.

3 스물네 명의 노인, 즉 구약성서의 스물네 권의 책을 말한다.

4 사랑이 가득한 결혼식을 노래한 〈아가〉(4장 8절)에 나오는 구절이다. "나의 신
   부야, 너는 레바논에서부터 나와 함께하고 레바논에서부터 나와 함께 가자.
   아마나와 스닐과 헤르몬 꼭대기에서 사자 굴과 표범 산에서 내려다보아라."
   란 구절을 인용한 것이다. 단테는 아가서의 신부를 신의 지혜로 해석했다.

5 최후의 심판 날을 말한다.

6 예수가 예루살렘에 입성할 때 따르던 사람들이 했던 말들이다. 〈마태복음〉(21
   장 9절)에서 "앞에서 가고 뒤에서 따르는 무리가 소리 질러 가로되 호산나 다
   윗의 자손이여 찬송하리로다. 주의 이름으로 오시는 이여, 가장 높은 곳에서
   호산나 하더라."라고 되어 있다.

7 베르길리우스의 감미로운 시의 불완전한 행이다. 아우구스티노 가문으로 꽃
   다운 나이에 죽은 젊은 마르첼로에게 경의를 표하기 위해 안키세스가 한 말이
   다(《아이네이스》 Ⅵ 883 참조).

8 베아트리체를 가리킨다.

9 단테가 베아트리체를 만난 것은 아홉 살 때이다. 베아트리체를 처음 본 순간
   심하게 떨고 털이 곤두설 정도였다고 한다(《신생》 Ⅱ 4 참조).

10 베르길리우스의 《아이네이스》에서 인용한 구절이다(《아이네이스》 Ⅳ 23 참조).
    그의 스승 베르길리우스에게 하는 마지막 인사말이다. 아이네이아스를 보고
    사랑에 빠진 디도가 자신의 자매인 안나에게 한 말이다.

11 이브가 잃어버린 에덴동산의 모든 아름다움을 말한다.

12 《신곡》에서 유일하게 '단테'의 이름이 직접 나오는 부분이다.

13 〈시편〉(31편 1-9절) 구절이다. 하느님의 보호와 자비에 대한 믿음과 소망을 노
    래했다. 하느님 앞에서 죄를 용서해 달라는 성서의 언어를 가지고 부끄러워
    한마디 하지 못하는 단테를 위해 천사들이 부르는 노래이다. 드라마틱하고 종
    교적인 의미가 깊이 나타난 부분이기도 한다. 천사들은 9절 이후를 노래하지

않았는데 9절 이후로는 〈시편〉의 주제가 기원으로 바뀌면서 단테의 상황과
일치하지 않기 때문이다.

14 아프리카의 적도에서는 정오에 그림자가 지지 않는다.

15 눈물과 한숨을 말한다.

16 천사들을 말한다.

17 젊은 시절을 의미한다. 단테는 《향연》(IV xxxiv 1–6)에서 인간의 인생은 네 번
으로 나뉘는데 그 두 번째 시기는 25살을 말하며 젊은 시절이 시작되는 나이
임을 말한다. 베아트리체는 25살이 되는 해 1296년 6월 9일에 죽었고 지상과
필멸의 삶에서 천국과 영원한 삶으로 바뀌었다.

제31곡

1 '수염'이란 단어 속에 쓴 꾸짖음이 숨겨 있다. 베아트리체는 단테를 질책하는
데 '갓 태어난 어린 새', 즉 어릴 때는 잦은 유혹에 넘어갈 수 있어도 '깃털을
가진' 혹은 '수염', 즉 성숙한 어른이 되어서는 이런 유혹에 넘어가는 것을 부
끄럽게 생각해야 한다는 것이다.

2 북쪽의 땅, 즉 유럽을 말한다.

3 남쪽의 땅, 즉 아프리카를 말한다. 이아르바스는 아프리카 북부 리비아의 왕
이다. 그리고 디도에게 사랑에 빠진 왕이다.

4 그리핀을 말한다.

5 천사들은 〈시편〉 50(혹은 51)편 9(혹은 7)절인 "우슬초로 나를 정결케 하소서,
내가 정하리이다. 나를 씻기소서, 내가 눈보다 희리이다."라며, 거룩한 물로
정화하는 것을 찬양하고 있다.

6 단테 위에서 네 명의 여인이 팔을 펼쳐 손을 연결하여 원을 그리면서 춤을 추
며 십자가의 모양을 만든다. 이것은 네 가지 덕이 단테가 정화에 이르는 것을
보호하고 있다는 것을 의미한다.

7 배부르게 먹거나 그것을 맛본 자가 갈증을 더 느끼게 하는 음식은 하느님의
지혜이다. "나를 먹는 사람은 더 먹고 싶어지고, 나를 마시는 사람은 더 마시
고 싶어진다."(〈집회서〉 24장 21절).

8 처음의 아름다움은 베아트리체의 눈이다. 두 번째의 아름다움은 베일 속에 숨
겨진 입, 즉 그녀의 미소이다. 베아트리체의 눈이 지혜와 진실을 드러낸다면
미소는 지혜가 펼치는 빛으로, 구원을 말한다.

제32곡

1 베아트리체의 죽음으로부터 10년이 지났다.

2 강을 건너게 해 준 아름다운 여인 마텔다와 스타티우스와 단테는 행렬을 따라 걷고 있는데, 이 행렬은 오른쪽으로 돌아가고 있기 때문에 오른쪽 바퀴가 왼쪽 바퀴에 비해 더 작은 원을 그린다.

3 단테가 뱀의 말을 믿은 이브의 연약함을 비난하는 반면 여기 행렬의 사람들은 아담의 이름을 낮게 웅얼거린다. 모든 기록이나 전통에서 원죄를 후손에게 물려준 책임은 그에게 거슬러 올라가기 때문이다〈로마서〉 5장 12절).

4 태양의 빛(커다란 빛)이 물고기자리를 따라오면서 빛나는 빛, 즉 양자리로 이어져 땅에 내릴 때는 봄을 말한다. 양자리의 기간은 3월 21일부터 4월 20일까지인 봄을 말하며, 이 시기에 단테가 천국 여행을 시작했다.

5 양자리 뒤에 오는 황소자리를 뜻하며, 기간은 4월 21일부터 5월 20일까지이다.

6 그 매서운 눈은 백 개의 눈을 가진 목자 아르고스의 눈을 말한다. 헤라는 아르고스에게 제우스가 사랑했던 님프 이오를 감시하라는 명령을 내리고 제우스는 아르고스를 죽이려고 헤르메스를 보낸다. 님프 시링크스에게 사랑에 빠진 판의 이야기를 들려주자 아르고스는 그만 잠이 들어 헤르메스에게 죽임을 당한다(《변신 이야기》 I 568-747).

7 하느님이 천사들과 인간들을 초대해 영원한 혼인 잔치를 베푼다(〈요한계시록〉 19장 9절 참조).

8 성경적인 상징으로 사과는 그리스도를 가리킨다(〈아가서〉 2장 3절 참조). 이는 세 제자의 예견으로, 하늘에서 천사들이 간절히 원하던 하느님의 영광(열매)을 의미한다.

9 예수는 베드로, 요한, 야고보를 데리고 타보르 산(변화산)에 오른 후 변모하였다. 거기서 예수가 모세와 엘리야와 함께 말하는 깃을 보였는데, 그때 구름에서 나오는 음성을 듣고 제자들이 두려워 떨었다(〈마태복음〉 17장 1-13절 참조).

10 〈마태복음〉(17장 1-8절)에서 죽은 나사로와 〈누가복음〉(7장 11-17절)에서 나인 성의 과부의 죽은 아들을 깨우는 목소리로, 여기서는 죽음을 잠으로 비유하였다.

11 예수의 변모는 이러했다. "그 얼굴이 해같이 빛나며 옷이 빛과 같이 희어졌더라."라고 했다. 그러나 그 세 명의 제자들이 두려워 떨었다. "일어나라." 하는 목소리에 그 세 제자가 고개를 들었더니 모세와 엘리야는 사라지고 예수는 평상시의 모습으로 돌아왔는데 이를 '예수의 변모 혹은 영광스러운 변모'라고 한다(〈마태복음〉 17장 1-13절 참조). 이 옷은 예수의 본성이며 신성에서 신과 인간

의 이중적 성격으로 변화했음을 말한다.

12 일곱 덕성을 말한다.

13 천국을 의미한다. 단테는 예루살렘 대신 로마의 이름으로 교체했다. 그의 생각에 따르면 로마제국은 지상에서 평화, 민중과의 조화, 정의를 이룸으로써 성인들의 도시를 상징한다.

14 베아트리체가 단테에게 보여 주는, 교회로 비유된 전차의 광경은 예수가 승천하고 난 뒤의 교회의 변천사를 보여 준다. 여기서 베아트리체의 '본 것을 그대로 쓰라'는 말은 〈요한계시록〉(1장 11절과 19절, 21장 5절)에서 인용된 것으로 보인다.

15 첫 번째 모습은 날씨에 빗대 표현된 것으로 로마의 네로 황제 시대부터 디오클레티아누스 황제(64~311년)까지 초대 그리스도 교인들에 대한 열 가지 박해를 말한다(성 아우구스티누스의 《신국론》 XVIII 52 참조). 제우스의 거룩한 새는 〈에스겔〉(17장 3절)에서 나온 독수리의 형상에서 인용하여 로마제국을 상징한 것이다. 그리고 나무는 하느님의 정의, 전차와 배는 교회를 상징한다.

16 그다음으로 굶은 여우를 빗댄 표현으로 초대 교회 내부의 이단자들을 상징한다. 여우는 성경에서 사용된 상징으로 이단을 말하는데(〈아가서〉 2장 15절, 〈시편〉 63편 11절 등 참조), 단테는 〈에스겔〉(13장 4절)을 인용한 듯하다. 굶은 여우는 참된 교리의 양식을 먹지 못함을 말하며 여우를 꾸짖으며 도망치게 한 베아트리체는 그리스도가 이단자들로부터 교회를 지키도록 한 지혜를 말한다.

17 세 번째는 몇 개 남긴 깃털을 빗댄 표현으로 로마의 황제 콘스탄티누스가 교회에 헌납한 황제의 재산을 의미한다. 이 행동으로 교회는 일시적인 권력과 부(세상의 권력과 부)를 쌓아 올리게 된다. 불행한 짐은 콘스탄티누스가 교회에 헌납한 재물을 말하며, 작은 배는 교회이고 목소리는 그 작은 배를 움직였던 선장, 즉 베드로(〈마태복음〉 8장 23~24절, 〈누가복음〉 8장 22절 참조)의 음성을 말한다.

18 위의 세 장면은 모든 주석가가 같은 해석을 한 것에 비해 네 번째 사건의 상징적인 설명은 주석가마다 다르다. 옛 주석가들은 용이 기독교 정신을 분리시킨 무함마드교(〈지옥〉 28곡 22~31행 참조)를 말한다고 하지만 현대의 일부 주석가들은 콘스탄티누스가 교회에 헌납한 것에 따른 세상의 재산에 대한 욕심으로, 사탄이 만든 성령의 가난함이라고 주장한다. 또 다른 현대 주석가들은 〈요한계시록〉에 나오는 용, 즉 사탄을 나타낸다고 한다. 사건들이 나열된 내용으로 보아 옛 주석가들이 주장한 무함마드교를 나타낸다고 보는 견해가 일반적이다.

19 넷째 번째 사건이다. 교회를 분리시킨 사건 후 기독교인들은 급속히 감소하고 힘도 약해졌다. 독수리가 남긴 선의 깃털은 로마제국의 콘스탄티누스의 헌납을 말한다. 콘스탄티누스는 좋은 의도로 헌납하였지만 교회는 계속해서 빠른

속도로 부와 권력을 얻으려고 하였고 빠른 속도로 부패되었다. 또한 샤를마뉴와 피핀 왕의 헌납도 의미하는데 이러한 행동들로 교회는 강력한 권력과 부를 쌓아 갔고 결국 그리스도가 남긴 교회의 모습은 더 이상 알아볼 수 없을 정도가 되었다.

20 여섯 번째 장면으로 전차의 바뀐 모습을 보여 준다. 이것은 교회의 변신을 말한다. 일곱 개의 머리를 분출하는데 처음 셋은 황소처럼 두 개의 뿔을 가지고 있고 나머지 넷은 뿔을 하나씩 갖고 있다. 즉, 일곱 개의 머리와 열 개의 뿔을 가진 괴물로 변신한다. 이 모습은 〈요한계시록〉(17장 1–18절)에서 묘사된 적그리스도의 상징인 괴물의 모습을 인용한 듯하다. 일곱 개의 머리와 열 개의 뿔은 일곱 개의 대죄를 말한다. 두 뿔을 가진 세 머리는 교만, 분노, 질투로, 두 뿔을 가진 이유는 하느님을 모독하고 이웃에게 상처를 주기 때문이고, 한 뿔씩 가진 네 머리는 탐욕, 나태, 탐식, 색욕을 나타내는데 한 뿔을 가진 이유는 이웃에게만 상처를 주기 때문이다. 반면 피에트로 단테는 일곱 개의 머리와 열 개의 뿔은 일곱 개의 성령의 선물 혹은 일곱 개의 덕과 열 개의 십계명에 상응하는 것이라고 말하고 부티와 라나도 이와 비슷한 의견을 내놓았으나 첫 번째로 설명한 것이 제일 적합하다는 의견이 많다.

21 일곱 번째 장면은 단테 당대의 교회 모습을 나타낸다. 단테는 변형된 전차 위에 앉은 창녀와 거인을 보는데 창녀는 〈요한계시록〉(17장)에 나오는 여자의 모습을 따온 듯하다. 이 여자는 보니파키우스 8세부터 클레멘스 5세가 교황으로 재위하는 동안 변질되고 부패된 로마교회를 나타내고 거인은 프랑스의 미남 왕 필리프를 나타내거나 프랑스의 다른 왕들을 나타낸다는 의견이 있다. 창녀와 거인의 입맞춤은 교황과 프랑스 왕의 결탁을 의미하나 곧 창녀가 눈을 다른 곳으로 돌리자 거인이 이 여자를 후려치며 이 결탁은 깨진다. 이것은 단테가 보니파키우스 8세가 필리프에게 잡혀 모욕당한 일을 염두에 두고 썼다는 의견이 있다. 그 뒤에 얼마 되지 않아 보니파키우스 8세가 죽는다. 사실 창녀가 단테 쪽으로 눈으로 돌렸다는 이 부분은 해석하기가 참으로 어려운데 단테 쪽이 모든 그리스도인들을 상징하는 것일 수도 있고 모든 인간을 나타낼 수도 있다. 교황들이 이탈리아 쪽으로 눈을 돌린 것이 프랑스의 질투와 분노를 샀다고 생각할 수도 있다. 그리고 제일 유력한 의견으로 보니파키우스 8세가 프랑스의 세력으로부터 자유로워지려고 시도한 것을 의미할 수도 있다. 거인이 괴물을 풀어서 숲으로 끌고 갔다는 이야기는 프랑스 출신 클레멘스 5세가 필리프와 결탁하여 교황청을 아비뇽으로 옮기고 교황권이 필리프에 예속되게 만든 것으로 볼 수 있다.

1 바벨론에 함락당한 예루살렘 성이 파괴되어 울며 노래하는 〈시편〉 78(혹은 79)편 1절의 구절이다.

2 〈요한복음〉 16장 16절로 예수가 마지막 만찬에서 그의 제자들에게 앞으로 올 그의 죽음과 부활에 대해서 말한 구절이다. 이 영적인 구절은 두 대화를 인용한 것처럼 일곱 여인들이 부른 〈시편〉 노래에 대한 대답처럼 들린다. 처음에 예루살렘 성의 파괴와 하느님의 도움을 구하는 것을 기억하게 하고 두 번째는 그리스도의 죽음과 부활을 기억하게 하면서 대답한다. 단테는 베아트리체를 교회와 그리스도와 동일시하여 상징적인 의미로 해석했다. 교회가 조금 후에 멀어지고 무너지고 나서 얼마 안 가 그리스도가 영원한 삶으로 부활하는 것처럼 다시 세워질 것이라는 의미이다.

3 단테와 마텔다 그리고 스타티우스이다.

4 '뱀이 깬 그릇'은 용이 부순 전차를 말한다. 즉, 교회를 말한다. 그리고 '전에 있었다가 지금은 더 이상 없는' 것은 지금은 교회로 있지만 나중에는 없는 교회, 즉 성 베드로 성당을 말한다.

5 '이것에 대해 죄 있는 자들', 즉 교황들과 프랑스의 왕들을 말한다. 단테 시절에는 살인한 사람이 죽임을 당한 자의 무덤에 들어가 죄를 보상하는 의식으로 9일 동안 죽을 먹으면 가족의 보복을 피할 수 있다고 믿었다. 하지만 단테는 '하느님의 복수는 죽을 두려워하지 않는다.'고 해서 하느님의 복수는 반드시 이루어진다는 의미를 나타냈다.

6 독수리는 로마제국을 의미한다. 단테는 그 시대에 빈 황제의 자리에 페데리코 2세를 후계자로 생각했다. 단테는 페데리코가 죽은 뒤 로마제국의 권력을 잡고 로마의 안녕과 질서를 잡아 줄 황제가 나타나리라고 보았다.

7 이 숫자들은 〈요한계시록〉(13장 8절)에서 적그리스도나 네로 황제를 나타내는 숫자(666)와 같은 양식으로 쓰였다. 사람의 이름을 숫자로 표시하는 예는 고대 히브리 카발라에서 발견되며 13~14세기 유럽에서 유행하여 단테의 《새로운 인생》(XXX)에도 나온다. '515(DXV)'는 〈지옥〉(1곡)에서 나오는 '사냥개'와 일치하는 표현으로, 언젠가는 하느님이 보낸 구원자가 나타나 창녀와 거인을 죽일 것이라고 기대하고 있다. 많은 주석가들은 'D.X.V'에서 뒤의 숫자를 뒤집어 'D.V.X'에서 두체(dux, duce, condottiero), 즉 우두머리, 지도자를 추론하였다. 단테가 생각한 사람으로는 단테의 《서간(에피스톨라)》(VII)에서 프랑스의 왕을 파괴하기 위해서 부름을 받은—하인리히 7세가 있다.

8 '나이아데스'는 강물의 요정이지만 단테가 말하는 수수께끼를 풀어내는 자 혹은 어두운 신탁을 받은 자는 아니다. 이것은 단테가 가진 참고 자료에 오류가

있었기 때문인 것 같다. 오비디우스의 《변신 이야기》(VII 759 이하)에서 보면 '라이아데스'가 '나이아데스'라고 표기되어 있다. 단테는 이것을 그대로 인용하여 오류를 범한 것 같다. '라이아데스'는 스핑크스의 문제를 푼 라이오스의 아들 오이디푸스를 가리킨다.

9 그리스도는 세상이 창조되고 5000년이 지난 해에 태어났고 5032년이 지난 해에 죽었다. 아담이 에덴에서 쫓겨나 지상에서 산 고통의 삶이 930년(《창세기》 5장 5절 참조)이었다. 아담이 갈망했던 시간은 아담의 죽음으로부터 그리스도의 죽음까지 흐른 시간(그리스도가 림보에 내려와 그를 자유롭게 하기까지 기다린 시간), 즉 그리스도가 오기를 기다린 시간이 에우세비우스의 연대기에 따르면 4302년이다. 즉, 그는 고통에서 산 시간 930년과 림보에서 그리스도가 오기까지 기다린 시간 4302년이 더해진 5000년이 넘는 시간을 기다려야 했다.

10 아르노 강의 지류인 엘사 강은 석회질의 물이라서 물질들을 단단하고 돌처럼 굳게 만든다고 한다. 이 구절의 의미는 '헛된 생각들이 정신을 이 엘사의 강물처럼 단단하게 만들지 않았다면'이란 의미이다. 그리고 피라무스의 피가 뽕나무의 오디에 물들었다(〈연옥〉 27장 39행, 〈연옥〉 27장 주석 3번 참조)는 구절의 의미는 피라무스의 피가 뽕나무의 오디에 물든 것처럼 그 헛된 생각에서 비롯된 욕망에 정신이 물들어 어둡게 되지 않았다면'이란 의미이다.

11 베아트리체는 단테가 인간의 철학이 얼마나 하느님의 생각과 먼지를 이해하기를 바라고 있다. 인간의 철학과 본성은 신앙의 신비를 설명하기에는 미흡하다는 것을 알려 주고 있다. 마치 단테가 아리스토텔레스를 참고하고 《향연》에서 말한 철학적 탐구의 한계나 오류를 깨닫고 후회하는 것 같다.

12 태양이 제일 빛나고 제일 느리게 움직이는 것처럼 보이는 시간, 태양이 제일 정점에 있는 시간, 즉 정오이다. 그리고 자오선은 사람이 보는 경도에 따라 위치가 달라진다. 에덴에 들어온 순간부터 거의 시간이 멈춘 듯 시간에 대한 표시를 더 이상 하지 않았다. 찬란한 정오 시간, 거룩한 시간, 예수가 승천한 정오 시간은 에우노에 강에 정확하게 도착한 시간이며 연옥 여행에서 마지막으로 나타낸 시간이기도 하다.

13 터키에서 발원하여 이라크를 거쳐 페르시아 만으로 흘러가는 메소포타미아의 두 강으로 〈창세기〉(2장 10-14절)에 따르면 에덴에서 발원하여 나오는 네 강, 즉 비손과 기혼, 유프라테스와 티그리스다.

14 마텔다는 베아트리체의 말에 아무 말 없이 그의 임무를 수행한다. 영혼들을 에우노에 강에 적셔 선행의 기억을 회복시키는 일이다. 단테는 베르길리우스와 여러 번 했던 것처럼 마텔다의 손을 잡고 가고, 스타티우스도 에우노에 강물을 마시는 의식을 따라야 하는데 성숙한 존재이기에 더 이상 안내자가 필요 없어 손을 잡지 않고 손짓으로 따라오라고 한다. 베아트리체는 단테를 구원하

기 위해서 이곳에 나타났지만 마텔다의 역할은 천국에 가는 모든 영혼을 위한 것이다.

15 '별들'은 하늘, 천국을 말한다. 작품 전체의 목표이자 원동력인 하느님을 향해 올라가는 방향성을 강조한다. 〈연옥〉편도 다른 두 편과 마찬가지로 '별들'이란 단어로 끝맺는다. 별을 보며 지옥에서 나와 연옥에서 별들에 도달할 준비를 하고, 마지막 천국에서 그들과 같은 존재가 될 것이다.

신곡 - 연옥

천국으로 가는 중간 지점, 연옥에 머물다

전 세계에서 찬사 받은 단테의 《신곡》

단테가 1307년 무렵부터 쓰기 시작한 《신곡》은 서곡 2곡, 지옥 34곡, 연옥 33곡, 천국 33곡으로 총 102곡으로 이루어진 대서사 시다. 이 시는 1만 4,233행에 달할 정도로 방대하여 그가 죽던 해인 1321년에 완성되었다. 무려 14년이 걸린 것이다.

이탈리아에서 탄생한 최고의 시인이라고 평가받는 단테의 손끝으로 만들어 낸 걸작인 《신곡》의 위력은 실로 어마어마하다. 이 작품은 전 세계의 저명한 비평가들로부터 역사상 가장 위대한 문학 작품 가운데서도 세일 신숭하고 정확하며 상세한 데다 균형감까지 갖췄다는 극찬을 받았다.

현대시의 선구자이자 노벨문학상 수상 작가인 T. S. 엘리엇은 "서양의 근대는 단테와 셰익스피어에 의해 나뉜다. 그들 사이에 제삼자는 없다."라며 《신곡》이라는 거룩한 작품을 탄생시킨 단테를 찬양했다.

독일 문학의 최고봉이라 할 수 있는 요한 볼프강 폰 괴테는 "인간이 만든 최고의 작품", 현대 포스트모더니즘에 큰 영향을 끼친 호르헤 루이스 보르헤스는 "모든 문학의 절정"이라며 찬사를 아끼지 않았다. 이러한 저력으로 《신곡》은 오늘날 미국대학위원회 선정 SAT 추천도서, 〈뉴스위크〉 선정 100대 명저로 꼽혔다.

국내에서도 서울대 권장도서 100선, 국립중앙도서관 선정 청소년 권장도서로 추천되었을 정도로 걸작 고전의 명성을 드러냈다. 학계에서도 단테의 〈〈신곡〉〉을 이용한 다양한 작품 활동이 이어지고 있는데, 이는 '천국 · 연옥 · 지옥을 다룬 단테처럼 삶의 순환이라는 방식을 예술기법으로 승화하는 과정을 그려내는 것이라고 여겨진다. 이 작품은 연극, 뮤지컬 공연 등으로 끊임없이 재해석되었다.

사실적인 환상성, 그 속의 두 인물

《신곡》은 성경을 표본으로 한 문학 작품이다. 그러므로 성경을 읽고 이해하는 것이 선행되어야 한다. 성경에서 말한 것처럼 사람의 수명을 일흔으로 보면, 서른다섯은 탄생 후 가장 멀리까지 온 시간이다. 이때 단테는 지옥-연옥-천국 여행을 시작한다. 그런 단테에게 표범, 사자, 암늑대 등 세 마리의 짐승이 나타난다. 이들은 각각 음란, 오만, 탐욕을 상징하며 인간을 일순간에 파멸로 치닫게 할 수 있는 '악(惡)'이다. 다행히도 단테는 안내자인 위대한 시인 베르길리우스와 영원한 사랑인 베아트리체가 있었기에 그것들의 유혹에 빠지지 않을 수 있었다.

베르길리우스와 베아트리체가 도와주어 단테는 인생에서 가장 깊은 어둠을 헤치고 환한 빛을 찾아 순례에 나섰다. 《신곡》은 이 과정을 의미 있게 다룬다. 즉, 이 작품은 시인 단테가 사후세계를 종교적인 감각으로 재현하면서 인간사의 순환을 반영했다고 볼 수 있다.

사실적인 환상성을 극대화하는 두 인물, 베르길리우스와 베아트리체는 누구인가. 실존 인물일까. 젊었을 때 단테는 청신체파라는 문학 동인을 만들어 활동했다. 이 단체는 하느님의 구원을 실현하는 통로로 사랑이라는 주제를 선택해, 이를 세련된 문체로 표현하려고 했다. 이때 단테는 베아트리체를 사랑의 대상으로 삼았다. 그녀는 실제 인물이었고, 단테의 이웃이였다. 단테는 베아트리체를 자신이 추구한 문학과 삶, 구원으로 이끄는 천사로 여겼다. 한편 베르길리우스는 단테가 존경했던 로마의 시인이다.

시공간을 초월한 보편성

단테는 이 환상성을 호메로스와 베르길리우스의 고전 서사시의 전통을 계승하여 표현해 냈다. 여기에 플라톤, 토마스 아퀴나스, 역대 황제와 교황, 제우스, 오디세우스, 아킬레우스와 같은 신화적인 인물과 성서 속 인물인 유다와 솔로몬 등을 등장시켰다. 온갖 모습의 인간상에 당대 인류를 계몽하려는 지식인의 의지와 실천, 고대 그리스·로마의 철학과 신화, 중세 기독교 사상과 천문학, 지리학, 예술, 그리고 사랑이라는 감정과 단테 자신의 자전적 요소까지 결합한 거대한 작품이다.

어째서 단테는 평생에 걸쳐 이토록 힘든 작품 창작에 골몰했을까. 단테는 1302년 망명길에 올라 1304년경부터 《신곡》을 구상하기 시작했다. '지옥'과 '연옥'을 1312년경까지 집필하고 죽기 바로 전까지 '천국'을 썼다. 단테가 활동하던 당시 피렌체에서는 교황과 황제라는 이질적인 두 권력이 충돌하는 상황이 벌어지고 있었다. 늘 이 두 권력이 어떻게 하면 조화를 이룰 수 있을까 생각했던 단테는 비록 비현실적이지만 문학 창작과 학문 탐구를 통해 그 길을 탐색했다. 또한, 망명길에 오른 실제 단테의 삶은 고단했다. 그는 냉혹하고 비정한 세상을 체험하면서 사람들에게 '구원'의 길을 제시하는 것이 임무라고 여겼다. 표면적으로 볼 때, 망명은 단테에게 있어서 좌절과 실패의 경험이었으나 동시에 자각과 실천을 가능하게 했던 기회를 주기도 했다.

이러한 단테의 노력 덕분에 한낱 환상 문학에 국한될 뻔했던 《신곡》은 시공간을 초월한 보편성을 획득했다.

또한 선과 악, 죄와 벌, 정치와 종교, 문학과 철학, 신화와 현실 등 이중적이면서도 연관성을 갖는 인간사의 모든 관점과 주제를 통찰했다.

단테의 여행기, 중간 지점 연옥
현 세상과 가장 닮은 구원 갈망의 장소

지옥에서 시작하여 연옥을 거쳐 천국에 올라 마침내 하느님의 품안에 안기는 대장정의 중간 지점에서 만난 목소리들은 하나 같이 구원을 부르짖는다.

이곳은 양극단에 있는 지옥이나 천국에 비해 현 세상과 가장 닮았다. 지옥을 지나면서 다행히 연옥에서 구원을 기대할 수 있게 된 우리의 모습을 반영한 듯한 사람들로 넘쳐난다. 그들의 소원은 단 한 가지. 무사히 "별들에게 올라가는(33곡 145행)" 것이다.

여기서 '별들'은 작품 전체의 목표이자 목적지인 하느님에게 올라가는 방향성을 상징한다.

현실 속의 우리도 그렇지 않은가. 지옥을 뚫고 나와 계속 걷고 있는 우리가 원하는 세상은 천국이다. 구원을 받아야만 그곳으로 갈 수 있다면, 신을 믿고 의지하며 나아간다. 연옥에서 우리는 천국으로 가는 희망을 꿈꾼다.

이시연

1265년   이탈리아 중부의 피렌체에서 알리게로 디 벨린치오네 델리
알리기에리와 벨라(아마도 두란테 델리 알비지 딸이라고 추측함)
사이에서 장남으로 태어났다. 그의 가문은 구엘파 당으로 피
렌체의 조그만 귀족이다.

사회적으로나 경제적으로 빈약하였지만, 단테는 정상적인
공부와 지성적 환경 안에서 지냈고, 피렌체에서 우수한 가문
들과의 교류했으며 일을 할 필요가 없었다. 출생 일자에 관
해서는 아직 의견이 분분하나, 5월 30일이 실제 출생일이라
는 설이 있다.

1270년   단테의 어머니가 사망한다. 몇 년 후 그의 아버지가 라파 디
키아리씨모 치아루피와 재혼했다. 이 사이에서 단테의 두 형
제 프란체스코와 타나가 태어났다.

1274년   그의 저서 《신생(La Vita Nuova)》에 따르면 단테는 처음으로
폴코 포르티나리(Folco Portinari)의 딸 동갑내기 베아트리체

를 멀리서 보고 애정을 느끼기 시작한다.

1277년　단테 아버지에 의해 단테와 젬마 디 마네토 도나티의 결혼이 계획된다. 확실하지 않지만 계약적인 결혼이었다.

1283년　단테의 아버지가 사망한다. 단테는 9년 만에 다시 베아트리체를 만나고, '지상의 천사'라 생각하며 모든 정열을 기울인다.

1285년　볼로냐 대학에서 법률학과 철학을 공부한다. 확신할 수 없지만, 이때 젬마 디 마네토 도나티와 결혼하여 4명의 자녀 죠반니, 피에트로, 야코보, 안토니아를 낳는다.

1287년　피렌체의 다른 젊은 시인들과 접촉하면서 그의 친구 구이도 카발칸티를 만난다.

1289년　6월 11일 토스카나의 구엘파 당과 아레조 길벨레나의 갈등인 캄팔디노 전쟁에 가담한다. 8월 16일 카프로나의 피사 성을 포위하고 점령한다. 베아트리체의 아버지 폴코 포르티나리가 사망한다.

1290년　7월 8일에 베아트리체가 사망한다. 《신생》과 《향연(Convivio)》에 따르면, 단테는 이때 큰 위기에 이른다. 보이티우스의 《철학의 위안(De Consolatione Philosophiae)》, 키케로의 《우정론(Dē amicitiā)》, 호라티우스의 《시론(Ars poetica)》 등을 읽으면서 공부에 몰두한다.

1292년   《신생》을 집필하기 시작한 것으로 추정된다.

1295년   의약 조합에 들어가 공직 생활을 시작한다.

1300년   의사 약제사 조합에 가입. 피렌체 6인 통령 중의 일원으로 선
출된다.

1301년   시 내분의 조정 역할로 보니파치오 8세와 협약을 중재하는
세 사람의 사절 중 한 사람이 되어 로마로 간다.

1302년   흑당이 권력을 장악하고 그에게 벌금과 2년간의 국외 추방
령을 내린다. 피렌체에 출두하여 사죄하기를 거부해 영구 추
방이 결정되는 한편, 체포될 때에는 화형에 처한다는 결정이
내려진다.

1304년   망명 생활 중 《속어론(De Vuigari eloquentia)》과 《향연》을 집
필하기 시작한다.

1307년   《신곡》의 구상이 완성되어 집필을 시작하고, 이후 13년간
《신곡》의 집필이 계속된다.

1309년   추방 이후 헤어져 있던 가족과 합류하여 루카에 거주하기 시
작한다.

1310년   《신곡》 중 〈지옥편〉이 완성된 것으로 추정된다.

1311년	추방자 해방 특사령이 내려지지만 단테는 제외된다. 이때 《속어론》을 탈고한다.
1315년	조건부로 추방 해제를 고려한다는 피렌체 시의 통고를 거절한다. 《피렌체의 친구에게 보내는 서간》에서는 모욕적 특사를 거부하는 내용을 담았다. 피렌체 당국은 망명 중인 단테와 두 아들에게 사형 선고를 내린다. 단테는 베로나에서 식객 생활을 하였고, 이때 《신곡》의 〈연옥편〉을 완성한다.
1317년	라벤나의 기도 노렐로 공의 작은 궁전에 정착한다. 여기서 죽을 때까지 살게 된다.
1320년	베로나에서 수도사와 학자들에게 《수륙론(水陸論)》을 강의한다.
1321년	《신곡》의 〈천국편〉을 완성한다. 베네치아에 갔다가 돌아오는 도중 말라리아로 9월 13일 사망한다.

옮긴이 이시연

덕성여자대학교 경영학과를 졸업한 후 시에나 국립대학에서 이탈리아어를 공부하였고, ADFF(Accademia Di Fotografia Firenze) 상업사진과, Studio Fotografico Marangoni에서 Fine arte 를 전공하였다. SAM3, Studio fotografico Angelo Rosa, 무역회사 Burani interfood 등에서 근무 하면서 통·번역에 관심을 갖고 본격적으로 공부하기 시작하였다. 각종 문서, 사용설명서 등을 번역하면서 실력을 쌓고, 여러 세미나에서 통역사로 일한 바 있다. 현재 이탈리아 모데나에서 거 주하면서 통·번역 프리랜서로 활동하고 있다. 번역한 책으로 《신곡-지옥》《군주론》 등이 있다.

신곡-연옥

개정 1쇄 펴낸 날 2021년 1월 30일

지 은 이   단테 알리기에리
옮 긴 이   이시연
펴 낸 이   장영재
펴 낸 곳   (주)미르북컴퍼니
자 회 사   더클래식
전   화   02)3141-4421
팩   스   02)3141-4428
등   록   2012년 3월 16일(제313-2012-81호)
주   소   서울시 마포구 성미산로 32길 12, 2층 (우 03983)
E-mail   sanhonjinju@naver.com
카   페   cafe.naver.com/mirbookcompany

더클래식
세계문학
컬렉션

1 | 노인과 바다 | 어니스트 헤밍웨이
1953년 퓰리처상 수상 / 1954년 노벨문학상 수상작 / 미국대학위원회 선정 SAT 추천도서

2 | 동물 농장 | 조지 오웰
미국대학위원회 선정 SAT 추천도서 / 〈타임〉지 선정 현대 100대 영문소설
한국 문인이 선호하는 세계명작소설 100선 / 서울시 교육청 추천도서
논술 및 수능에 출제된 책(1998~2005)

3 | 어린 왕자 | 앙투안 드 생텍쥐페리
전 세계 1억 부 이상 판매 기록 / 16개국 언어로 번역

4 | 사람은 무엇으로 사는가(톨스토이 단편선 1) | 레프 니콜라예비치 톨스토이
영어권 문학가들이 가장 좋아하는 작가 / 전 세계 거의 모든 언어로 번역된 필독서

5 | 검은 고양이(포 단편선) | 에드거 앨런 포
포 최고의 미스터리 세계를 보여 준 호러 문학의 걸작

6 | 예언자 | 칼릴 지브란
'현대의 성서'로 불리는 책

7 | 젊은 베르테르의 슬픔 | 요한 볼프강 폰 괴테
세기의 철학가와 문인들의 찬사를 받은 대표작

8 | 독일인의 사랑 | 프리드리히 막스 뮐러
잊히지 않는 낭만적 사랑의 향기 / 독일 낭만주의 시인 막스 뮐러의 유일 순수문학 작품

9 | 이방인 | 알베르 카뮈
노벨 연구소 선정 최고의 세계문학 100선 / 1957년 노벨문학상 수상작
대한민국 명사 101인의 대표 추천작 / 연세대학교 필독도서 / 미국대학위원회 선정 SAT 추천도서
〈타임〉지 선정 세상을 움직인 책 100권

10 | 데미안 | 헤르만 헤세
노벨문학상 수상 작가 / 20세기 일대 센세이션을 일으킨 성장 소설의 고전
서울시 교육청 추천도서

* 더클래식 세계문학 컬렉션은 계속 출간될 예정입니다.